寧富天下 2

風文創 1006

鶴鳴 著

目錄

第二十一章

「既然如此，就去看看吧。」

厲琰笑了笑，原本他還暗中盤算，此次為了救陳寧寧的外婆，花上五百兩黃金在所難免。等到她山莊做起來，賺錢了，定要叫這隻山貓還回來。

結果到了後院，看著房前院裡隨意擺著的六盆紅豔豔的仙草。厲琰的那張俊臉幾乎繃不住了。他費了好大力氣，才維持一臉鎮定沈聲問道：「只有這幾盆？」

陳寧寧一時也試不出他的深淺，於是又說道：「只有這幾盆了，若是不夠給你兄長治病，那就再把我爹的藥茶分你一半吧。」

見他沒開口，陳寧寧只得硬著頭皮解釋道：「從前我並不知道這血牛筋這般貴重。只是聽張叔叔說，可以強身健體，正好我爹前陣子多災多難的傷了腿。老大夫說，我爹這腿必須長期保養。我便找了個茶方，把血牛筋曬了，做成藥茶。誰承想，才剛喝上，你就來尋它。那日之後，我便不曾再動過這血牛筋，改用普通牛筋草製茶了。」

說罷，她便指著窗下晾曬的牛筋草。

厲琰看了一眼，果然除了顏色不同，這牛筋草與血牛筋幾乎完全一樣。他暗自咬牙，老半天才平靜的問道：「該不會我方才喝的，便是血牛筋製成的藥茶吧？」

「嗯。」陳寧寧老老實實地點了點頭。

厲琰滿口銀牙都要咬碎了，終於忍無可忍刺了她一句。「妳倒真捨得，給妳爹喝五百兩黃金的茶。」

陳寧寧小聲咕噥了一句。「你不也花五百兩黃金，給你哥買下一根草治病嗎？都是用血牛筋治病，又有什麼差別？」

厲琰頓時啞口無言，可他心裡卻怎麼都高興不起來，又不明其中緣由。最後只得瞪著眼睛，上上下下打量眼前的小山貓。此時小姑娘一副乖巧老實的樣子，滿臉都是天真無辜，就好像生怕一不小心惹他生氣似的。

厲琰深吸了幾口氣，又開口說道：「說吧，妳打算怎麼跟我做這筆買賣？」

陳寧寧抬起頭，偷瞄了他臉色一眼，又小心翼翼地說道：「我其實是想著，我家這情況拿著這麼珍貴的藥草，不是給我爹娘惹禍嗎？於是，便想著倒不如把血牛筋都送給厲軍爺就算了。反正當日我們也欠你的人情，便當還你了。」

厲琰顯然不信，冷笑道：「三千兩黃金，妳倒是大方。恐怕不只如此吧？」

陳寧寧糾結地看著他，又笑道：「若是軍爺的兄長治好了，血牛筋還有富餘。你那裡自然有懂這藥價值的人。既然如此，不如請軍爺幫忙把這些藥草賣出去。我家就只收個種植成本就好，一株一百兩黃金，如何？」

小山貓果然不老實，悄悄地便伸出了毛茸茸小爪子。偏偏她只是輕輕一抓，卻撓得他心裡都有些發癢了。厲琰突然生出了幾分惡趣味，想要繼續逗貓兒，於是便故作蠻橫地說道：「若我兄長需要把這六株都用了呢？」

陳寧寧垂著頭，嘆了口氣，說道：「這株草雖然很像染色的牛筋草，可它所需的土壤和水都十分苛刻。張叔種了五年，才養成一株。後來，我們想辦法分盆培育，才種成十株。既然都答應了軍爺，那就都給了你吧。只是以後要再種它，恐怕也是不能了。」

厲琰看她臉上的表情，難得這般生動鮮活，就像被欺負又不敢反抗的仔貓一般。他差點忍不住笑出來，最後總算強忍住了，又開口說道：「仙草這般難種，厲某怎能讓姑娘吃下這虧？倒不如就依姑娘所說，每株一百兩黃金，姑娘往後可要悉心培育血牛筋，若是再能種出，厲某自然還會來收。」

說著，他便打了個手勢，讓守在遠處的來安前來。

來安把一只箱子送上前來，當著陳寧寧的面打開，裡面滿滿當當，都是金元寶。不得不說，陳寧寧還真沒有見過這麼多金子，她甚至看不出這些元寶的重量，只略微一數，足足有二十枚。

陳寧寧喃喃自語道：「二十五兩一枚的金元寶嗎？」

來安聽到這話，忍不住說道：「姑娘說笑了，這裡是五十兩一枚的金寶。」

「這是多了一倍？」陳寧寧瞪大眼，連忙看向厲琰。

厲琰卻突然說道：「剩下五百兩，就算給陳姑娘的訂金了，姑娘往後可要悉心培育這血牛筋。對了，姑娘不是還要送一些涼茶給我嗎？」

陳寧寧嘴角一抽，顯然不大滿意。可她隱忍一會兒，到底還是應道：「行吧，我這就幫你拿茶去。只是這些花盆你們能帶得走嗎？不如找來馬二叔趕著牛車，幫你們運回潞城去？」

來安連忙說道：「大可不必如此，屬下已經召人來了，很快就到。」

這樁買賣，明面上看起來是厲琰占了大便宜。低價買入好幾株血牛筋，自此有了保命良藥不說。還用之前許諾給陳寧寧的酬金，又跟陳寧寧簽訂了預收協議。

他權勢在身，自然不怕小小的陳寧寧算計他。

況且這些血牛筋若是放在陳家，也是不小的負擔。若是他們直接拿到市面上去販售，或許短時間內，會引起價格哄抬，甚至能賣出天價。可這藥草一旦傳出去，定然會把陳家變成眾人的靶子。

輕則再冒出個王生平，各方面打壓陳家。要是知道陳寧寧會種藥草，把她圈起來，像農奴一樣，逼迫她每天種草藥，那就太可怕了。因而，陳寧寧這次選擇跟厲琰做買賣，看似吃了大虧。實際上，卻是最好的保命之法。

厲琰也明白小山貓的心思，因此又高看她一眼。

倒是陳寧寧被他盯得心裡緊張，生怕他再想出什麼稀奇古怪的花樣來。於是只得打起精神，也不拒絕厲琰的提議。反而笑咪咪地看向他，完全是一副老實的天真模樣，似乎已經安心做個下游供應商了。

殊不知，她這副做派，倒像是貓兒撒嬌一般，厲琰心裡舒坦，也不想為難她。

就連陳寧寧打包茶葉時，只包了少量血牛筋，又當著他的面，包了一大包綠色牛筋草茶。厲琰也只是微挑雙眉，並沒說什麼。

反倒是陳寧寧笑著解釋道：「其實這兩種草製成茶也沒什麼兩樣。我也好生奇怪，分明都是同一種草，這血牛筋不過顏色鮮豔些，怎麼就變成救命仙草了？反正我平日裡，更喜歡喝牛筋草，這血牛筋這般珍貴，喝多了不免糟蹋。厲軍爺不妨回去試試，若喜歡牛筋草涼茶，喝完再打發人來拿就是了。」

至於血牛筋也就這麼多，再想要也沒有了。

厲琰看著挺像那麼回事的大紙包，微微點一下頭，算是同意了。

陳寧寧本想把茶包遞給來安。不想厲琰直接大手一伸，接了過去。完全是一副不想假他人之手的樣子。陳寧寧自然隨他去了，仍是一臉乖巧地站在一旁。

這時候，來安招的人已經到了。進院子三人，都是膀大腰圓的壯漢，長相倒是十分普通，扔在人群裡便認不出來那種。

陳寧寧心中暗自猜測，這些恐怕都是厲琰手下的密探和死士。她在一旁看著，那些人動手搬花盆，也不多話。倒是來安叮囑他們將藥草罩上黑布，把這些藥草看好了。

不大會兒工夫，藥草便搬完了。

陳寧寧跟著父親，一路把厲琰主僕送出大門。寧寧這才悄悄吁了口氣。她從業這麼多年，就做過這麼虧本的買賣。如今賠本不說，還要擔心厲琰什麼時候翻臉。

關鍵是，沒人能摸得清瘋子的想法。雖說如今厲琰看著還算正常，可原書裡對瘋狗王爺的描寫，實在太可怕了。陳寧寧不得不暗自提防。

這時，厲琰都要上馬了，卻突然回身看向她，又說道：「往後有勞姑娘多費心了。」

「盡力而為。」陳寧寧有禮地說道。

偏偏厲琰挑眉看她，一臉似笑非笑，就像在說：妳可不像這種乖巧的孩子，裝什麼？

陳寧寧臉上笑容一僵，想著她開始還與他針鋒相對地較勁，後來又賠本還賠笑臉的，反差太大，實在不適合。反倒惹人懷疑。

於是，索性也就不裝了，又微瞇著眼看向厲琰，勾起嘴角說道：「軍爺所託的那株花種，培育起來實在艱難。倘若軍爺急用，不如另請高明。寧寧實在怕有負軍爺囑託。」

厲琰一看，小山貓惱了，伸出小爪子要抓人了，便不再逗她。又說道：「一事不煩二主，陳姑娘且放心，厲某耐心得很，定不會催促姑娘。」

說著，他便扳鞍上了大黑馬，帶著屬下離開。

待這行人走遠，看不見身影後，陳家父女瞧著探頭探腦的鄰居們，也沒解釋什麼，轉身便回家去了。

關好院門，陳寧寧頓時覺得渾身發軟，再也沒有力氣應付父母了。

她摸著額頭上的汗，連忙吩咐婆子燒些水來，她要沐浴更衣。

陳父一直在旁觀，女兒和小軍爺談下了千兩黃金的買賣，也跟著有些心驚肉跳的。只是他實在看不出，女兒跟那小軍爺在打什麼機鋒。兩人你來我往的，寧寧就像變了一個人。他待要開口詢問女兒，卻被妻子直接攔下了。

陳母連忙說道：「這麼熱的天，姑娘頂著大太陽，從山上一路走下來，著急忙慌的，可別再中了暑氣。有什麼話，不妨等她梳洗完了，再同她說吧。」

陳父只得閉上嘴，見女兒已經往後院去了。他這才忍不住小聲跟妻子抱怨。「方才妳是沒看見，寧寧在那小軍爺面前，完全變了一副模樣。那一臉笑倒像是黏在臉上似的。這丫頭該不會是看上人家軍爺了吧？那厲軍爺實在生得一副好模樣，況且出手也闊綽。看起來家境不俗。之前還救過寧寧一回。小女兒家的怕是最講究這種緣分。」

陳母瞪了他一眼，連忙說道：「你少胡說，怎麼說寧寧看上了厲軍爺？你就沒發現你閨女在冒汗嗎？」

她倒覺得，小閨女似乎受了不小的驚嚇。完全是仗著膽子，硬撐著應付厲軍爺。想想也是，千兩黃金的買賣，誰不緊張？何況是他們家小閨女。

陳母一時又忍不住心疼起女兒來，便又開口罵道：「咱們別給姑娘添麻煩，倒不如喊了寧遠趕緊回家來，讓他們兄妹倆好好商議。你呀，還是去讀你的聖賢書吧。我和吳媽煮些綠豆湯預備著，給孩子們去去暑氣。這一天到晚勞心勞力的，我閨女眼瞅著都瘦了，怪可憐的。」

「是是，我不問了，去外面看看花草，總可以吧？」陳父說著，便拿起一本書，信步走到院中竹亭裡。

剛剛坐下，倒了一杯茶，一時又忍不住朝著茶杯自言自語道：「那厲軍爺一看就不是尋常人家，也不知道他是何等身分？單論外貌，倒與我家寧寧般配得緊。可惜我家不嫁女兒，想招上門女婿。」

與此同時，陳寧寧早就脫下衣服，坐在泡了草藥的木桶中，放鬆下來，開始細細回顧原書中的一些劇情。

原著中的厲琰，殺人如麻的瘋狂大反派，人稱「七日暴君」。

按照劇情線，兩年以後，原主將會毒死婆婆、陷害丈夫，然後帶著玉珮，奔京城回侯府認親。原主要害女主，卻反而充當了男女主的感情催化劑。

其中就有一個段落，原主給女主下了春藥想毀她清白。偏偏六王及時趕到，斬殺了原主收買的山賊，還以自身充作女主解藥。

那時兩人其實早已情定彼此，只是尚未捅破那層窗戶紙。那春藥使兩人水到渠成，情意綿綿，天雷勾動地火。一夜歡情之後，六王發誓，此生定不辜負女主。

轉過天，他便去宮裡請求皇上賜婚。卻不想正逢太子病危，六王的婚事便被耽擱下來。可原主的懲戒並沒有耽誤，六王向侯府施壓，原主最終被送進莊子，下場淒慘無比。

太子又掙扎了數月之久，到底還是薨了。這其中也有六王的手筆。

而太子領便當後，九王劇情正式展開。陳寧遠上京來找原主報仇——因為原主為了嫁給文秀才，氣死陳父不說，還推了陳母一把，讓陳母再也沒醒來，再加上，陳寧信也被害成了傻子。

這讓陳寧遠發誓要讓陳寧寧死。

不承想，六王已經先一步出手弄死了陳寧寧。陳寧遠便轉投到六王府上，做了幕僚。在六王與九王的對抗中，陳寧遠極力為六王周旋，也逐漸顯現出驚人的謀略。不僅成了狙擊九王的強大絆腳石，也因而得到六王的青眼。

可現如今，陳寧遠與九王提前見面，且九王對陳家有恩。如今血牛筋已經全數送出去，太子很可能不會輕易死去。有了他的束縛，九王對王權不感興趣，只會一心扶持太子上位。太子本來就是正統，又有九王這邊強大的軍力加持。兩兄弟裡應外合，其他王爺還奪什麼嫡？

更好笑的是，如今就連書中的第一謀臣陳寧遠，也打算加入太子陣營了。

劇情不知不覺，已經完全亂掉。恐怕女主想要當皇后，也不是那麼容易的。

想到這裡，陳寧寧把腦袋浸在水裡。過了一會兒，才探出水面，又開始回想今日自己的應對。

按理說，她應該沒有露出什麼痕跡。送出血牛筋的理由也算合情合理，黃金也收得毫不心虛。只是那九王的反應，實在很古怪。如今他還沒瘋，心情看似不錯，冷靜下來想想，倒像故意招貓逗狗逗著她玩似的。

這是什麼破毛病?!

陳寧寧咬牙，此時早就沒了看帥哥的心思，只想該以何種方式繼續面對九王。

九王顯然不吃天真無害的那一套，好像也不喜歡陳寧寧只當個勤勞種草的下游供應商的態度。反倒更喜歡，看她拿出氣勢來，勢均力敵地跟他討價還價？

這又不能得罪，也不能太乖巧，實在麻煩……

陳寧寧好生苦惱，靠在浴桶上，完全不想動。又想著，若是兄長在就好了。說不定還能幫她分析現況。只可惜，她方才下山時，陳寧遠正跟著閻先生閉門讀書，不要別人去打擾。陳寧寧便讓人留話，說自己先回家了。

閻先生雖然在莊上，名義是個教小孩讀書的先生。可他身分卻不簡單。聽陳寧遠說了之後，陳寧寧也曾偶然跟閻先生聊了幾句。

她發現，這老先生的眼界非常寬廣，而且並不拘泥書本。聽陳寧寧說起生態園區，或是培養旱地良苗，老先生也是笑咪咪地聽著。偶爾說上幾句話，陳寧寧便覺得合情合理，對自己很有幫助。

只可惜，那老先生信鬼神一說，還精通占卜之術。陳寧寧實在怕他看出自己的異樣，所以也沒有跟他繼續深入討教。

倒是陳寧遠曾說過，閻先生對外界的消息十分靈通。尤其是對朝堂動向也是盡在掌握之中。而且許多事情，都是他靠推測演算出來的。如今，閻先生雖然嘴上不承認，卻已然把陳寧遠當作入室弟子，很多事情都會手把手教他，還會與他說一些事情。

而陳寧遠眼光謀略也日漸提高，已經有了原著中第一謀臣的影子。

自從陳寧寧穿過來以後，她早已把陳寧遠當親哥看待了。如今陳家一體，榮辱與共。今日之事，她並不打算隱瞞陳寧遠，要是兄妹倆湊在一處，把事情攤開來說，也能互相補充資訊，釐清現況，說不定還能商量出個良策來。

想到這些，陳寧寧便加快了速度。

等陳寧寧清洗完畢，梳妝打扮好。又煮好一壺牛筋草涼茶，給陳父送過去，父女倆還沒來得及說上話，陳寧遠便到家了。

兩兄妹一見面，陳寧遠便問道：「事情辦得如何了？他可有為難妳？」

陳寧寧搖了搖頭，說道：「沒為難我，藥草已經送出去了。只是事情有變。哥，隨我進屋詳細說。」

「也好。」陳寧遠很快跟她一起回到後院。

進屋後，陳寧寧先倒了一杯牛筋草涼茶給他。

陳寧遠一口氣灌進肚裡，只覺得通身舒爽，這才開口說道：「有何變故？」

陳寧寧也不好直接說，所幸九王的蹤跡並非機密，於是開口委婉問道：「兄長只怕也沒想到，那軍官姓厲名琰。厲是國姓，那人氣度不凡，兄長可知……九王爺名諱？」

陳寧遠聽了這話，忍不住倒吸了一口涼氣。又抬眼看向妹子，問道：「妳一早就猜出了他的身分了？那與他談買賣時，可曾露出馬腳？」

陳寧寧搓了搓手中杯子，垂頭說道：「那倒沒有，我一開始便裝乖討好他，讓他以為我只想同他談成這筆買賣，趕緊把血牛筋送出去。套話也是之前咱們商量過的。他似乎並沒懷疑。只是這人古怪得很，似乎總想激怒我，讓我同他對峙，也不知是何故？」

陳寧遠瞪圓了眼睛看著她，一時只覺得小妹生得杏眼星目，雪膚花容，五官秀麗無比，妥妥一個嬌俏小美人。難得這小美人還有一手種植仙草的好本領，又擅長與人來往。特別是陳寧寧同人談判時，總是兩眼看著對方，要多真誠便有多真誠。笑起來，兩眼會不自覺地彎成小月牙。這般可愛又聰慧的女子，九王怕是看上她了吧？

可閣先生說過，那人性情暴躁蠻橫，只對太子唯命是從。又由於異域血統，被皇上冷落多年，又被兄弟排斥，同時還被朝中群臣所看不起。

在京城，早已傳出了瘋狗王爺之名。若不是如此，九王這年齡怕是早該有正妃了，如今他卻是孤家寡人。可就算全京城的大家閨秀都不願意嫁給九王為妻，那也輪不到他們家寧寧，自家身分根本配不上。

他只怕，九王犯渾，要強娶妹妹做妾。

想到這點，陳寧遠整個人都不好了。他又不敢隨便嚇唬妹妹，只得隨口說道：「不如這樣，下次他再來，我去會會他。寧寧，妳就留在山上種菜吧。妳不是一直在擔心，中秋時山上的黍米收成嗎？到時，就跟家裡也這般說。想來，他定不會上山擾妳。」

陳寧寧自然點頭答應了，又連忙說道：「可方才我同他打機鋒，他不只給我五百兩黃金，而是給了一千兩。說是要當成訂金，讓我繼續給他培育血牛筋。」

陳寧遠皺眉說道：「此事不急於一時，我問了張叔，六盆血牛筋足以應付了。再要種，也少不得拖上一拖，切莫讓他覺得血牛筋種得那般容易。」

陳寧寧點頭說道：「我也是這麼想的。我方才也同他說了，張叔花了五年才培育出一株血牛筋。我又將它分盆栽培，這才一株變十株。如今已經沒那麼容易種了。我想著得等半年再種出一盆來，最好還有一些殘的。這樣會更可信些，也省得他覺得這藥草來得那麼容易。倒像是咱們誆騙了他的金子。」

陳寧遠點頭道：「就這麼辦。」

接著，他又同妹妹細細分析了朝中局勢。

如今皇上年事已高，幾位王爺蠢蠢欲動，都想奪嫡。若是太子此時避其鋒芒，站在暗處，伺機而動。說不定不費吹灰之力，就能撿個大便宜。

陳寧寧對此深以為然，又皺著臉說道：「如今我看那九王也不像是狂躁之人，似乎也還算明白事理。若是能打聽到他在京城的實際病狀就好了。」

第二十二章

陳寧遠回憶了下，便說道：「師父跟我說過一些。九王出身不好，母親是西域進貢的舞姬。九王幼時受了不少委屈，後來被太子殿下撿回東宮撫養長大。自此九王便只認太子。而在九王十三歲以前並不顯眼。直到太子妃鬧出了一樁醜事，下毒暗害太子。九王這才怒斬了太子妃，騎馬去了太子妃的娘家，要滅人家滿門。最後，還是太子的心腹太監去把他拉了回來。可那太子妃娘家幾位嫡子，卻被打了個半死。」

他接著說：「九王那驚人的武功天賦，也因此暴露於人前。自此，只要那些人不打太子的主意，讓他安靜養病，九王也不會惹事，被太子拘在宮裡讀書。可若是有人暗害太子，九王便會鬧得天翻地覆。偏偏他只要惹出事情，太子就會拖著病體，去向皇上求情。皇上不待見九王，卻看在太子面上，每次都高高抬起，輕輕放下。以至於九王在京城一直橫行霸道，無人阻止。」

他頓了下，觀察妹妹的神色，才繼續道：「後來，皇上又給太子選妃，那貴女不願，卻不想九王直接堵住那貴女，破口大罵道『就憑妳這副病死鬼的模樣，也配嫌棄我王兄？妳罵我王兄短命鬼，我今日便讓妳比王兄更短命』，說罷，九王便拔刀砍下她頭頂髮髻。那貴女被嚇得當場尿褲子昏過去，自此再也不敢出門見人。皇上因此大怒，當場要把九王打死，直罵他是個小畜生。太子又拖著病體去求，也不知道到底跟皇上說了什麼。皇上又改命九王在太子府中思過。自此再也沒給太子選妃。如今太子府上只有幾個身分不高的良媛、良娣。」

陳寧寧聽完這些話，整個人都傻了。

這些故事，是不曾出現在主線中的。這麼說來，九王如今在京城裡，分明就是個肆意張揚、恃寵而驕的孩子。也難怪太子薨了，九王便開始瘋，不管不顧，攪了個翻天地覆，也要為太子報仇。世上唯一一個真心疼愛他之人死了，死得無聲無息，還沒有給出一個緣由，沒人為此付出代價，甚至沒人為他傷心。

厲琰當然不能同意。

如今，太子若是順利活下來。厲琰就還是那個被長兄捧在手心疼愛的孩子，他又能做下什麼窮凶極惡的壞事來？

想到太子和九王之間兄弟情誼的全貌，陳寧寧突然覺得有些感動。於是，便想著以後多用些心，再幫他種幾株血牛筋吧？說不定，關鍵時當真能作保命用呢。

陳寧遠看著妹妹的臉色，忍不住直嘆氣。心中暗道，女孩子果然多愁善感，只是說個故事，她居然就被感動了。那九王哪是什麼老實的好孩子？再怎麼看，他也是個凶惡暴徒，還有個瘋狗外號。

這樣想著，陳寧遠幾步走到窗邊，隨手推開窗子，把屋裡牛筋草的草藥味散了出去，並垂下眸子，站在陰影裡悄悄盤算。

且不說，九王到底有什麼心思，妹子此等容貌、此等本領，若當真被那些位高權重之人看中。他們家這種平頭小老百姓，就算豁出性命不要，也未必能護得住她。如今，他只能加快學習腳步，趕快投入殷家軍。

只要他能憑藉自己本領，在軍中站住腳，定能被殷國公所看中。到時，步步高升，爬到一個高位，至少也能保護家人。想到這裡，陳寧遠用力地攥緊拳頭。

如今，他的時間不多了，少不得賭上一把。

與此同時，厲琰把六盆血牛筋帶回自己府上，又招來死士。直接全給太子送過去，又交代董神醫斟酌給太子調理身體。不怕用完，以後他會想辦法再弄些仙草來。

來安一聽都送走，連忙上前勸道：「殿下如今已經大好，不需要用這麼多血牛筋，倒不如主子留下一、兩盆，以防萬一。殿下若知道主子如此行事，定然不會高興的。」

厲琰瞪了他一眼，又罵道：「放肆！哪裡又容得你多話？你難道還想像那些言官那般，以死上諫不成？」

來安心中一慌，連忙又退下了。

厲琰這才又寫了一封信，讓董神醫可以用一盆血牛筋給大長公主治病，並要他捎句話給大長公主——想見到那人，還請先配合著養好身體再說。

不然要是見了面，大長公主沒熬幾日便死了，那隻小山貓說不定會哭死。如今，她都願意給養父喝五百兩黃金的藥茶，定然也願意為她外婆多種出更名貴的藥材。

想到這裡，厲琰嘴角又揚起了一抹笑意。

黃金一到手，陳寧寧也安心不少。資金有了，她便可以大刀闊斧改造莊子了。

陳寧寧本來預先拿出一百兩黃金，想要留給陳母當作家用。

陳母非但沒要，反倒把陳寧寧說了一頓。「咱們家如今不愁吃不愁穿的，妳爹又去書苑教書了，每月都有月錢；妳哥也有祿米。哪就輪到妳給家用錢了？妳莫要覺得手中有錢，便可以大手大腳的瞎花。往後妳莊子上用錢的地方還多著呢。不是說要做成天下第一莊子，那仔豬妳買不買？張先生那裡還要育種，種子妳買不買？前些日子，妳不是還託人去打聽番椒、番薯啥的，樣樣都是要用錢的。這些黃金妳且收好，切莫輕易拿出來亂花，往後用處大的呢。」

陳寧寧只得把黃金收了回來，又說道：「好吧，這筆錢裡還有人家給的訂金，的確有些燙手。等將來我那莊子做大了，自己掙錢了，我再給娘花。首飾、衣服咱們都要做最好的。

到時，我還要在城裡給娘置個大院子。」

這話聽起來倒像是小女孩的異想天開，讓陳母聽了忍俊不禁，忍不住捏著陳寧寧的小臉笑道：「這話在理，娘愛聽，還就等著寧寧給我買衣服、買首飾，置辦大宅了。」

母女倆又說了些體己話才散了。

由於厲琰來勢洶洶走了一遭，如今左鄰右舍不敢胡亂編排陳家是非，生怕得罪官家。而陳家人自然也不會把這事往外說，旁人也不知道陳家又得了一大筆外財。

只是防人之心不可無，那些黃金陳寧寧不敢隨便亂放，仍是放在外婆家的小院裡。至於之前王家賠償的那筆錢，陳寧寧也讓陳母兌成銀票，小心翼翼收拾妥貼了。因此就算有外賊去陳家翻箱倒櫃，怕是也找不出幾兩現銀。

等家中事情都處理完，陳寧寧又趕緊回到半山莊子。

因為有了這一大筆黃金入帳，陳寧寧便放開手腳發展莊子了。

首先就是在育種上面加大投入。正好這時他們當真買到了番椒，只是紅薯、玉米一時半會兒還沒得到什麼消息。

張槐看著種在盆裡，掛著的長燈籠似的番椒，滿臉都是懷疑。「莊主，這不是大戶人家養來看的花嗎？一盆要不少錢呢。咱們莊上種它有何用？莫不是種出來後，再高價轉賣給大戶人家？」

陳寧寧直接摘下一個長尾小紅椒，笑咪咪地遞給張槐，說道：「張叔不如把這番椒拿回家裡去，煮菜時切下一些當佐料，自然就知道它的妙用了。往後咱們莊上的買賣，還真少不了它。」

在使用番椒之前，古代飲食史中的「辣味」是指「蒜、蔥、興渠、韭、薤」，也就是古人所說的「五辛」。一旦這番椒大面積種植，整個飲食文化都會發生翻天覆地的變化。因而，就算莊上其他設施尚未完善，陳寧寧仍想先把番椒種起來。

只要能量產，立刻就會打開市場。再不濟，也能做出美味的辣椒醬出去販賣。不說酒樓、飯莊，就是那些長期行走的販夫走卒有了這辣椒醬，日子也能過得舒坦些。

當然，這些都是陳寧寧的野心，並沒跟張槐細說。

當天晚上，曲家果然把這番椒入了菜。家人吃了辣得滿臉通紅，牛飲了不少茶水。卻也愛上了這味「辛辣」。

香兒直問他。「爹呀，往後還能往家裡再拿這些番椒嗎？雖說辣得不行，卻也讓人回味無窮，當真是從未吃過的滋味呢！」

張槐一邊灌茶水，一邊又說道：「這些日子恐怕還不行，我們院裡也就那麼兩盆，還是莊主花重金託人買回來的。等再過些時日，咱們自己種出了番椒，爹再跟莊主說說，就可以拿一些番椒回家裡試吃了。莊主早說過，那是給我們技術骨幹的福利。院裡的東西除了要育種的，其他都能隨便吃。」

說這話時，張槐難掩臉上的得意。先前，他在家中是最沒地位，只是個吃白飯的廢物。除了家中娘子和小女兒心疼他、願意支持他，其他人都有些看不起他。

如今可大不同了，自從他跟著莊主育種，整個人的地位都跟著水漲船高。不但子女敬愛他，鄰居羨慕佩服他，就連岳父都對他另眼相看了。

這不，如今莊主把血牛筋賣出去了。還不忘給他分紅，一出手就是二百兩的銀票子。莊主還說，這是給他的第一筆獎勵。往後，他們繼續賣藥材，只會多不會少。

張槐聽了這話，差點被嚇死。

他是罪奴，全家身價都花不了二百兩，哪敢拿主家這麼多錢？可莊主卻說，如今莊上沒做起來，需要用錢的地方多。所以這次給少了。往後一旦莊子做起來，誰對莊上有突出貢獻，便要給誰發獎錢。

等到吃完飯，張槐悄悄把銀票全數上交給妻子，妻子頓時傻眼，連忙叫來岳父商量。

妻子的意思是，要把這筆錢還回去，二百兩銀子都已經夠買下整個莊子了。

曲老爺子想了想，卻說道：「莊主雖然年輕，主意卻正得很。況且以她的性子，既然給了你，定是不會再收回。女婿往後用心跟著莊主做事就是了。剩下的，我再去跟莊主談。提醒她一下，就算藥材賣了錢，也不要太過大手大腳。」

沒辦法，夫婦倆最後只得把銀票收起來了。

張槐也想著，往後還得多給莊上種菜才好，不如就從這番椒開始努力。

隔天，曲老爺子找上陳寧寧時，陳寧寧剛好畫了一副草圖。她那畫圖風格，連寫意潑墨都算不上，就是極其簡練的一些線條和方塊圖形。然後在旁邊標註了小字。隨便拉一個人過來，都能看得懂。

陳寧寧剛好正在興頭上，便興致勃勃地指著那圖紙，對老爺子解釋。

「曲爺爺來得正好，您看這座山上，往後就按照這個圖來佈置。這邊山上都給它種上糧食。等到收了黍米，下次再種上豆子，也算讓土地歇一歇。正好張叔找到了一些野豆良種，這些日子便讓大家趕著收一批，正好把那野豆種在咱們田裡，再適合不過了。」

曲老爺子安靜地聽著，莊主講著她對這莊子的種種設想。再一看，這姑娘雖然年輕，面皮略顯稚氣，兩眼又大又圓，宛如杏仁一般。可當她說話時，她那雙杏眼卻在放光，熠熠生輝，如天上的星子般。

這段時日，見慣了陳寧寧這般從容大氣地講話。曲老爺子對她越發信服得緊。雖然他不知道，這半山莊子是不是真能做成「天下第一莊」。他卻深信，只要有莊主在，他們這莊子將來必定差不到哪去。

曲老爺子自然不會打斷她，反而笑咪咪地聽她說了個盡興。一直說到口乾舌燥，陳寧寧才停下來，給曲老爺子和自己各斟了一杯牛筋草茶。拿起杯子，一飲而盡，又問道：「曲爺爺對咱們莊子有什麼想法？大可直接說出來。」

曲老爺子便說道：「如今地裡的黍米長得很好，果然如莊主所說的那般，咱們的地更適合種黍米。除此以外，這兩個月來，咱們曬了不少山珍野菜。圈裡的豬崽也養得很好，長得比一般人家似乎還要快些。養的那些雞崽也都成活了。那牧草果然好用。除此之外，香兒娘又帶著人打了十幾口野豬，都醃成了臘肉，還抓了幾窩山豬崽子，交給老李他們，用了咱們種出來的地榆餵，那些豬崽也都成活了。只是說來奇怪，野豬好像都很喜歡吃咱們這邊配的料。老李同我說，還有大野豬從山上跑下來，想到圈裡蹭吃。只可惜他們沒抓住，讓牠給跑了。後來，我便讓香兒她娘帶著咱們這兒的飼料作陷阱，果然又抓住好幾頭野豬，不然也不能囤下這麼多豬肉。」

陳寧寧聽了這話，忍不住暗笑。果然那泉水處理過的飼料，對牲畜有著強大的吸引力。如今只是用了一點，不只豬和雞養得好，連野豬都給招來了。

曲老爺子見她笑咪咪的，便又說道：「莊主的那些想法大都已經實現了。可如今想要繼續做起來，就需要花很多錢。往後大可不必另設獎勵。這次妳給張槐二百兩，往後也給別人，這莊子怕是還沒做起來，就先垮了。」

陳寧寧卻搖頭說道：「張叔不一樣，屬於特殊人才，福利必須跟得上。更何況，我是賣了他栽培的血牛筋才換來的錢。必然要有張叔一份。況且，咱們莊上的育種全靠張叔，總不能既讓馬兒跑，又不給馬兒吃嫩草吧？若不是如今用錢的地方多，提成也不只這些。好在這也並不是一筆的買賣，往後還會陸續進帳的。」

「妳這……」也太心慈手軟，太過孩子氣了！

曲老爺子自然看得出，陳寧寧從來不把他們當奴才看，反而是當作家人。他只怕小莊主待人太過寬厚，太過真心。若有朝一日，別人對她動了歪心思，做了背主的事，小莊主指不定要多難過呢。

想到這裡，曲老爺子便暗自決定，以後他少不得再動用些見不得光的手段了。至少在這莊上，有他們這些人在，定不會讓沒良心的小人欺瞞莊主，做下不才之事。

曲老爺子索性也不再勸她，反而轉開話題。

「昨兒，張槐拿回去一個紅果子，說是叫番椒，我們炒菜吃了實在夠味。不知，我老頭今兒能不能再拿一個回去嚐嚐？」

陳寧寧聽了這話，連忙笑道：「自然可以了，曲爺爺是莊頭，是咱們莊上的大功臣，理應享受一等特殊待遇。」

說著，便帶老爺子去了後院育種的院子。

進了院，她這才像小女孩那般抱怨道：「原本應先給曲爺爺發些津貼，偏偏您老死活不肯要。往後咱們這農業部培育出的糧食果子，只要留下育種的，其他您都可以隨便吃。等到咱們莊上產的東西能賣出去，我再給您分紅。」

聽了這話，曲老爺子忍不住笑出聲，又說道：「那到時我可不客氣了。」

雖說，陳寧寧對待那些有偏才的人，格外優待禮遇。可對他們這些幹實事的主管，也不曾虧待過，儘量一碗水端平。也正因為如此，曲老爺子才格外信服她。

陳寧寧乾脆摘了兩顆番椒給曲老爺子，又教他如何炒番椒。這樣一來，曲家人自然嚐到了辣椒的好處。就連張槐帶著香兒和青蒿在地裡幹活，也越發起勁了。他們只盼著能早日把番椒種出來，就可以再嚐嚐番椒入菜了。

另一邊，吳哲源果然滿腦子都是奇思妙想，而且動手能力極強。

自從聽了陳寧寧那些有趣的想法，他便也起了心思，想通過竹子，利用虹吸，把山下的水引到山上澆灌田地。只可惜，這並非是一時半刻便能實現的。

陳寧寧便鼓勵他，先動手做些簡易小實驗，同時也告訴他，一些三通管、閥門、水車之類的小玩意。每次聽她說完，吳哲源都會兩眼放光，產生許多奇思妙想。

後來，連陳寧寧用柳炭條畫圖的方式，他也學會了。陳寧寧很快便把他列入特殊人才，歸給袁洪哲管理。

如今吳哲源不用再去種地，整日待在屋裡造物，他那面皮很快就恢復過來。不得不說，他確實是個清俊漂亮的小哥。只不過，他為人羞澀，有些怪癖，說話聲音也小。

除了造物，其他方面吳哲源都不在行，也有些缺乏自信。也難怪之前他爹狠下心腸，逼他下田種地，讓他曬黑面皮，也好多幾分男子氣概，不然將來真不好說親事。好在，這人一旦投入工作，便全力以赴。而且他很能觸類旁通，是個科技人才。

只是他忙碌時，全然管不上周遭，就連陳寧寧去找他說話，他也未必能聽見。倒不是裝聾作啞，是真的心無旁騖。

初時，袁洪哲還怕他表哥因此得罪莊主，儘量幫他打圓場。誰承想，陳寧寧並不在乎吳哲源的怪癖和無禮。反而大開方便之門，儘量幫著吳哲源買材料，做研究，還與他一起討論技術進展。

對此，袁洪哲鬆了口氣，便與他表哥配合著繼續擴建莊子。他本就有著一手造園的好本領，再加上陳寧寧那些想法確實可行。慢慢地，這山莊也就有了個大致雛形，正在逐漸豐滿中。

陳寧寧這邊，莊子造得風生水起，厲琰的密使也到了京城。

太子收到了密信，看著送來的六盆藥草，忍不住直罵小九又胡鬧。這般貴重的仙草是救命用的，怎能全數都給他送過來？至少也該留下一、兩盆自己關鍵時保命用吧？

密使只得硬著頭皮，說道：「王爺說，殿下身子虧損得厲害。除了勻一盆給大長公主治病，其餘都讓董神醫給殿下調理身子用。至於他那裡，大可不必擔心，陳家姑娘之前製了一些草藥茶，也送了他一些，定然也有一定功效。王爺還說，多則一年少則半年，他定會盯著那陳姑娘再種些血牛筋出來。殿下大可不必擔心，日後還會有草藥源源不斷送過來。」

太子聽完這話，整個人都不好了。

他連忙問道：「小九該不會算計上陳姑娘了吧？人家姑娘就算擅長種植，也不能拘著人家一直給他種藥草呀！不是說，陳姑娘還弄了個莊子，正在培養旱地良種嗎？」

太子皺起眉。那可是關係民生的大事。更何況，那姑娘身分非同一般。這會兒欺負得狠了，將來跟大長公主認親後，怕是沒辦法善了了。

別看明珠郡主去世後，大長公主便皈依佛門，從此不問世事。就連皇上去看望她，公主也不願意見。

可自從知道郡主的女兒還活著，大長公主已經開門招太醫看病了。照這種架勢，一旦大長公主見到了她外孫女，朝廷內外的趨勢都會發生改變。

小九倒好，如今不說和那陳姑娘好好相處，還想欺負人家，著實有些過分了。

太子沒有子嗣，多年來一直把九王當親兒子撫養，管束嚴格。如今看不慣他的作為，又離得遠，只得寫了一封密信過去說教。不過，他到底還是依了小九的意思，派了董神醫，帶著血牛筋去給大長公主治病。

第二十三章

之前，九王透過王生平一事，收拾了五王的外家曹大人。其實也算事出有因。數月前，五王附庸官員曾上奏。「太子身體日漸衰弱，不足以勝任太子之職，還請陛下廢了太子，另立賢能。」

皇上此時老當益壯，海內又一派昇平。他自然不甘心看著兒子們一個個成長，威脅他的地位，可以說病弱的太子就是最好的擋箭牌。

皇上自然把這本奏摺按下不發。五王那邊本來還想發動言官造勢，逼著皇上廢太子。哪裡想到，九王雖然遠在潞城，卻直接拿王生平祭刀，拔出蘿蔔帶著泥，不只逼得曹大人辭官，就連五王那一脈也都受到牽連。

此事讓皇上當堂痛罵，說五王就是朝廷蛀蟲，罰他在家裡思過。

自此，五王那邊算是徹底沒了動靜。朝廷內外，也沒人再敢對太子下手。

太子身子那樣衰弱，只剩下一口氣罷了。而九王就是條瘋狗，因為有西域血統。皇上再怎麼說，也不會傳位予他。這樣想來，這兩人雖說身分貴重，卻根本沒有競爭力。與其招惹瘋狗，亂咬一通，倒不如先鬥垮其他政敵，再來收拾他們。

至於九王爺派董神醫去看望大長公主，也沒有躲躲藏藏，反倒被默認成，九王遠在潞城，對於京中分身乏力。便起了主意，想利用大長公主的勢力保護太子。

對此，其他王爺頗不以為然。

六王收到消息後，不禁冷笑。瘋狗老九向來也只會這些簡單粗暴的手段，完全不知變通。哪像他這般周全，一早便暗中搭上了鎮遠侯府的魏婉柔。等到時機成熟，魏婉柔嫁給他做了側妃。再通過她籠絡大長公主那一派，豈不是水到渠成？

這月正逢十五，魏婉柔又如往常那般，沐浴更衣，帶著自己親手製作的禮物，去到靈隱寺，向大長公主請安謝罪。

原本魏婉柔還想著，她十年如一日這般誠心。大長公主就算是鐵石心腸，也該被捂熱了、感動了。正因如此，這些年她暗中做的那些手腳，編排的那些謊言，公主那邊才從未派人出來分辯過。

魏婉柔甚至想著，說不定這次公主便會見她，因而特意穿上新做的裙子。據說，這裙子完全是按照明珠郡主的喜好所縫製，尺寸也和郡主一模一樣。若是大長公主見了她這身打扮，定會對她寬容些。

魏婉柔盤算得完善，從魏家乘著馬車，一路來到靈隱寺。下車後，魏婉柔便在侍女的攙扶下，一步三搖，艱難地向著後山走去。直走得渾身是汗，幾乎快要昏厥。

為表真心，這些年來，她來靈隱寺從未用過小轎、肩輿。就連幫忙帶路的年輕僧人，也感動於魏婉柔的真心。

然而，魏婉柔這幾年在京中風光太過，已經成功引起了其他貴女的不滿。

許多世家小姐一直看不上她這副做派，私底下沒少罵魏婉柔，果然是個小娘養的。這些小家手段，也就她做得出來。可明面上，她們卻礙於大長公主的威勢，從來不敢苛責魏婉柔什麼。

說來也巧，知道十五這日魏婉柔的行蹤，那早已傾慕六王多時的張家小姐張玉芝，便暗中使人跟著魏婉柔到後山蹲守，想探探虛實，確認大長公主到底是如何待她的？

張玉芝乃武官家族出身，不相信於戰場征戰過的大長公主，會看在魏婉柔把自己餓得體態纖細、弱不禁風，把明珠郡主學了個十成十，就能對她另眼相看。

魏婉柔好不容易來到那棟僻靜別院前面，已然累得快要昏倒過去。偏生她個性倔強，為求真心，她打發僧人離開後，居然親自前去敲門。

過了一會兒，裡面果然有人來應門。來人剛要問話，魏婉柔便兩眼翻白，暈了過去。

她的丫鬟連忙上前，哭哭啼啼地說道：「小姐，妳這是怎麼了？要妳坐轎子，妳偏偏不肯聽。妳身子這樣弱，還說要誠心贖罪。如今吃苦受罪的還不是妳自己嗎？」

門內站著的那個五大三粗、面相凶惡的老嬤嬤聽了這話，便冷笑一聲。「怎麼的，難不成妳還怪起我家殿下來？誰上趕著求妳家姑娘過來我們這裡做戲不成？」

小丫鬟聽那凶巴巴的老嬤嬤一說，頓時便嚇了一跳，連忙又辯解道：「嬤嬤恕罪，奴婢並不是這意思，您誤會小婢了。求您先讓小姐進院裡，給她一口水喝。小姐也是為了給公主殿下請安，才累得昏過去的。」

她在魏婉柔身邊待久了，自然把自家主子那套看家本領，學了個八成像。一遇見無法解決的事，她便兩眼一紅，很快滾下淚來，直哭得梨花帶雨，讓人覺得好生可憐。她們這套本領，若用在他處，也算百試百靈。旁人定會心生不忍，原諒她都算其次，還會把她家小姐請到家中好生休息。

只可惜眼前這老嬤嬤，不只面相凶惡，還是個鐵石心腸。見她主僕這般淒慘，非但沒有半分同情，反而冷笑道：「莫不是妳家小姐病倒了，還要推到我們身上？我們殿下自從閉門修佛，就連當今聖上來了，都不曾會面。何時又召了妳家小姐前來相會？妳鎮遠侯府，真真是好大膽子，每月十五定前來打擾殿下清靜也罷，還要在別莊門口唱猴戲？」

瞧小婢一臉驚慌，老嬤嬤語氣更是不善。「不要妳們禮物，便堆到門口，死賴著讓我們收下。殿下乃金枝玉葉，哪會用妳家喪門星親手所縫的衣服？不過是我那幾個老姊姊上了年紀，隨殿下吃齋念佛，生了幾分善心，不願同小兒計較罷了。至於送來那些東西，都給山下窮苦人家用了。」

老嬤嬤冷哼一聲，沒等小嬋接話，又道：「她們雖然善心，卻不想妳家姑娘倒是個屬猴的，性子也急，還沒給遞梯子，她便往上爬了。居然還敢在京中放出消息，說殿下對她另眼相看？也不撒泡尿照照，她算什麼東西？奴才秧子一個，就算餓得身形像我們小郡主，也不過是個賤人生的賤胚子。也不想想她配不配到殿下面前來？如今還敢暈倒在我們門前，想要敲竹槓是吧？魏氏當真是好大狗膽。莫不是妳們以為殿下如今念佛不殺生，便可以為所欲為？妳且回去告訴鎮遠侯那匹夫，叫他管好這個庶女。若是魏府管不好，我們這邊，自會有人替他管教女兒。」

小嬋嚇得面如土色，眼中都是淚，卻已不敢再胡亂落下來。

這老嬤嬤並不是大長公主從前帶在身邊伺候的嬤嬤，而是霍將軍府上遠房小姐霍芸娘。只因芸娘天生貌醜顯老，在婚事上實在艱難，她又崇拜大長公主，便自願跟在公主身邊，服侍左右。後來，又習得一身好本事，學了不少用兵謀略，一路也曾做到副將。

她本以為此生與婚事無緣，卻不想她為人至誠，對公主忠心耿耿，再加上又有真本事。竟被軍中一位少年將軍看中，還請了他父親親自來向大長公主求親。

霍芸娘本來只想陪伴在公主左右，過一生。公主卻憐惜她，又見那位少年將軍人品貴重，家世也般配，便做主把霍芸娘嫁了過去。她出嫁後，果然夫妻和睦，琴瑟和鳴。夫婦同心，共同鎮守北疆。

後來明珠郡主出事，霍芸娘也曾快馬加鞭，趕回京城，欲陪伴公主左右。公主卻不忍見她夫妻分離，於是又使人把芸娘送回北境。

主僕一別將近十年，霍芸娘近日才隨丈夫回京。原本公主已然一心修佛，不願再見人，她也不願意打擾公主清修，便沒來叨擾。直到董神醫前來，帶來了小主子的消息。大長公主又招了胡太醫來調養，霍芸娘這才得以回到公主身邊。

只是這些時日，她在京裡早已灌了一耳朵風言風語。她心中恨毒了鎮遠侯府不識相。害死明珠郡主不說，如今還在拉大旗作虎皮，藉公主的勢，在京中橫行。如今又見魏婉柔前來敲竹槓，芸娘一怒之下，這才有此一招。

正說話間，忽見一輛小轎，停在別院門前。只見董神醫掀簾出了轎子，手中卻抱著一盆蓋著黑布的花。

霍芸娘一見是他，頓時滿臉烏雲盡散，又朝著小婢罵道：「怎麼，還不把妳這裝死的小姐，趕緊給我弄開，是不是要等我伸腳把她踹開呢？公主別院的路，也是妳們能擋的？」

小婢見這老嬤嬤實在凶狠，生怕她真會踹人，於是連忙把她家小姐扶到一旁。

霍芸娘冷哼一聲，這才上前說道：「董神醫，你終於來了，公主可是恭候多時了。」

董神醫見她方才那麼凶，卻不想她對自己說話，竟是這般客套。只是那副尊容，一笑起來，反倒越發嚴厲恐怖了。董神醫又忍不住看了一眼旁邊那對主僕，雖然沒有開口詢問，臉上卻有些不解。

霍芸娘見狀，便解釋道：「先生不必在意她們，不過是兩個作死的奴才。在外面沒少打著我家公主殿下的名號，胡作非為。殿下從前吃齋念佛，懶得搭理這些臭蟲。如今可不一樣，全賴先生了。」

說著，她便把董神醫請到院內。

待到霍芸娘離開，小嬋才癱軟在地上。過了一會兒，她回過神，連忙把背上的竹筒取下來，倒些蜂蜜水給她家小姐喝了。

半晌，魏婉柔才清醒過來。看了看四周，臉色越發蒼白，又皺眉問道：「怎麼，殿下依舊不肯原諒我？看來還是婉柔不夠誠心。小嬋，妳可把禮物送給嬤嬤了？山上寒涼，我親手做的護膝，公主殿下倒也能用上一二。」

小嬋不聽這話還好，一聽這話，頓時落下淚來，一臉委屈地說道：「小姐，妳就別再生事了。剛剛那老嬤嬤好凶，把咱們魏家罵得好慘。就連咱們打著公主名號，在外面的行事，她也都知道了。還說，叫妳以後不許再來。若魏家不會教育庶女，她們定會請人去教妳。」

魏婉柔本就身體柔弱，如今又中了暑，一聽這話，臉色發青，當場便吐了。小嬋連忙幫她捶背揉腹，又是餵她喝水。

魏婉柔好不容易才緩過來，又握著小嬋的手臂問道：「方才那事，可還有誰知道？」

小嬋連忙說道：「有小轎抬來了一位老先生，如今已經進入別院裡，小轎則是回去了。除此之外，應該無人知曉此事。」

魏婉柔垂下眼睛，沈思半刻，又說道：「無人知曉就好。如今我已經十六了，若是突然被公主殿下離棄，又惹她不喜一事傳出，恐怕連我的婚事都會受到影響。倒不如先把這事按下來，再多等一段時日。只要我們不再生事，公主殿下這邊大概也不會同咱們計較。」

她要是一心念佛，便繼續念下去好了。不然怎麼給她女兒、外孫女，修來生呢？

小嬋連忙問道：「可六王爺那邊，又該如何是好？」

魏婉柔扶著她的手，站起身來，又低聲說道：「他那裡我自會應付。罷了，妳先把東西放在門口，扶我下山去吧。」

小嬋又說道：「怎麼還要放在門口？方才那滿臉凶相的嬤嬤已經說了，殿下從來不用小姐妳親手做的東西，都送給山下窮人了。」

魏婉柔臉色難看得厲害，卻還是咬著唇，紅著眼眶，說道：「還是放在門口吧。殿下不能諒解，定是我們不夠誠心。我相信總有一天殿下定能接受咱們的心意。」

說著，她便顫顫巍巍地往山下走去。

小嬋聽話放好了東西，連忙幾步追上去，扶住她家小姐手臂勸道：「小姐如今體弱得厲害，不如多吃一些。每日只吃雞湯，連口糧食都不敢吃，這樣就算是好人也會餓壞的。」

魏婉柔卻低聲說道：「哪要妳這般多嘴？我自己的身子自己知道。天生這般命苦，我若再不爭一爭、想想辦法，五歲那年便死了。」

小嬋聽了這話，也是一臉傷感。

與此同時，董神醫很快進了主廳。只見大長公主仍是那套灰色僧袍，手裡握著念珠。只是此時卻坐在桌邊，正喝著茶，氣色比前次看來好了許多。

董神醫一進屋，大長公主便瞪著他，冷笑道：「怎麼，厲琰那黃毛小兒，終於來信了？可是想好提什麼條件了？」

說話間，她一抬眼皮，自帶一股殺伐決斷之氣，彷彿下一刻便要揮刀斬斷他脖頸一般。

董神醫被嚇得不輕，連忙匍匐在地，又回道：「九王爺說，您若想見到那人，需得配合著，讓我給您治病。什麼時候醫好了，便安排您與那人相見。」

大長公主聽了這話，單手一擊桌子，茶水濺得滿桌都是。她開口罵道：「厲琰那黃毛小兒也敢威脅我？難道他真以為我老人家不殺生，便是他這犬輩可以隨意拿捏的？」

董神醫匍匐在地，嚇得完全不敢接話，只是緊緊護住身前的那盆花。

霍芸娘見狀，上前勸道：「殿下，九王到底是您的晚輩，如今看來，他不過是想讓您治病，或許並無惡意。」

半晌，大長公主才一臉滄桑地說道：「罷了，我倒要看看黃毛小兒，到底要耍什麼花招？只怕我有生之年，都見不到她了。」

說著，她眼圈便是一紅。

她一早就召來了胡太醫。自然知道自己就這一、兩年的壽命了。可恨厲琰心黑手狠，就是條瘋狗。外孫女落在他手中，又在殷家軍的地盤。就算她派人前去營救，怕是也難救回來。

如今，大長公主竟生出了幾分破罐破摔的心思，只希望厲琰趕緊提出條件來。於是，便把董神醫留在別院，給她診治。經過給太子治病，董神醫也算小有心得。如今再給大長公主治病，又重新調整了方子。甚至還用一些血牛筋葉子磨成粉，加入其他通暢血脈、消散瘀滯的藥草混合做成膏藥。

他將膏藥交給劉嬤嬤，讓她幫助大長公主外敷在舊傷處。

這血牛筋可能是陳寧寧澆灌泉水比較多的緣故，效果比之從前那株血牛筋還要強上許多。就算董神醫調整了藥方，讓藥效和緩些，可大長公主喝了藥、用了膏藥，不只吐出了黑色污血，排出不少污便，就連貼著的膏藥也變成了黑紅色，陳年舊傷上沾染了不少黑污。

大長公主何時這般狼狽過，便覺得厲琰黃毛小兒故意消遣她。好不容易等到腹瀉的間隙，她便抓住董神醫的脖領子，破口罵道：「黃毛小兒是特意派你來害我的吧？」

董神醫都快被嚇死了，連忙又匍匐在地，索性便把九王花了兩年多，千辛萬苦，給太子找神藥的事都說了。又連忙說道：「上次我給您診脈，便看出您體內陳傷淤積，又多年不曾調理，如今體內經脈阻塞，這種病症也只有神藥方能醫治，否則命不久矣。寫信過去，王爺便又送了神藥過來，叫我幫您治好身體。公主明鑒，王爺對您並無任何不敬之意。這種狀況也是在所難免。」

大長公主滿臉狐疑，又皺眉問道：「這麼說來，如今太子的毒已經解了？就是用了這盆赤紅野草？」

來之前，太子便交代過董神醫，可以把近況盡數告知公主，不必加以隱瞞。董神醫卻深知九王爺的性子，他定是不會讓太子處於危險之中，於是便硬著頭皮，解釋道：「毒雖然已解，只是太子這些年，身體已然被掏空，還需長期靜養。」

他並沒有說，九王爺又送回六盆神草，正打算為太子全力調理身體。

大長公主聽了這話，越發遲疑起來。但也沒再說什麼，只是打發董神醫回房休息，又問心腹劉嬤嬤和霍芸娘。「妳們說，厲琰那黃毛小兒到底想做什麼？難不成太子如今好了，他便想讓我扶持太子，護他周全？因而才要救我性命？」

劉嬤嬤道：「不管九王要如何，都對殿下大有好處。殿下不如繼續讓董神醫醫治。若當真能把殿下治好，奴婢願意吃齋念佛求太子大安。」

霍芸娘也說道：「不管如何，九王難纏得很，如今恐怕只有殿下養好身子，才有機會見到小主子了。」

大長公主這十年雖然一心修佛，也明白如今朝廷形勢。若太子當真養好身子，又有九王為他謀劃，又背靠殷家軍，將來必定能坐上那個位置。她雖早已不問朝堂之事，可為了外孫女，也少不得跟那條小狼狗崽打機鋒了。

如今她也只希望，九王看在她的顏面上，千萬別為難了那孩子。

劉嬤嬤又秘密招了胡太醫來給大長公主號脈。卻不想，才用了一次血牛筋，胡神醫竟發現，公主的病已經有所緩解。

待劉嬤嬤拿了血牛筋膏藥和一片紅色草葉給他看。胡神醫的白鬍子幾乎要翹了起來，指著那紅色草葉，連聲問道：「那株草看著像田間野草，可是通體血紅？」

「正是如此。」劉嬤嬤狐疑地說道。

胡太醫顫聲說道：「該不會真是傳說中的血牛筋吧？想不到世間竟還有此種神草，殿下的病應是有救了。」

大長公主這才確定，九王是拿出真東西救她性命，並不是故意消遣她。

自此以後，雖然覺得難堪，大長公主還是繼續接受董神醫的治療。

當初太子解毒，用了十日藥方才見效。

如今吸取了上次經驗，董神醫基本上隔一日才給大長公主用一回藥，再加上她陳疾舊傷已深，足足調養了一個月，才逐漸有了起色。

這一個月中，大長公主繼續閉門不見客。卻總是打發霍芸娘回家，也因此霍芸娘又聽到了不少新鮮事。

原來魏婉柔倒是很能沈得住氣，回到魏家，仍是做出一副誠心悔過的模樣，就算家人問她，大長公主如何了？

魏婉柔也是一臉誠心地說道：「婉柔贖的罪不夠，仍未得公主原諒。」她這倒也沒說瞎話，卻仍引得眾人都覺得大長公主高看她一眼。

魏老夫人十分高興，又送了魏婉柔兩疋上好的緞子，叫她裁了做衣服。過兩日，還要帶她出門會客。

可一心想嫁給六王爺的張玉芝，並不想讓魏家如意。

等到貴女們會面時，她便當著眾人的面，直接拆穿了魏婉柔的謊言。「還說什麼公主對她另眼相看？其實多年來，一直是她上趕著跑去倒貼公主，給公主送禮物。公主金枝玉葉，自然不會用她做的那些粗糙爛物。嬤嬤們不肯要，她便上趕著堆在人家門口。嬤嬤們也是沒有別的辦法，只得拿來打發給山下窮人用了。」

她冷笑一聲，接著道：「這倒也再合適不過了。偏生魏婉柔這個厚臉皮，竟因此賴上了公主。也不知誰給她的臉，還敢說公主對她另眼相看？也不照照鏡子，想想自己是個什麼出身？不過是外室生的庶女，因為嫡女丟了，才抱回魏家，充作明珠郡主的女兒，以慰郡主心病。可明珠郡主當日一眼便認出她是個冒牌貨，反而氣得病情加重了。如今，大長公主又怎麼會把她當親外孫那般看重？這魏家庶女實在異想天開，自以為打著公主名號，公主又懶得理會她，便真把自己當鎮遠侯府的嫡女看待了，也不看看自己到底是個什麼東西！」

第二十四章

這話直白又難聽，而且正中魏婉柔的心事。

魏婉柔一時受不了，氣得當場落下淚來，又質問道：「婉柔自知罪孽深重，從未有過任何奢念，這些年一直誠心向殿下賠罪。一日不曾解脫。張姊姊何必造此謠言，專壞我名聲？難道我誠心認錯也有罪嗎？」

她本就生得病弱蒲柳姿，再加上長相不俗，一哭起來，便若梨花帶雨。

可惜，在場的都是各家貴女，看多了家中妾室這番做派，自然不會被她打動。她們不去安慰她，而是抱著看好戲的心態圍成一團，單單等著魏婉柔繼續鬧笑話。

魏婉柔一看，現如今居然沒有一人站在她這邊，幫她說話。往日那些朋友，算是白交了。她一生氣，便跑了出去。

張玉芝看她那背影，忍不住說道：「看見沒有，跑得這般快，都快趕上馬了。哪裡又像身體嬌弱的樣子？該不會在公主別院前昏倒一事，也是裝的吧？」

其他貴女一聽這話，頓時來了精神，又纏著張玉芝繼續給她們講故事，自然也沒人去追魏婉柔。

只是誰承想，那魏婉柔也是個有心思的。故作一時想不開，便跳了院裡的湖。她本只是想鬧些事，也不知怎那般湊巧，竟讓六王厲瑫給她救了下來。

兩人孤男寡女，隔著夏日薄衣，眾目睽睽下有了肌膚之親。

六王原本就對魏婉柔有些心思，一心想透過她，跟大長公主搭上線。之前，便幾次三番的呵護。如今見她這般腰肢纖細、楚楚動人，越發動了幾分真心。他還暗自對魏婉柔說了幾句真心話，安撫了她。

然而，六王到晚上收到張府的消息時，腸子都悔青了。原來魏婉柔也是個狠角色，一直在扮豬吃老虎。這些年，不過是藉了大長公主的勢，公主可能連她是誰都不知道。他氣得當場便摔了杯子，鬧得好生氣悶。

如今事情鬧開了，上京貴女都知道他救了魏婉柔。

六王在朝堂上，貫有賢名，如今斷然不能去妨害貴女名節。不然，壞了名聲，往後便很難讓那些士大夫繼續支持他了。

六王一夜未眠，轉過天來，他只得咬牙進宮，主動請皇上下旨賜婚。

皇上正好記恨他拉攏朝臣，以賢王自居，當場便下了聖旨，讓魏婉柔給六王作正妃。

六王聽了這話，一時臉色大變。

皇上又說道：「你生母出身低微，如今你又不肯安分，暗中勾搭鎮遠侯的庶女，行了不才之事。你倆倒是天造地設的一對，讓魏氏女給你作正妃，再適合不過了。」

六王呆若木雞，在宮門口跪了一下午。

直到宮門快要下鑰了，才有太監過來知會他。「還請六王爺回府吧。」

六王渾身冷汗，趕回到家中，這才知道他完了，被父皇打壓了。

娶了魏氏庶女，從今往後，朝中那些士大夫都會看不起他，又怎麼會繼續支持他？

他一時暗恨，恨那魏婉柔算計他，分明是看見他過去，才跳到湖中。一時又忍不住埋怨父皇，何苦這般厭惡他、打壓他？他不過是想娶魏婉柔為次妃，以示負責，如今讓魏婉柔作了正妃，哪家真貴女還會嫁他？

六王只覺得心灰意冷，他這輩子怕是完了。

這時，又有忠心門客前來見他，又給他出了個主意。「魏婉柔如今已然廢了，皇上下旨要讓王爺娶魏氏女，可真正的魏氏嫡女尚在民間。王爺不如想辦法幫著大長公主找回真正的嫡女如何？大長公主看不上魏婉柔，難道還看不上自己的親外孫女嗎？若是到那時，王爺能得了真嫡女的青眼。大長公主自然會想辦法讓真嫡女作王爺的正妃。到那時，王爺何愁大業不成？」

「此計甚好，只是真嫡女如今又在何方？鎮遠侯府和大長公主找了這麼許多年，不曾找到。我們又如何尋她？」

門客又說道：「五城兵馬司抓到一個人販子，那人為保命，曾洩漏消息，似與貴女相關。」

六王連忙下令。「命人趕緊把他抓回來。」

「是。」

到了中秋，果然黍米大豐收。

放在往年，半山莊上的人收麥子、稻子都沒熱情。老大一片田，結穗卻寥寥無幾。就算收完糧食，都遠遠不夠他們吃的。

這黍米可就不同了，同樣是靠著夏季裡的幾場雨，田裡竟長得滿滿當當，就像山下牧草那般繁茂。

收割這幾日，幾乎全莊上下都行動起來，小孩都出來幫忙。人人都對收黍米充滿熱情。原來，他們這塊土地當真能種出糧食來。

或許，這些黍米仍是不夠全莊吃上一年，還需要莊主花錢買糧食回來填補，可莊上的人卻也看到了新希望。有人甚至表示，來年還要開墾出更多土地，再種更多的黍米。

陳寧寧並沒跟他們多作解釋，只是讓曲老爺子帶人，先把黍米分到各家各戶。

黍米跟小米外觀其實差不多，都是黃色的米，只是比小米略大些。莊上的人得了這種米，大都用來蒸飯吃，或者熬成粥。

正好莊上有石碾子，陳寧寧分完米，便帶著人把黍米磨成粉，又做成黃饃饃，給他們看。至於糖鹽各式佐料，早就打發人按月發了。

一時間，莊上的人有了靈感，當真是把這黍米弄出許多花樣；蒸成糰，騰成餅都有。

陳寧寧也會做一些驢打滾、年糕一類的小食。她帶些回家裡去，陳母也愛吃得緊。就連香兒也學了不少有趣的食譜在家裡做。

這一日，陳寧寧又帶著香兒，蒸了一大鍋黍米年糕。剛出鍋，便見菖蒲來報。「莊主，山下來人要見妳。」

陳寧寧還以為是村裡人找她有事，或是買種的事又有動靜了。於是，便摘下圍裙，擦了擦手，直接往大門去了。

說來也怪，平日裡全莊上下，人來人往的，十分熱鬧。偏這一日，院裡的人忽然不見了。就連平日裡最重視莊上安全的曲老爺子，居然也沒帶著人去門口查看。

但現在正趕上吃飯時間，陳寧寧一時便沒多想，走到大門口才見一個身著黑衣黑袍的男人，正站在山坡上，看著遠處的田地。

陳寧寧初時也沒認出來，下意識便問道：「請問找我有何事？」

那人隨口說道：「早聽聞妳花錢買了個荒山莊子。聽人都說，妳這是賠本賺吆喝。誰承想，才三個多月，妳這荒山莊子竟變成這般景象了？」一邊說著，男人緩緩轉過身來，用那雙深邃狹長的眼，別有深意地看向陳寧寧。

之前見過幾次面，厲琰都是騎兵裝扮，甚至身背大刀，披盔戴甲。那時候，他身上自帶著一股殺伐決斷的銳氣。此刻他卻穿著黑色常服，乍一看並沒有什麼特殊。細看才能發現，衣服的領口袖邊皆滾著細緻的雲紋樣式。脫去盔甲之後，厲琰頭上只俐落地束著一支白玉髮簪，反倒更顯得這人高䠷秀雅，眉眼如畫。

乍一看這張臉，實在很難讓人不動心。

只是，很快陳寧寧便意識到，這可是原著中的大魔王，根本不是她能惦記的小狼狗。

幾乎沒有遲疑，陳寧寧笑吟吟地說道：「厲軍爺，您怎麼找到我這莊上來了？倒是稀客。」

自從上次聽兄長細細分析之後，陳寧寧便越發確定，如今厲琰有人管著，沒瘋，腦子沒出毛病，為人還算明理。她大可不必提防太過，只把他當作一般合作夥伴相處便是了。

厲琰既然喜歡她本性外露，與他針鋒相對，陳寧寧也就不逼著自己低調裝孬了，不然非但沒趣，還憋悶得很。

厲琰沒直接答話，反而挑眉問道：「怎麼，我跟妳定下那麼大的買賣，還不能來妳莊上探視探視？我倒要問問，如今已經月餘，那草種得如何了？」

陳寧寧半點不慌，反而沈聲說道：「原來是為了那個，厲軍爺隨我進來吧！」

說著，便引他進了莊子，一路沿著廊道往內院走去。

原本造這園子時，工匠也曾想盡辦法把它造成美觀的大家園林。因而假山人工河，甚至張牙舞爪的湖石，應有盡有，倒有些京城豪宅的影子。

只可惜，陳寧寧接手後，這院子就被她大改造過了。人工開鑿的河，如今已經變成了魚池，裡面養了許多魚，時不時便有魚兒躍出水面，水面上，還有三三兩兩的水鳥、鴨子，湊在一起嬉戲。

旁邊那花圃跟著遭了殃，成了苗圃。如今半朵花都沒，全都種上了一些可食用的野草、野菜，還都劃分面積。中間還挖了引水渠，那些水都是利用某種手法，從魚塘裡引出來，再灌入苗圃裡。

除此之外，那些湖石上竟也種植了一些野菜、水草。

乍一看，一切都是井然有序，自成一景。偶然，廊下半垂的瓜藤，還吊著一顆青瓜，倒也別有一番滋味。

厲琰看了這些，忍不住暗嘆，果然這就是小山貓兒最愛的風格，一切都以「食用」為主。他又不免心生好奇，便開口問道：「人家花大手筆造的園子，怎生被妳弄成這番模樣了？」

陳寧寧抬眼看了看四周，淡淡地回道：「這樣不好嗎？我覺得還挺好看的。我這是要做生態農莊，若是直接放在莊裡做，出了問題，想改都來不及。我便讓他們先在院中試做了。況且有些種子一時不適應旱地，便先在這院中試種選種，也可以利用塘中的水進行澆灌。這院裡還有幾口井，若是到時把虹吸做好了，就連塘中的水也可以調換。」

厲琰聽得一頭霧水，又問道：「何為虹吸？」

陳寧寧隨口解釋道：「就是想辦法把低處的水，引到高處來。我們莊上的人如今就在做這些。」

厲琰又問道：「可要用到水車？」

陳寧寧聽了這話，雙眼一亮，又笑咪咪地問：「你也知道水車？」

厲琰淡淡地說道：「曾在書上看過，有的地方用水車引水。」

陳寧寧又略帶得意地說：「都差不多。我們莊上的人正想辦法，把河水從山下引到田裡來，這樣就不愁澆灌了。」

厲琰點頭道：「若當真能做成，倒要讓我先睹為快。」

「好。」陳寧寧自然點頭應下了。

接著厲琰又問了許多問題，陳寧寧興致來了，就跟他講了許多莊上的布局。

比如魚塘和菜園之間的生態迴圈，養雞場、養豬場、魚塘和田地之間的大循環。

若是碰上聽不懂的人，陳寧寧也不願多費唇舌。偏偏厲琰好像都能聽懂，還能接得上話來，時不時就問到關鍵之處。

當陳寧寧說起，利用竹子，把山下的水引上山的時候，厲琰點頭說道：「這個我在古籍上曾看過，的確有人這般做過。不如我往家寫封家書，讓人把那本書找出來予妳看。」

「好！」陳寧寧連忙應下，臉上還帶著抑制不住的興奮。

厲琰又道：「想不到，妳對農學和雜學倒是頗有一番見解。應該看看《齊民要術》、《農政全書》。」

陳寧寧戳著旁邊的青瓜，低聲說道：「我如今看得書還是少。爹的藏書裡也沒有。」

厲琰便說道：「妳若願意，我幫妳尋來。」

陳寧寧看了他一眼，到底還是痛快地點頭應道：「那就麻煩厲軍爺了。如今，我也只是種種菜、養養豬，全賴我們莊上那些人才做得好。若我多學點東西，也能與他們交流了。」

厲琰見她這麼高興，就跟順了毛摸的貓兒似的，眼睛瞪得又大又圓，怎麼看怎麼討喜，就連他的心情也好了許多。

剛好這時，兩人又經過了二進院子。尚未進院門，厲琰便聞到一股香甜味，又隨口問道：「方才妳身上就帶著這股味，這是在做什麼？」

陳寧寧正愁不能白要了他的書，便笑著說道：「我們剛做了些黍米年糕，就是一些家常粗食，軍爺若不嫌棄，不如隨我一起進去嚐嚐？」

厲琰想起她做的糕點，頓時來了幾分興致，又說道：「那就叨擾了。」

兩人很快坐到桌前，陳寧寧便把黍米年糕端上來。

這些年糕出鍋已經放了一會兒，如今食用溫度正適合。一個個黃橙橙的糕，上面還綴著紅棗，看上去賣相也不難看。

厲琰沒客氣，隨手拿起一個糕吃下，只覺得軟軟糯糯，還帶著紅棗的清甜，非但不難吃，還十分美味。

他便又問道：「這便是妳在田裡種的黍米？」

陳寧寧點頭說道：「莊上剛收了不少黍米，如今家家戶戶都在想辦法用黍米做吃食呢。我也弄了一些花樣出來，我娘很愛吃，我爹也喜歡。」

「的確好吃得很。」厲琰說。

陳寧寧又補充道：「不但能趁熱吃，放涼了，切成片，又是另一番美味了。」

厲琰便又說道：「不如，下次做給我嚐嚐？」

「趕上了再說吧。說不準，下一次我倒騰出更美味的吃食了。到時候，再請你吃別的。」

一路聊來，陳寧寧膽子越發大了起來。一來厲琰也沒有正面承認他的身分，自然是不願意拿身分來壓她。她便把厲琰當成合作夥伴，自然不會把他隨口說的，都當成命令來執行。相反，她想做什麼便做什麼，說話放開了，人也變得隨興了。

好在厲琰早知道她秉性如此。小山大王，自然瀟灑得很，也不會跟她計較。何況厲琰反而喜歡看她說起自己這座山時，那副自信滿滿的樣子，因此在與她聊天時，他竟還有些遷就她，這在以往是絕對沒有過的。

兩人吃完黍米年糕，便到了後院的育苗室。

原本這院子是上了鎖的。可陳寧寧卻開了門，直接帶著厲琰走了進去，似乎並不提防他。

厲琰對此覺得受用得很。

兩人不多說，很快繞過那片苗圃，走到一排花盆前面。

陳寧寧指著那一排花盆說道：「之前血牛筋是分盆培養出來，倒也不難。如今重新栽種，自然費力許多。不過已經有一株苗發芽了，你可以上前看看。」

事實上，第一批血牛筋是陳寧寧直接用神仙泉催生出來的，那些血牛筋自然長得飛快。如今她已經調整了辦法，把外婆院中那些被泉水滋潤的土拿出一些，用於種植育種。

這樣一來，生長速度便會慢些，卻不再那麼惹眼了。

厲琰上前看了看，果然在一個花盆裡，發現一根紅色小苗。其他花盆卻光禿禿的，暫時一無所有。他微皺著眉說道：「也不知，半年後能不能養成一株藥草？」

陳寧寧便說道：「暫時還說不準，張叔說這株苗是不畏寒的，放在院中也無所謂。不過我早已打算好了，等到冬日，便把苗放在屋裡養。到時候天冷了，溫度不夠，便想辦法生起火來，給它最好的溫度。」

厲琰想了想，又說道：「實在不行，等到明年三月天氣暖了，這苗自然會長得更好吧？」

陳寧寧點頭道：「希望中途不會有蟲害。」

厲琰又拿出一個紙包，遞到陳寧寧面前，開口說道：「這裡有我多年收集的種子，妳拿去種種看。若當真能種出來，我一定想辦法高價售賣出去。」

可惜，陳寧寧並沒有伸手接那包種子，反而拉下臉來，看著他道：「厲軍爺也知道，我如今大半心思放在莊子上。同你做了血牛筋的買賣已經很難了，每日都要過來看它，還要悉心照顧著，就連張叔都受了不少累。又要我再種其他珍貴藥草？且不說種得出種不出，豈不是又要加倍勞心勞力？厲軍爺不如另請高明吧。」

厲琰聽了這話，臉色微微一沈，一股壓迫力瞬間就出來了。

若是別人見了他這般模樣，早就嚇得兩膝發軟，直接跪倒在地。

偏偏這小山大王仍是瞪著杏眼，迎向他的視線，半點都不怕。反而自帶一股蠻勁，彷彿在說：我不給你種，你又能怎樣？整座山都是我的，我就是這裡的王。若想跟我做買賣，只能你屈從我，還敢給我臉色看？

陳寧寧一路帶著厲琰在這莊上四處轉，剛好有兩根散落髮絲，垂在臉頰旁，把她那張圓潤的包子臉，襯得越發健康紅潤。再搭上那雙膽大包天的杏眼，竟是坦坦蕩蕩地挑釁他，一點都不加隱晦，倒還真是天不怕地不怕的自在。

偏偏厲琰就喜歡小山貓這副模樣，也覺得她本該如此。一時也不生她氣，反而卸下氣勢，開口問道：「不知莊主要如何才願意同我繼續做買賣？」

陳寧寧挑眉道：「同你做這筆買賣，也不是不成，只是有兩點需得先說清楚。一是我種草快慢由天定，你不可催我。二是，血牛筋就當報了你當日大恩，收一成我也認了，至於其他藥草，可不能這般分成了。」

厲琰聽了這話，沈聲笑了起來，似乎很開心的樣子。

陳寧寧被他笑得一頭霧水，厲琰才又正色道：「好，給妳五成，莊主意下如何？」

陳寧寧想了想，點頭回道：「可以。厲軍爺是個爽快人，一言九鼎，這筆買賣就這麼說定了。不如立下字據？」

厲琰又笑道：「好。」

兩人於是一同來到陳寧寧的書房。只是，陳寧寧那毛筆字，實在拿不出手。便打發香兒，去叫她哥來寫下字據，也好讓哥哥幫她謀劃一番。

誰承想，厲琰卻道：「不如由我來寫這契。」

說著，他便走到書桌前，正好看見桌上攤平放的那張工程圖，以及旁邊的柳炭條。隨手拿起那張圖一看，厲琰又問道：「這就是妳說的生態迴圈？」

陳寧寧點頭道：「我的莊子，往後便要弄成這樣。」

厲琰又道：「好生有趣，這豬圈下面挖個魚塘，當真可行嗎？」

陳寧寧又解釋道：「其實還是要發酵一下。」

「沼氣池又是何物？」厲琰指著旁邊又問。

陳寧寧隨口解釋。「把所有食餘廢物、糞便堆積起來，便會產生一種氣，是可以燒的。若是蓋上一座能用的灶，往後便不用撿柴了。這也是迴圈。」

厲琰挑了挑眉，又問：「這些都是妳自己想的？」

陳寧寧笑道：「怎麼可能，有莊上的人想的，也有我在雜書上看到的。」

厲琰微微抿了抿唇，沒再說什麼。又拿起毛筆，很快寫下一份書契。大意就是兩人往後合夥做買賣，對半分成。

這人身形高眺，姿態也美，靜下心寫字時，渾身上下又多了幾分書卷氣。

陳寧寧看著他這副翩翩貴公子的模樣，一時心跳有些失控。只得把臉別開，看向別處，可她的雙耳卻仍有些緋紅。

待到厲琰寫完，陳寧寧細細看了契約。

見內容十分合理，剛要簽字畫押，陳寧寧突然想起她那手潦草的毛筆字，差點當場掩面而逃。若是早知道有這種場面，她當初就不該貪圖柳炭條方便，怎麼也得把毛筆字簽名練出來。

陳莊主不斷寬慰自己，只要她不尷尬，尷尬的就是別人。

一咬牙，她拿起毛筆，一臉鄭重地落下自己的大名，又按上手印。

偏偏厲琰就像是故意的，一直在旁邊盯著她，臉上還帶著不加掩飾的嫌棄之色。

這未免也太不給生意夥伴留面子了！

陳寧寧羞恥得小臉通紅，眼看都要發脾氣了。

第二十五章

厲琰突然說道：「倘若將來妳做成了天下第一莊，簽字畫押的地方多了，妳不會就打算一直拿這筆爛字見人吧？我看妳用那木炭條寫字，倒也方正清秀。想必是在毛筆字上，不曾用過心。」

陳寧寧咬牙說道：「我往後自然會練。你且放心，等會便叫我兄長過來，給我寫下字帖。往後每日必定臨摹，無須厲軍爺操心。」

厲琰卻又展開了一張白紙，說道：「與其胡亂學其他字體，倒不如學學大慶最厲害的書法家的字。」

說著，他便在白紙上鄭重寫下「陳寧寧」三個大字。

陳寧寧上前一看，這三個字，與方才他的字完全不同。剛才他寫得剛勁有力，霸氣又瀟灑；此時字體卻柔美清麗，帶著幾分婉約。

她正想著，厲琰又解釋道：「妳這般品格，簪花小楷練起來最適合不過了。」

說著，又在旁邊寫下了一首〈塞下曲〉，特別是那句「曉戰隨金鼓，宵眠抱玉鞍」雖然寫的也是簪花小楷，字跡之間卻仍帶著一股殺伐決斷。

陳寧寧竟看呆了，這人不是故意嫌她字不好看，倒像是真心要教她寫字似的。那人落筆後，她又抬眼看向他，眼神裡非但沒有半分嫌棄，反而帶著些許善意。

陳寧寧滿臉通紅，也不知道是尷尬還是羞恥。

偏偏那人又開始故意逗她。「莊主看這字如何？給妳當字帖不虧吧？」

陳寧寧一時說不出話來。

好在這時，陳寧遠得了消息，又趕到這邊來。一進書房，便問候道：「聽聞厲軍爺來了，小生寧遠未曾遠迎，還望見諒。」

說著，陳寧遠便躬身行禮。

厲琰見狀，還了一禮。

陳寧遠原本是去潞城打聽消息了，這才剛到家。不然，他萬不會讓九王有機會與他妹子見面。因而，他又連忙說道：「前次寧遠不在家，家中之事，便由家妹隨口說了。家妹尚且年幼，軍爺當不得真。若有要事，不如與寧遠面談。」

事情都談完了呀！

陳寧寧一聽長兄這話，頓時便有些糊塗。連忙又把那張書契拿來，想給他看。偏偏陳寧遠根本不看這些，只顧著盯著厲琰。

厲琰覺得有些好奇，陳家這對兄妹都不怕他。只是若陳寧遠知道他真實身分，也能如此鎮定嗎？

想到這裡，他揚起了一抹冷笑，又開口說道：「既然要與我面談，那就面談吧。」說罷，他把桌上的另一張契約拿了過來。

陳寧寧趁此機會，又給長兄使了個眼色。偏偏陳寧遠只是安撫似的看了她一眼，示意她莫要多言，由他來應付。

他又朗聲說道：「軍爺不如隨我到我書房去談。那裡也寬敞些。」

厲琰可有可無地點頭道：「也好。」

就這樣，兩個相貌清俊的男人，一前一後離開了陳寧寧的書房。

獨留下陳寧寧一人，坐在桌邊，撐著頭，一臉發愁地說道：「方才去叫你，你不在。如今都談好了，也簽訂書契了。你還能跟他談什麼？」

厲琰沒瘋，也沒犯病，正常得很。與他做買賣，一同賺錢，那又如何？還無形中多了個大象腿能抱呢。

往後就算番椒買賣，厲琰想插一手，陳寧寧也會答應。否則一旦生意做大了，什麼妖魔鬼怪都冒出來。與其被那些人剝削，倒不如上了厲琰這條船呢。

想到這裡，陳寧寧低頭看著那張寫著她名字和詩詞的紙，忍不住喃喃自語道：「假斯文的時候還真帥氣。」

若他真是個小書生就好了，她陳莊主當真願意重金包養。

陳寧遠也不知跟厲琰談了些什麼。反正兩人走出書房時，陳寧遠臉色就不大好。不過，他還是禮貌地把厲琰送到了大門口。

陳寧寧見狀，便想湊上前解釋幾句，順便勸慰兄長一番。不想兄妹倆回到書房裡，她剛開口說了一句。「哥，我思來想去，倒覺得跟厲琰做買賣，有百利而無一害。」

陳寧遠聽了這話，雙眉緊蹙，直直地看向她的雙眼。半晌才開口說道：「厲琰在上京風評很差，還有個瘋狗的綽號。平日裡，仗勢欺人的事也沒少做。如今看來，妳倒是真不怕他。」

陳寧寧輕笑道：「兄長也曾說過，太子胸懷天下，兼濟蒼生，品行端方，是個難得的賢德之人。他願意幾次三番，保下九王。這就證明，九王並沒有犯過大錯。不過是為了保護自家兄長，爭氣鬥狠罷了。否則皇上也不會每次都高高抬手，輕輕放下。況且九王自從來到潞城以後，便低調得很，也未曾做過仗勢欺人的事情。如今太子身體好了，自然不會放任九王不管。又豈會讓他做出傷天害理之事？何況，我同他相處幾次。倒覺得這人還算真誠，比那些陽奉陰違，只顧眼前小利的人好多了。」

陳寧遠輕挑雙眉，又問道：「妳當真不怕他？」

其實這是九王方才同他說的「陳寧寧不怕我」，下面還有一句話「這樣的人好生難得，你且放心，我定然不會害她」。

陳寧寧果然點頭道：「怕他做什麼？以後他若想繼續種藥草救命，還不是全賴我幫忙嗎？更何況，往後咱們莊上的生意做大了，總要找個適合的生意夥伴。九王有錢，又有權勢在身，整個潞城都是他的地盤。若是他願意與我合作，我保證他能賺大錢。而有他合作，咱們就不怕王生平那類宵小再出來做亂了。」

說這話時，陳寧寧的一雙杏眼瞬間變得熠熠生輝。這還是她第一次在兄長面前，不加掩飾地露出了自己的野心。

陳寧遠見狀，下意識問道：「妳要做天下第一莊，果然是真的？」

陳寧寧垂下頭，哼了一聲，又輕笑道：「兄長，我曾經想過一個計劃，暫且叫作『農業興國』。如今大慶許多勞苦人吃不飽飯。就算風調雨順，仍是終日在地裡刨食。種出的糧食不夠吃，就好像我這莊子上之前那樣。這時候，若是能弄出良種來，把種子賣到全國，很多人的生活都會發生改變。而我真正想做的，便是以農為本，透過這些種子，把我的事業做起來。」

她並沒有把如何實行說得太詳細，可陳寧遠卻聽懂了，同時也覺得熱血沸騰。

他妹子本來就跟別的閨閣女孩不大一樣，她有雄心、有想法，還願意行動。他這做人家兄長的，又豈能把她束縛在家中，圈在這小小的莊子之內？這樣一來，又與那些滿口禮儀道德、束縛女子的迂腐書生有什麼兩樣？

更何況，九王身分尊貴，一言九鼎，他既然答應不會傷害妹妹，定然是不會做的。

想到這些，陳寧遠便又說道：「罷了，往後就做妳想做的事吧。妳既然覺得九王是個可以合作的夥伴，兄長也不攔妳。只是若妳再遇見想不通的事，一定要跟兄長商量。」

陳寧寧聽了這話，頓時便開心起來。連忙又對她兄長說道：「兄長放心，我會小心的，若真有一日，京城出現什麼大變故，我定會斷尾求生。」

接下來的日子，租賃陳家良田的佃農，果然上交了大批糧食。

陳家不過幾口人，自然吃不下這麼許多。陳寧寧便按照市價，把家裡的糧食買來，又讓人拉到山上囤積起來。

原本陳父是不肯要女兒的錢的。

可陳寧寧卻說道：「如今莊上開支已經建立帳簿，由專人負責看帳。我也可以看出每個季度的開銷。若是白拿了家裡的糧，來年我都不知道莊上到底是賺錢，還是賠錢了。況且如今我也不缺錢，爹就收下了吧。」

陳父無法，只得收下她的銀子，又交由陳母保管。

只收自家的糧當然不夠，陳寧寧又在村裡收購了一批糧食，繼續囤積起來。

這樣一來，稻穀滿倉，莊上的人總算能安心等待過年了。

陳寧寧又忙裡偷閒，栽培出一些草藥苗。

十月下旬，天氣開始轉涼，那些花草也有頹敗之勢。陳寧寧便打發人，把那些重要的苗，移栽盆中，搬進屋裡。必要時還要燒火升溫。

張槐本以為到了冬日，他們便不能再育苗了，不免心生寂寞。此時一聽，莊主當真竟有如此安排，他便又高興起來，又說道：「《論語》中記載過『不時不食』。其實，之前在京中，我也見過有人在溫室種菜。只是那些菜不見風日，都是黃葉的。有人便說，那種菜吃了對身體不好。」

陳寧寧搖頭道：「那便注意開窗換氣，適時把花苗移到陽光處就好。雖說麻煩些，正好咱們莊上人多。我這就找來師傅，弄個花盆架子，再把這些窗子也改一改。」

她又忍不住想，若是有人能做成玻璃就好了。玻璃花房，陽光充足，種植起來更容易，甚至還能做間暖房出來。

她雖然知道玻璃最早是用石英砂和碳酸鈉高溫燒製出來的，只可惜還沒能找到這方面的人才，也只能暫且作罷了。

等到陳寧寧把育苗室改造好了，厲琰果然帶著之前說過的那幾本書，又登門了。

他一見陳寧寧把坐北朝南的房間都改成了「花房」，便不免有些好奇。別人家都是好房子留給自己住。陳寧寧可好，把好房子讓給「種子」了。

他又嘆道：「果然如妳之前所言，看來妳當真是打算在冬日繼續育種了。」

陳寧寧點頭道：「只可惜，那幾盆血牛筋長得並不快。其他那些種子，倒是也有發芽的。去看看吧。」

厲琰卻又說道：「既然花房已經建好，倒是有一件要緊事，要同妳商量。」

「何事？」陳寧寧挑眉問道。

「是這樣，我兄長有一門客，常年出海，從異域帶回一些舶來品，運回京城販賣。這次到呂宋，有人便發現佛郎機在當地栽種了一種非常奇特的作物。長在土裡，大如拳頭，通常一根藤能結出許多果，果果相連，味如甜棗。那門客見這種作物實在罕見，還說呂宋能靠它度過饑荒。便想把這果子帶回來。可佛郎機人根本不讓他帶種子，他只得取巧，取了一根果藤，編在籮筐裡才帶回來。可經過海上顛簸，那條藤早已爛了。門客不免覺得可惜。也不知陳姑娘，是否願意去看看那株藤？試著救活它？」

陳寧寧聽了這話，整個人都興奮起來。她甚至顧不得禮儀，上前便推著厲琰往外走，邊走邊說道：「非常感興趣！就算乾死、爛了，也要想辦法把它救回來。」

大如拳頭，味如甜棗，又長在土裡，這不是番薯嗎？

之前，陳寧寧想方設法去打聽，但慶國境內，根本就沒有這種經濟實惠的糧食作物。本來她早已死心，沒想到厲琰竟把番薯給她送上門來了。

一時間，她又是感激，又是興奮，自然也顧不得其他，完全展現出本性來。

厲琰以前並不喜歡與旁人接觸。這些年，除了他長兄以外，厲琰根本不許任何人近他的身。輕則躲避，重則少不了出手教訓一頓。

偏偏這小山貓一聽能解決饑荒的糧食作物，已然變成一隻小瘋貓了。此時，她興奮得兩頰粉紅，那雙杏眼也變得水汪汪的，哪裡還會看他的臉色？

況且她的手小小的、胖乎乎的，手背上的皮膚十分細膩，還帶著玉質光澤。厲琰一時也不忍推開她了。

可這小山貓卻又因為經常下地耕種的緣故，那雙小胖手倒有幾分力氣。

厲琰若是稍微繃著點勁，小山貓定是推不動他的。可被她如家人一般又推又拍的，厲琰腳下不知怎麼的就移動了。雖然也讓她多費了點力氣，卻仍是往門外走去。

陳寧寧一邊走、一邊埋怨道：「你走快些呀，說不定快點趕過去，那株果藤就有救了？那可是解決饑荒的作物，有了它大家都能吃飽飯了。」

厲琰懶懶地回頭看向她，又問道：「我給妳帶來這麼好的果藤，妳非但不感謝我，居然還埋怨起我來了？這般無禮，果然沒良心，還想不想讓小爺帶妳去看那根藤了？」

陳寧寧這時候立刻就好了，連忙軟軟地說道：「自然感謝你了。若是等回頭，當真能種出那種拳頭大小、味如蜜棗的果子，我定會想盡辦法，以它為食材，親手做幾道好菜給你吃，如何？一般人可沒這待遇。」

厲琰嗤笑道：「我找來的藤苗，在妳莊上種了，等妳做成天下第一莊，於我又有什麼好處？難道一頓飯菜就想打發我？」

陳寧寧連忙說道：「咱們不是簽了書契嗎？往後合夥做買賣，若是這果子將來有了收益，定然少不了你的一份。大不了，獲利後，還給你五成。」

「這是妳說的，以後可莫要反悔。」厲琰又說道。

陳寧寧嘆口氣說道：「不悔不悔，快些走吧！果藤要等不及了。」

「哼。」厲琰這才邁開長腿，帶著她一路離開莊子。

厲琰上次來的時候，便跟曲老爺子打過照面。

曲老爺子雖然離開京城已久，可消息卻十分靈通。自然認出了九王的身分。他這種帶罪奴，本就不宜出現在九王面前，因此曲老爺子當時就嚇退了。

不想，九王手下的死士卻過來找他。「爺如今什麼都知道，曲老想必也已經猜到了陳姑娘的身分。王爺讓我帶句話給您，無論如何都得保姑娘平安。另外，王爺準備派幾個人到這莊上來，還望曲老做好安排。」

這是明目張膽地安插釘子，還要放在莊主的身邊？

曲老爺子一時垂下頭，也沒有答話。

初時，他的確打過這樣的主意，想透過陳寧寧，藉著大長公主的勢，恢復一家人的身分。可幾個月相處下來，他早已把陳寧寧當成自家主子看待，自然不想做出妨礙她的事情來。

死士見他沒有答應，便又說道：「大長公主如今已然知道了這莊上的事，上京那邊幾位王爺如今鬥得厲害。之前六王爺手長，竟打起了陳姑娘的主意。公主氣得直接便把他的手給剁了。可卻生怕陳姑娘牽扯到朝中是非中，這才暫時沒來接陳姑娘，交由九王暫時看護。曲老且放心，只要護住陳姑娘，王爺和大長公主殿下都不會虧待你。」

聽了這話，曲老爺子終是鬆了口氣。

接下來幾日，果然又來了幾個手腳靈活的大後生，來莊上投奔各自親眷。曲老爺子自然把此事上報給莊主。

而陳寧寧大手一揮，直接交給他來安排。

於是，如今幫陳寧寧修窗戶的木工師傅、抬花盆的刀疤小夥，其實都是九王安排下來的人。看來普通平常，實際上都是高手。

今日，九王也親自登門，還把莊主給引出去了。

一時間，曲老爺子心裡糾結得厲害。可他也知道，大長公主位高權重，如今又在京中，正好可以保護太子殿下的安危。看在她的面子上，九王自然不會對陳寧寧做出什麼。

只是，看著兩人這般友人似的相處，曲老爺子便有些頭皮發麻。

這九王可是在京城能把天掀翻的小閻王。想到被他斬殺的太子妃，被他一刀差點砍下頭皮的那位可憐貴女，以及那些被他打得鼻青臉腫、不能自理的皇親國戚。

這九王可不是什麼憐香惜玉的好人，小莊主跟他湊在一起，怎能討到好處？

就算兩人身分相當，九王也絕非良配。

曲老爺子正在糾結著，如何去給陳寧遠通風報信，叫他防上一防時，香兒突然跑過來說道：「外公，莊主跟那位小軍爺出去了，我也打算跟過去。」

說著，她一甩袖子便要跑，曲老爺子急忙叫住她。「香兒。」

香兒瞪圓了眼睛，回頭看向他，又急匆匆地說道：「幹麼，外公？我要來不及了。莊主遇見良種，整個人都要瘋了，我可得去她身邊看著，也省得她鬧笑話。」

曲老爺子嘆了口氣，又說道：「罷了，妳去吧。」

香兒這才噔噔幾步，迅速跑了出去。到了門外一看，陳寧寧已經上了馬車。她連忙叫了一聲。「莊主，妳也不知會我一聲，我不過是去屋裡喝了一碗茶。」

陳寧寧連忙說道：「還不快些，再遲些，那根果藤死了可就麻煩了。」

香兒這才一骨碌爬上馬車，主僕兩個很快坐好。

厲琰早已坐在馬上，見狀也沒說什麼話，就這樣帶著她們主僕，一路到了潞城。

香兒身分特殊，又在莊上住了好幾年。家裡是不輕易允她來潞城玩的，生怕如今他們這身分，再惹出什麼麻煩事來。

因而這次一進城，香兒便覺得什麼都很有趣，她掀開簾子，邊看邊問道：「莊主，妳經常來潞城嗎？」

陳寧寧搖頭道：「我爹在青山書苑教書，我並不經常來。我娘覺得我跟這座城犯沖，生怕我一到這邊就會受傷，也不輕易叫我出來。對了，香兒，妳回家後，千萬別把這事跟我娘說。」

香兒連忙點了點頭，又指著遠處那家清風酒樓，說道：「那家店門口人那麼多，想必他家的菜一定很好吃。」

陳寧寧順著她的手指看過去，又說道：「再過幾個月，咱們圈裡那些半大的小山豬都養成了，不如去他家問問收不收豬。」

香兒一臉為難地說道：「可是莊主，那家酒樓牌子那麼大，可能不喜歡要豬肉。但凡那些大館子的大師傅都不喜歡做豬肉，倒是鄉下人才喜歡吃豬。」

陳寧寧一時有些糊塗，不知還有這一說，她又挑眉說道：「那是他們不知道豬肉有多美味吧？妳外公那烤豬的手藝，就足以開家店了。實在不行，到時候，咱們自已來做這豬肉買賣。」

何況不只是古法烤豬，還有東坡肘子、紅燒蹄膀呢！那些美味的豬肉料理，難道不值得單開一家東坡居嗎？還非要吃羊肉不可？

陳寧寧在馬車裡，有一句沒一句地跟香兒聊天。

厲琰騎著馬微微一笑，聽著她一時一個想法，剛剛還想著那條果藤，擔心得要命。這會兒，又想到開間燒豬肉鋪，賣她莊上的豬了。當真是只想著她的莊子。

可厲琰偏偏覺得陳寧寧這樣活潑又有趣，似乎永遠都能朝氣勃勃。

又走了不多時，便到了厲琰的宅院。青磚綠瓦，紅漆大門，門口還有兩隻威武的石獅子。

陳寧寧下馬車一看，這不就是她想買給母親、理想中的豪宅嗎？將來賺了大錢，完全可以比照這個來挑。

厲琰一下馬，便有馬夫把他的馬牽到後院去。

厲琰又對管事說道：「叫陳軒帶著那個筐子，速來見我。」

管事聽令隨即下去找人，厲琰則對陳寧寧說道：「姑娘隨我來吧。」

第二十六章

本以為厲琰這樣的人，定然不會對莊子花費太多心思。可進來一看，陳寧寧才知各處都有不同景致。就彷彿一個院子裡套著一個院子，亭臺樓閣，山水花草，都被納入這園中。此時氣溫降下來，園子裡的花花草草都枯萎了。若是夏日過來這邊觀看，定然又是另一番景象。

陳寧寧正想著，厲琰隨著她的目光看過去，又隨口說道：「怎麼，妳覺得這麼一大片花圃，不種糧食蔬菜可惜了吧？」

陳寧寧瞥了他一眼，又說道：「個人的院子按照主人家的喜好來就是。我喜歡種菜，你喜歡種花，又不互相妨礙。你這話說得好奇怪。」

厲琰又笑道：「若我也喜歡種菜呢？來年，姑娘可願意為我打理一下這園子？」

陳寧寧搖頭道：「我又不是花匠，又要幫你種藥材，又要想辦法把那條果藤救活，哪來的空閒幫你種菜？你若當真想學造園，不如叫你府上的花匠去我們莊上學學。」

厲琰嘴角一挑，又道：「這是妳說的。到時候，姑娘可不要藏私。」

陳寧寧瞥了他一眼，又說道：「囉嗦。再怎麼說，咱們也是合作夥伴，種幾顆小菜，我還會騙你不成？」

兩人一路聊著，一路走到了書房，果然見到一位皮膚黝黑、臉上滿是皺紋的中年人，已經在屋內等著他們了。他身邊還擺著一個籮筐，以及一個空蕩蕩的花盆。

一見厲琰進來，他連忙躬身行禮。

厲琰隨口說道：「免了吧，陳軒，你跟這位姑娘說說，在呂宋的見聞。」

陳軒抬頭看了陳寧寧一眼，又小心看了看厲琰的臉色，突然發現他主子在看向那位姑娘時，嘴角會微微向上翹起，似乎心情很好的樣子。

這哪裡還是那位殺伐決斷的九王爺呀？

他也不敢多想，連忙說道：「我在呂宋時，親眼看見他們漫山遍野都種了這種薯。我又跟當地人打聽，說是自從種了這種從佛郎機帶來的薯，他們便不用再挨餓了。想到我老家的人還常年吃不飽飯呢，我便千方百計想把這種薯種帶回來。可他們不讓帶。於是我便弄了一根薯藤編在籮筐裡，這才沒被發現。可我那一船人，也沒有個會照顧花草的。大家也都沒種過這種藤，沒想到竟把它給耽擱了。再加上天氣溫度也不適合，這種藤上了岸，好像是不能用了。我便想著，下次派其他船隊出去，再把那薯帶回來。」

聽了這話，陳寧寧再也顧不得其他，連忙上前看了編在筐子上的番薯藤。

那根藤果然已經乾枯了，而且縮水得厲害。

陳寧寧連忙回頭對厲琰說道：「不如我馬上把這根藤帶回去試試？」

「也好。」厲琰自然答應了。

上岸之時，陳軒便已經尋了當地耕種多年的老農，來看過這根藤，都說這爛藤不能活了。更加別想種在地裡，長出果子來。也有說這種時節，還想種植就是亂來。

但陳軒當日在呂宋，親眼所見，這番薯是何等繁茂，產量又是何等驚人，這對那些吃不飽肚子的人實在太重要了。

陳軒實在心有不甘，這才找到自家主子。想再出海去一趟呂宋，把番薯帶回來。誰承想，主子竟找來這樣一個皮膚白嫩、眉眼如畫的小姑娘，要把爛番薯藤交給她？就算這姑娘有幾分手段，得了主子幾分青眼，也不該拿這種事情胡亂開玩笑。要知道，番薯關係到民生。

陳軒一時心急，便想對這姑娘說幾句不客氣的話——「小姑娘家莫要逞強，也莫要逞能，胡亂攬事」。可惜這話都到嘴邊了，他就被九王斜了一眼。那眼神冰冷，且不近人情，就像出鞘的利刃；彷彿他一旦胡亂開口，九王便要讓他付出代價。

陳軒被那眼神所懾，所有的話語終是堵在喉嚨裡。他就像個安靜的擺設，呆呆地杵在原地。看著九王親自把那陳姑娘，客氣地送出去，甚至還親手幫忙搬了那個粗重的花盆。

待到他們離開，陳軒才回過神來。剛好這時，來安走進客廳，陳軒下意識便開口道：「來安哥，那番薯真的很重要，你倒是勸勸咱們九爺。就算他對陳姑娘另眼相看，也不能在這事上開玩笑。番薯一定要種起來，不過還得出海一趟才是。」

說到這裡，他的雙手不禁緊握成拳，眉頭也皺成了一團。

來安連忙安撫道：「主子自然知道這番薯有多重要，不然也不會去找陳姑娘來。」

「經年種地的老農都救不回來，找個小姑娘來，還不是胡鬧？」

他倒覺得，主子叫陳姑娘來，不過是為了與她獨處。不想，平日裡殺伐決斷的九王爺，也有為了一女子化作繞指柔的時候。

陳軒越想心裡越氣，甚至想給太子殿下寫信告狀。

來安見他臉色一陣紅、一陣白的，自然也就猜到了他的心思，便又忙說道：「你還別不信，陳姑娘可是把一座荒山變成農莊的人。經年老農都放棄了那莊子，那土地，陳姑娘卻帶人種起了黍米。前些日子，還大豐收呢。況且她家那園子，從來不種花草，而是種滿了果菜，都是陳姑娘親手弄的。」

陳軒仍是不肯相信，搖頭道：「不可能，她生得那般細皮嫩肉，哪裡像在地裡幹過活的人？」

來安見狀，只得又說道：「你若不信，便跟我打個賭。若是陳姑娘當真救活了那根番薯藤，也不要別的，只要你往後出海，再得了什麼稀有的糧食種子，就分給陳姑娘一些。反正她也不會讓你吃虧，定會重金買下你的種子。」

陳軒卻甩了袖子說道：「如此大事，豈容兒戲？」

說罷，便向著外面去。

偏偏在出門時，他正好遇見了九王。

九王天生就不是那種和氣人，相反，他非常強勢，自帶著一股銳氣。即便他不說話，只是面無表情地看著別人，那人也會心慌意亂，甚至嚇得兩腿發軟。

此時，陳軒便是這般。就在他以為九王會找藉口罰他，甚至想要跪地求饒時，卻聽見九王突然開口說道：「你不如打了那賭。若是半月後，陳姑娘無法救活那根番薯藤，本王便再派一支船隊出海。由你領隊，然後給你安排上花匠可好？」

陳軒聽了這話，頓時有些喜出望外。看來，九王爺也知道番薯的重要性。

他剛要再對王爺說幾句好話，卻不料王爺轉身便離開了。

陳軒下意識地看向來安。「來安哥，王爺沒說我輸了，又當如何？」

來安看了他一眼，淡淡說道：「自然是按照我說的算，這樣你總能靜下心來，等上這幾日了吧？別總跟火上房似的。」

「我、我……」一時間，陳軒那張老臉變得黑中透紅，竟有些接不上話來。又過了好一會兒，他才後怕似的說道：「軒無理，他日定要向九爺謝罪。」

來安卻哼笑了一聲。「若不是知道你這人有時候一根筋，又滿心民生，九爺又是難得的大度之人，又豈能容你這些年？」

陳軒聽了這話，不禁愣住了。

以凶惡之名，威懾上京權貴的九王爺，竟是大度之人？

可他仔細想想，這些年，九王確實對他們這些底下人不薄。

當日太子病危，把他們交到九王手中，九王小小年紀，便頗有幾分手段，讓眾人佩服。那時，他們曾在背後說道：「九爺這麼年輕，又這般能幹，全是太子殿下教導得好。」

九王就算聽了，也不以為然，甚至也沒敲打他們。

後來，相處下來，就算那群人或一根筋，或笨嘴多舌，或多或少，有些不盡如人意之處。九王也是知人善用，對他們倒是多有遷就。此時想來，九王其實並不像傳言中那般暴戾癲狂，為所欲為，相反還算是個明主。

陳軒想到這些，反倒有些汗顏。他又連忙說道：「這次出海，倒是帶回來不少奇珍異寶。不若總管隨我去瞧瞧，有適合的，不如挑來一些，給那位陳姑娘送去。」

來安聽了這話，兩眼一瞇，撇了撇嘴，又搖頭說道：「恐怕不妥。那陳姑娘可與別家姑娘大不相同，她未必喜歡你帶回的那些舶來品。」

「那她喜歡何物？」如今九王對陳姑娘大有不同，他們底下人自然要多花些心思。
來安撓了撓頭，說道：「早跟你說了，陳姑娘就喜歡收集糧種。她如今最想要的，就是旱地也能種出的糧種。那姑娘曾經說過，她要做『天下第一莊』，要讓那些貧瘠乾燥的土地，種上他們的種子後，農人都能吃飽飯。」
陳軒聽了這話，一臉匪夷所思。他一邊暗想著，這是尋常姑娘家該做的事情嗎？一邊又覺得陳姑娘的想法，竟與他有些不謀而合。
陳軒之所以知道番薯的重要，是因為他小時候家中鬧饑荒，一路到上京逃難，無奈父母兄弟，皆是餓死在路上。
幸而老國公仁德，辦了育嬰堂。陳軒才僥倖沒有被餓死，還跟著師父開始學習做買賣，並且越做越大，甚至能帶著商隊出海。
他以為只有親身經歷過災難，才能明白糧食的可貴。那位陳姑娘一看就養得極好，耳聰目明，還帶著幾分孩童般的天真。她又如何能真正懂得糧食的重要？
陳軒不自覺便把自己的想法說出來一些。
來安聽了，只是笑笑，又說道：「等將來，你跟陳姑娘熟悉了，你便知道她是什麼樣的人了？陳姑娘可不是那種沒經歷風雨的嬌花。」相反，她比任何人都更有活力，也更想要好好生活。

說罷，來安便不再搭理陳軒，而是追著自家主子去了。

途中，正好有個小廝從廚房裡端來了一盤小點心。都是用黍米製成的，嬰兒拳頭那般大小的黃色花糕，上面還綴著上好的金絲小棗。

這還是上次從半山莊子下來，主子說陳姑娘的點心，新鮮又有趣，便開始讓廚房裡置辦黍米吃食。

只可惜，廚房裡掌灶的彭廚雖是太子身邊的老人，手藝也沒話說，還曾經在上京美食會上一舉奪魁，拿下金菜刀。可也不知怎的，偏偏彭廚卻做不出那種農戶家的粗糙小點來。

若不是從小便吃著他做的飯，主子恐怕早就跟他翻臉了。也不知這次，陳姑娘有沒有請主子吃東西？

來安想著，不如下次對陳姑娘旁敲側擊一番，或者悄悄提醒自家主子，到飯點再去那莊上拜訪？這些與女子親近的小手段，他家主子大概都不知道。

另一邊，陳寧寧回到山莊，便連忙趕到了育苗室，又讓香兒取來鑿子、剪子等工具。也不假他人之手，她親自動手把那個籮筐慢慢拆開。

陳寧寧的動作很細，也很小心，在拆開後，果然看見一些又蔫又爛的葉子。

整個過程，香兒蹲在一旁，大氣都不敢喘。

直到陳寧寧把那些番薯藤都給解出來，香兒才皺眉說道：「都蔫成這樣了，這些藤苗還怎麼活？」

陳寧寧便抬起眼來，對她說道：「香兒，妳快去弄個炭盆來。若是夏日，氣溫足夠，這種藤苗是極易成活的。現在這天氣，少不得咱們自己來提高溫度了。」

香兒聽了這話，趕忙跑了出去。

陳寧寧則乘機把幾根細小、又不起眼的小番薯藤，放進外婆的小院子裡，然後又弄了一瓢神仙泉出來。

本來這育苗室裡就有空餘的花盆、土和水。陳寧寧特地選了一個比較深的花盆，很快就弄了一些外婆小院中的土出來混進去。

等這些都備好，香兒和張槐也一起抱著炭盆，走了進來。

張槐一進門，便說道：「聽聞莊主帶回來一些很稀罕的藤，想要栽培？」

陳寧寧點頭說道：「張叔，快來幫幫我。」

張槐近前一看。這哪裡還算藤？每根都已傷痕累累，就連葉子也都爛了。

他面色為難地說道：「這恐怕難救了。」

陳寧寧卻正色說道：「不論如何，先把這些藤，想辦法栽起來再說。一旦養活，就是意想不到的收穫。」

說著，她便抬起頭看向張槐，那雙眼睛竟是清亮得不可思議，如同山泉一般，卻又帶著幾分固執。

以往培養什麼種子，要怎麼栽培，陳寧寧向來都很尊重張槐的意見。兩人大多數時候都是有商有量的。這還是張槐第一次見到，莊主這麼有魄力，就好像一定要把這些藤養活一般？

張槐忍不住攥了攥拳頭，又說道：「罷了，我這輩子都沒有機會去呂宋，這次我倒要試試看，到底能不能把佛郎機的糧食種出來！」

說著，他也擼起袖子，開始動手找花盆，往裡面填土。香兒也開始幫忙生火。

陳寧寧則是拿起剪刀，把腐爛得不成樣的藤枝完全剪掉，只留下很短一截芽苗。

這時，內室溫度已經升高了。

張槐幫著陳寧寧一起，把芽苗種入花盆裡。陳寧寧又小心地澆灌了神仙泉。

這還是她第一次帶著一種近乎神聖的心情使用神仙泉。她由衷地期待著，神仙泉不只對動植物有促進生長的作用，也能修復受傷將死的藤枝。

也不知是不是心理作用，陳寧寧澆完水，再看藤苗，似乎精神了不少。

張槐也覺得種到盆裡後，這些芽苗竟有些不一樣，便摸著頭說道：「說不定真能養活。」

陳寧寧笑了笑，也說道：「但願能成！」

由於這些番薯藤實在太過重要，少不得有人日日燒炭火，維持著四周的溫度。

如今張槐不只要關注番薯藤，還要帶著幾個兒子，注意培養其他藥草和糧食。原本大家就很忙，陳寧寧便打算跟香兒，親自培育番薯藤了。

倒是曲老爺子那邊，實在不忍心看她們太累，便又安排兩個剛到莊上投親的小丫頭，也過來幫忙。還特意說明，這兩個丫頭打小在大戶人家身邊，會不少東西。

陳寧寧這時候滿腦子都是番薯藤，也無心其他。看一眼來人，都很合她的眼緣，便答應下來。

其中一個女孩，名叫月兒，年紀大概跟陳寧寧差不多。身形小小的，身材也輕盈，明明長了一張很可愛的臉，性格卻很古板，話少得可憐，卻很能幹，也很有眼力。

花房裡的活，不出半天，月兒便全學會了。

看著陳寧寧跑去幹活，月兒總是仗著身形靈活，搶先一步下手做了。完全就是一副默默幹活，不爭名不圖利，不愛言語的老黃牛模樣。

陳寧寧原本是打算熬夜看著番薯藤的。月兒第一個出來反對，並一口咬定。「我夜裡少眠，有栽種花的經驗。小姐且放心，我定會把這幾盆藤苗看好，保證維持一個溫度，及時澆水。」

陳寧寧卻搖頭道：「這怎麼行，妳也要休息。不如大家輪流來。」

這時，另一個丫鬟又湊上前，笑著說道：「小姐，放心，喜兒會跟月兒一起守夜，我倆把睡覺調開，她守上半夜，我守下半夜，定不會讓這藤苗出事。」

陳寧寧本來還想反對，喜兒又連忙說道：「小姐，我跟月兒都是初來乍到，也沒趕上豐收，到莊上就開始吃白食。曲老爹也沒虧待我倆，可我倆也不能對莊上一點貢獻都沒有吧？這次小姐能帶上我們來幹活，我和月兒都高興得不得了。小姐就給我們這個表衷心的機會嘛！」

她看著比陳寧寧還要大兩、三歲，十七、八歲的樣子，長得一副嬌俏的模樣。偏她天生便是一副笑模樣，長相也討喜，又生得一條巧舌。竟是找出許多理由來，直說得陳寧寧答應了她，把這第一天守夜的活交給她們了。

到了晚上，時候差不多了，陳寧寧和香兒便被兩個丫頭打發了回去。

等回到自己房間，陳寧寧躺在床上，又回到了外婆家的小院子。趕忙把白日放進來的那幾根番薯藤，整理了一番。

說來也算趕巧了。當時陳寧寧實在心急，將一根番薯苗直接就浸泡在泉水裡了。

此時，陳寧寧拿起那株番薯藤一細看，不禁大吃一驚。

原本藤上的傷痕以及壓爛的葉片通通都不見了，整條番薯藤煥然一新，像是被修補好了似的。

陳寧寧捧著這根珍貴的番薯藤，差點哭出來。

沒想到泡過神仙泉，竟有如此奇效！

如今就算育苗室裡的番薯藤救不回來，她也不愁番薯了。

陳寧寧又趕忙把另外幾株番薯藤栽進土裡，澆上水。甚至還把一根番薯藤種在一旁竹子搭成的架子上，就想試試看能不能無土栽培番薯。

等把這些都弄好了，陳寧寧又從床上起來，跑回到育苗室去。

月兒果然沒有偷懶，正在往炭盆裡放木炭，一見陳寧寧來了，月兒手裡的動作都慢了半拍，連忙又拿了自己的斗篷，披在陳寧寧的身上，又說道：「小姐，妳怎麼又來了？莫不是不放心月兒？月兒雖然做不來刺繡、打絡子之類的精緻活，可這些粗活，月兒卻能完成得很好。」

難得聽她說這麼一段長話，說完臉都脹紅了。特別是她本來就生得小臉圓圓的，眼睛又黑又大，就是那種很可愛的長相。

陳寧寧看著她，噗哧一聲笑了出來，忍不住伸出手，摸了摸月兒的頭髮，又說道：「誰說放心不下妳？月兒這般能幹，交給妳的事情，妳定能做得好。我只是躺著也睡不著，這才跑來看看。妳就算趕我回房裡去，我也只是看著床板發呆而已。與其那樣，倒不如咱們一起守夜，也省得妳一個人煩悶呢。」

月兒愣了下。這陳寧寧年歲分明不大，可她骨子裡卻帶著一種沈穩可靠。特別是當她伸手摸著月兒頭髮的時候，讓月兒感覺到一種出人意料的溫暖又安心。這種感覺就像十年前，她被大長公主從戰場上撿到，抱在懷裡的感覺，幾乎一模一樣。

月兒沒有童年的記憶，自她懂事時起，就知道自己是低賤到泥土裡的奴隸，甚至換不來一頭小羊羔。走丟了，就算被馬踩成泥，也沒有人會多看她一眼。

可那高高在上的大長公主，騎著一匹棗紅色的駿馬，身上披著鎧甲，從遠處一路奔來，把她硬生生從馬蹄子底下撿了起來，緊緊抱在懷裡。

她們的地位天差地別，可公主卻是第一個把她當作孩子看的長者。

因為她脖子上有個月牙形的胎記，公主便喚她叫「小月兒」。

在那段公主在戰場的日子裡，每次都對小小的她和顏悅色，甚至會拿奶糖給她吃。她說：「我有個小外孫女，約莫比妳小了一些，等回京城時，我帶妳去見她可好？」

這樣一來，小月兒的身分也會因此改變。她也會有不一樣的未來，至少能離開戰場。

可那時候的小月兒不明白，只是懵懂看著公主，一句話都說不出來。

公主卻笑得一臉溫柔。

再後來，小月兒還沒來得及長大，沒能明白那些大道理，公主的小外孫女就丟了。公主回京城去看望她的女兒，卻連她女兒最後一面都沒見到，因為她女兒死了。

再後來，她再也沒有回到戰場，卻記得把小月兒託給了霍芸娘霍將軍。霍將軍收了小月兒作義女。

十年後，她才有機會去拜見公主，感謝她當年的救命之恩。可此時的公主，早就不再是當初那般光鮮亮麗。她老了，眼角布滿皺紋，滿頭銀絲，穿著一身灰色的僧袍。

她身體不好，若不是答應讓董神醫去救治，怕是也活不了多久了。

如今她終於找到了她的小外孫，本想不顧一切把她帶回來。可此時朝堂局勢不穩，公主生怕一旦把她的小外孫女接回去，馬上就會變成皇帝的棋子、聯姻的工具。

她女兒已經夠慘了，公主寧願讓她的小外孫女當一個小小農莊的主人，也不願意她再陷入一場騙局似的婚姻裡。於是，便需要一個絕對可靠的人，來到外孫女身邊，用生命守護她。

月兒知道這事，第一個就求上乾娘。無論如何，她也要走這一趟，哪怕是離開戰場。

十年前，公主救了小月兒一命，把她摟在懷裡。十年後，她就算拚上這條性命不要，也會替公主，把少主帶回去。

好在，她天生面嫩，竟然真得了這份差事，又同喜兒一起被送到少主身邊。

來之前，她們也曾跟著花匠，學過一些種植的手法，就是為了讓少主順利地接受她們。之前，月兒所做一切，都只是為了大長公主。如今，這是她第一次認真看向少主的面頰，她驚訝地發現，少主竟長得跟公主如此相似。想必公主年輕時，沒有上戰場的時候，偶然展顏一笑，也是這般自在又溫暖吧？

月兒突然覺得，自己來對了。

第二十七章

陳寧寧自然不可能讓月兒一個小姑娘獨自守夜。

她自己也是打小吃苦受罪，一天天熬出來的。後來，因緣巧合賺到第一桶金，陳寧寧也開始做事業，卻從來不曾虧待過那些跟著她一起打拚的手下。雖說穿到書中，這麼一個歷史上不曾出現的朝代，可陳寧寧那些根深柢固的想法，卻從來不曾改變。

因而，這些培育番薯藤的日子，她也沒當甩手掌櫃，單讓月兒和喜兒兩人一直盯著。

於是，陳寧寧每天都來，有時是上半夜，有時是下半夜。

可能是長期喝神仙泉的緣故，陳寧寧耐性好，精力也較常人充沛。幾天下來，竟沒有任何不適，反而跟月兒、喜兒兩人混熟了。

陳寧寧還覺得，既然都讓人家加班了，福利必須得跟上。因而，幾乎每天晚上，她都會在育苗室備上一些伙食。正好育苗室裡也需要炭盆維持溫度，她便又找人搭了個適合的灶。就算夜裡值班，也能煮些好吃的。

後來，香兒知道此事，便也跑來跟陳寧寧在一處睡下。每次陳寧寧值夜班時，香兒定要作陪。

月兒不明所以，便問道：「妳這般年紀，不多睡些覺，怎麼還大晚上跟來了。」

「當然是因為莊主花樣多，做飯好吃呀！只可惜她平日太忙，已經很少做了。晚上咱們雖說會辛苦些，可莊主定不會虧待咱們的。」香兒說罷，便一把抱住了陳寧寧的手臂，完全是一副饞嘴貓的樣子。

陳寧寧見狀，只是笑著點了點她的小腦袋。「妳想來便來吧，睏了便早些回去睡。」

香兒答應了。

單看這兩人相處，嬉笑打鬧，竟不像主僕，反而像好姊妹一般。

月兒見狀，陷入沈思之中。

大長公主昔日上戰場，也是跟戰士們同鍋吃飯，從不另起小灶。她對待底下的兵士也是一視同仁、賞罰分明，從未虧待過跟她出生入死的人。如今想想，小主子在這方面倒是像極了公主。

另一邊，喜兒身分比較特殊，從小便接受訓練。她去過的地方多，見過的人也多，可卻從未見過像陳寧寧這般體恤下人的主子。況且，跟陳寧寧相處久了，很難不被她那種溫柔樂觀，卻不斷努力生活的處世態度所打動。

慢慢的，喜兒臉上那如同面具般的笑容，在見到陳寧寧的時候，多了幾分真心。

每晚值夜班時，若是遇見香兒搶食，喜兒也會笑嘻嘻地擠過去，悄悄奪下兩個來。

香兒也是個活潑的孩子，兩人混熟了，她便直接抱怨道：「喜兒姊，不待這般多吃、多占的！」

喜兒便瞇著眼，笑道：「我哪裡多吃、多占了？月兒不在，我總要留些給她。」

香兒便噘著嘴，說道：「哪用得著妳留？莊主早已留好一份了。就連明早我爹的早飯都有了呢！」

偶爾，香兒也會鼓著兩腮抗議道：「喜兒姊，鍋子裡明明就還有剩的，妳幹麼非要搶我碗裡的餅？」

喜兒便笑著捏捏她的蘋果臉。「誰讓妳盤裡的餅更好吃呢？妹子，不是我要說。妳天天這麼吃，等到番薯種出來，妳還不長成大胖子？」

香兒都被她逗得氣死了，便張牙舞爪地說道：「莊主說了，我這個年齡不怕胖的，大不了以後再減肥。」

她倒是有心跟喜兒鬧，偏偏喜兒看似身形苗條、弱不禁風，可卻是自幼正式學過武，比香兒的三腳貓功夫還要靈巧。就算十個香兒衝過去，也照樣不是喜兒的對手，反而被她三招兩式收拾了。

香兒便滿臉委屈地向陳寧寧哭訴。「莊主妳看，喜兒姊又欺負我。」

此時，陳寧寧便會把自己的消夜，分一部分給香兒。

始作俑者喜兒卻是笑咪咪地湊上前說：「主子也未免太慣著小香了。」

陳寧寧笑道：「妳也說她小，慣著些又有何妨？對了，妳也和其他人那般叫我莊主就行，每次妳和月兒總是叫錯。」

喜兒便又挑眉說道：「可能我倆打小便是這麼個身分，早就習慣了吧。一時改不過來，主子不煩我們就好。」

陳寧寧只得一臉無奈地說道：「罷了，隨妳們高興吧。」

其實，她還更喜歡聽人喊她「陳老闆」或「陳董」。

不管怎麼說，眾人的日日辛苦，總算沒白費。

幾日後的一個早晨，張槐吃著陳寧寧留給他的加餐，順便過來看種在花盆裡的番薯藤。很快就發現有幾顆番薯藤奇跡似的成活了！

為此，張槐幾乎白天都在盯著番薯藤，時常過來幫忙澆水。

到了第十日，他終於又有了幾分把握，便對陳寧寧說道：「莊主，咱們這裡有兩株番薯藤活過來了，都冒芽了。」

陳寧寧湊過來一看，那番薯藤果然如同被治癒了一般，不只通體泛綠，充滿生命力，還冒出了新生的嫩芽。

她頓時心中高興，連忙讓曲老爺子，找人去厲琰府上送個信。還告知了他具體位置，又提醒道：「若是那看門的不讓咱們進去，就說找來安的。」

曲老爺子點頭應了，轉頭就找上了新來的張木匠，讓他去趟潞城，幫莊主送信。

這張木匠因為之前幫莊主弄窗戶，也算是露了一回大臉。他雖然長得相當普通，丟在人群裡都撿不出來。可憑藉著那讓人意外的木工手藝，卻在莊上大受歡迎。左鄰右舍，但凡想打家具做擺設的，都來找張木匠。

張木匠也是個老實本分人，並不會胡亂叫價。口糧、菜乾、臘肉，過活能用到的東西，差不多給到足量，他都能給大家打家具。

因此張木匠帶著他的學徒小刀疤，整日都在忙木工活，不多話，卻也被莊上人給接受了。

如今有鄰居一看曲莊頭要打發張木匠去城裡送信。頓時便有人覺得，張木匠為人這般沈悶，嘴巴就跟黏住了一般，哪裡能做這種活計？

一時，便有那活泛的小子，對曲老爺子說道：「倒不如把這差事交給我吧？我跑去城裡，也省得耽擱張叔做活了。」

曲老爺子看了張木匠一眼，嘴角微微抽了抽，心想：這張木匠便是九王安排過來的頭子，如今守夜的大半都是他在管。他跟九王府上那麼熟，不讓他送信，難道還要另找別人？

不過，這話自然不能放到明面上說。

剛好，張木匠這時也放下手中的活計，幾步上前，對那活泛小夥說道：「不妨礙，我這小徒弟對城裡熟悉得很，跑得又快，不如讓他去送信。保證不耽擱莊主的事。」

那小刀疤也笑嘻嘻地湊上來，連忙說道：「曲爺爺放心，我定會把消息給莊主送到。」

曲老爺子看了他一眼，眉頭皺成一團，到底說道：「好，那你隨我來吧。這事要緊，你路上可不能耽擱。」

小刀疤連忙應了。

兩人一路走到前院，曲老爺子便把方才陳寧寧交代他的事情，細細跟小刀疤說了。「莊主說，若是見不到厲軍爺，就去找來安。這你可記住了？」

小刀疤連忙點頭說道：「曲爺爺放心，我馬上就去。」

說著，他便出了大門，踩著一雙草鞋，一路健步如飛。

也有從山上獵豬的人看見他了，回頭就跟曲老爺子打聽。「那張木匠的徒弟小刀疤，怎麼跑得那般快？若是要他去獵豬，恐怕稍加培養，也是把好手。」

曲老爺子便同他說：「那孩子方才是幫莊主送信去的，怕耽誤正事，這才玩命地跑。至於獵豬的事，回頭你跟張木匠說吧。如今他手頭的事忙得很，未必讓他徒弟去獵豬。」

又有人問道：「莊頭之前認識張木匠嗎？咱們在方家待了這麼許久，以前還真沒見過他們。」

曲老爺子臉色都沒變，隨口便說道：「他們當初是在另一處別莊幹活的。如今別莊被賣了，不想用他們這些人。主家老太太吃齋念佛，又正逢七十大壽，他兒子便做主，還了他們的賣身契，讓他們各自歸家，另謀出路。正巧，我跟張木匠見過兩、三面，他們又聽說咱們這邊莊主仁義。便託人來問我，能不能到咱們莊上來？我想著等來年，咱們便要開荒，正是用人的時候，便去請示莊主，這才把他們那莊上的人都收了下來。」

「那他們如今是白身？」有人滿臉羨慕嫉妒地問。

曲老爺子搖頭道：「本來，他們倒是還想簽賣身契的。可莊主卻堅持讓他們跟咱們簽年契。」

見那些人臉色仍是古怪，他便索性說道：「莊主還跟我說過，若不是罪奴身分，也會把咱們的契全銷了。如今只能等著大赦了。」

這些人聽了這話，一部分人面露喜色，連連說道：「就說莊主待咱們不薄。她哪裡真像用奴才一樣用過我們？」

「是呀！就連在吃喝上，也不曾虧待過咱們。」

「就算改成年契，誰還想走？去別處，倒不如留在這莊上安穩。」他們的家產早已全部充公，哪還有其他謀生手段？

曲老爺子又敲打道：「知道莊主待咱們不薄，就好生幹活。若誰敢偷懶，仔細我老頭手裡的鞭子可不認人。」

另一部分人，則是暗自垂下頭，也不言語。心裡卻道：這都是罪奴了，朝廷要是不大赦，他們何時才能恢復身分？就算放他們走，也沒法過活。

就算如今遇見一個好主人，不曾虧待他們。可是一旦想起昔日那些高高在上、富貴的生活，這些人就如同骨頭裡生了蛆，怎麼都痛快不起來。這些人的臉色，自然也被曲老爺子看在眼裡，記在心上。反正他有的是時間來收拾敲打不老實的人。

況且，這莊上如今還有九王和大長公主的人在，這些人也翻不出水花來。

小刀疤很快就見到了來安，來安又引他去見了九王。

一切都是按照府上的規矩來，可傳遞消息的速度卻比常人快了許多。

九王收到陳寧寧的來信，看著她的毛筆字的確有所進益，便忍不住點了點頭。又打發來安去找陳軒來，他自己則是帶著親衛，先去了半山莊子。

與此同時，陳軒這幾日連家都沒回，累得腳都不沾地，一直在為出海做準備。

來安找他時，他正要去跟管事們議事。

那些管事正在跟陳軒說：「東家，這次怎麼這般匆忙？我們的貨都沒有送到上京，哪裡來的周轉銀子，再去置辦新貨？」

陳軒急得滿嘴燎泡，拍著桌子，便說道：「那就把商號裡鋪面上的銀子都調過來，多置辦些綢緞、茶葉和瓷器。」

正說著，剛好來安來見他，開口便道：「陳掌櫃，你莫要如此心急，不如先跟我去個地方再說。」

陳軒眼睛都紅了，他們出海做貿易，並不是一時半會兒便能開船的。所有事情都得辦妥，往往需要數月時間準備。如今九王既然答應了他，定是還要出海再去呂宋，想辦法把番薯弄回來。這一趟也不能白跑，自然要儘量準備妥帖。

他這邊急得火上房，來安那邊卻幾步上前，對著他耳邊低語道：「那場賭，你輸了。」

初時，陳軒還不解他話中含義，只覺得頭腦中一團漿糊。慢慢才釐清頭緒，連忙拉住來安的手，問道：「你這話可真？那根藤……」

來安頷首道：「自然是救活了，如今爺讓你跟我一起去看看。你可願意？」

陳軒顧不得還要開會了，連忙起身道：「自然願意！」

來安又道：「既然如此，陳掌櫃，咱們這就走吧。」

陳軒連忙掀門簾，把來安請了出去。

那群商號管事都已經傻了，連聲問道：「這還要不要抽調分號的帳面銀兩過來？」

那年老的管事連忙說道：「不如等東家回來再說。或許，事情有變呢？」其他管事也紛紛點頭稱是，他們都覺得東家剛回來又要出海，實在太過冒進了。

陳軒像瘋了一般，只顧著想弄到番薯，完全無心想其他。如今聽說陳寧寧當真救活了番薯藤，陳軒大半卻是不信的。因此他甚至沒坐馬車，而是騎了一匹快馬，直接就跟著來安上了二牛山。

等到山上，他放眼望去，這才發現居然真有不少齊整的土地。隨著靠近半山莊子，他又看見來往的人，也有搬豬肉的、收拾野菜的，也有扛著一袋黍米，去用石碾子磨粉的。

這時，陳軒早已下馬來，親眼見到那些黃橙橙的黍米，便忍不住上前問道：「這便是你們莊上種出的糧食？」

那忙著磨粉的莊戶，一見陳軒穿著絲綢，腰間掛玉，便猜出他來歷不凡。於是滿臉狐疑地問道：「你來我們莊上是做什麼的？」

陳軒胡亂說道：「我來跟你們莊上主人做買賣的。」

那莊戶聽了這話，便笑了起來，又說道：「客人不如看看，這便是我們莊上種出的黍米。初時，大家種稻米，辛辛苦苦一整年都不得飽飯。後來，莊主買下這莊子，帶著我們改種黍米，這才有了難得的豐收。果然旱地上種稻米不如種黍米。」

陳軒心裡七上八下，又看莊戶滿臉熱情，不像是說謊的樣子，這才信了三、四分。

偏生，來安又喊他。「陳掌櫃，走快些。」

陳軒這才連忙牽著馬，走到了那棟大宅前面。

他也是見過世面的，乍一看，只覺得這莊子一般。居然沒有下人出來幫他們牽馬，最後還是來安帶來的下人，把馬牽走了。

等到姓曲的年邁莊頭，把他們迎進去。陳軒才發現這宅子與別處大不相同；分明是花圃的樣子，上頭卻如同被修整過的菜地一般。

到了此時，他竟對陳姑娘莫名多了幾分信任。

再等到了育苗的院子，大白天便從裡面上了鎖。就連曲莊頭，也只能站在院子外面敲門。

不大會兒工夫，有個長相稚嫩的冷面丫頭迎了出來，一見面，她便放眼打量了陳軒和來安一番，又開口問道：「方才，厲軍爺跟我們姑娘說了，說是有位陳掌櫃也會來看那種藤苗，可是這位嗎？」

冷面丫頭直接明目張膽地看著陳軒，眼神帶著一股寒意。

陳軒尚未說話，卻聽來安已經客客氣氣地回了那冷面丫頭的話，似乎對她格外有禮。

冷面丫頭確定了他們身分，這才淡淡說道：「那就隨我進來吧！」

進到育苗的院子裡，陳軒這才發現，這裡的每間屋子都放著不少花盆。每個盆裡幾乎都種著糧食或蔬菜。

如今已經接近深秋，氣溫早就降下來了；植物在這種時節是無法生長的。

陳軒下意識便說道：「這可是反季節種菜？」

冷面丫頭點了下頭答道：「姑娘也曾說過，這叫反季節種菜。」

陳軒聽了這話，忍不住倒吸了一口涼氣。到了此時，他終於信了，那些經年老農救不活的藤苗，或許真能被陳寧寧救活。

他也顧不得其他，連忙加快步子，便要去看番薯藤。

可說來也怪，那冷面丫頭如同背後長眼一般。陳軒快，她也快，愣是沒讓陳軒超過她半步。反而一路帶著陳軒，來到了那間育苗室。

此時，厲琰已經看過那幾株小苗了，又問陳寧寧。「既然救活了，多久能長出果子來？一整串長在土裡的果子實在有趣。」

陳寧寧卻搖頭說道：「在這盆裡，土就這麼多，藤苗受到抑制。況且溫度不夠，很可能長不出果子。這種藤苗是最怕冷的，恐怕只能等開春移到外面栽種了。」

陳軒早已顧不得其他，抱起花盆看了看，連忙又問道：「那這般天氣，藤苗是如何救回來的？」

香兒聽了這話，便有些不滿。

她向來最恨別人小瞧了她的莊主，上次就見陳軒臉色不好，幾次被厲軍爺攔下，她才沒發作，這次在自己莊上，香兒可不想忍了。

她幾步上前說道：「怎麼救回來的？還不是我們莊主整日整夜燒炭火，維持溫度，這才把苗救回來了。這十多天來，我們莊主就沒睡過一場安穩覺。如今總算救回來了。莊主說開春才能種果子，難不成你還不信？」

陳軒如今也算很有地位，手底下也帶著一群夥計。若是平日裡，他定是不願意接受一個小丫頭的指責。可現如今，看了看那盆裡活過來的芽苗。

他卻一躬身，就向陳寧寧行了個大禮。「當日是陳某對姑娘無禮，還請姑娘原諒陳某。姑娘若當真能培育出番薯來，便是我慶國當之無愧的有功之人。他日，這番薯長在我慶國的土地上，就算遇見天災人禍，土地貧瘠，人們也定能吃飽飯。」

到如今，他早已信了來安的話。如果不是心存大義，又有大理想，陳寧寧這個閨閣小姐，定然不會做到如此地步。

他實在太激動了，甚至差點直接跪在陳寧寧面前謝罪了。

陳寧寧一急，便想上前扶他。可偏偏厲琰側身一擋，便把她攔在身後。

那陳軒竟真的跪了下去。

無奈之下，陳寧寧只得說道：「陳掌櫃，你快快起來。你能千方百計把這藤苗帶回來，這才是真正的有功之人。你且放心，我定會想辦法種出番薯。定然不會叫你這心血白白浪費。」

陳軒點了點頭，卻仍是沒起身，反而又說道：「姑娘且放心，知道姑娘心存大義，是真心喜歡培育良種。他日我出海，若再發現良種，定然想辦法給姑娘帶回來。」

陳寧寧終於繞過礙事的厲琰幾步上前，待要扶起陳軒，卻不想月兒一伸手，便先一步把他提起來了。

平日，陳寧寧也曾發現月兒力氣似乎有點大，什麼重活到她身上都不成問題。卻沒想到，居然這麼大。陳軒再怎麼說，也是個瘦高精壯的漢子，但小個子的月兒提起他，就像抓小雞一般容易。

這時，厲琰又在一旁冷冷說道：「陳姑娘既然說了，你也莫要太過多禮。」

陳軒只覺得那冷面丫頭個子小小，力氣卻極大。下手也沒個分寸，捏得他手腕都疼了。他連忙掙開了月兒的手，本想再對陳姑娘表態，可九王卻突然開口制止了他。

第二十八章

陳軒瞬間便覺得四周冷颼颼，後脖頸的汗毛都立起來，只得作罷。便對陳寧寧說道：「他日，陳某必將帶著禮物過來探望姑娘，予以重謝。」

陳寧寧本想拒絕，一時卻又想看看，如今西方國家有些什麼新鮮事物，武器造到什麼程度了。

她又看了陳軒一眼，到底還是問道：「寧寧有些事情實在沒想明白，冒昧問陳掌櫃幾句。那佛郎機人平白就帶著呂宋人種番薯嗎？他們又是如何去呂宋的？敢問陳掌櫃，佛郎機離咱們這裡有多遠？」

陳軒聽了這話，頓時滿頭冷汗，不知是否該說。他又偷眼看了九王的臉色，倒也還算尋常，似乎並不想隱瞞陳姑娘這些，於是便挑挑揀揀說了一些。

本以為陳姑娘無法理解佛郎機殖民的事，卻不想這位姑娘只是感嘆一番。佛郎機人的船實在厲害，能跨越這麼遠的海上航行，來到呂宋。又說他們的武器，定然不同凡響。不然當地軍民反抗，他們也無法輕易佔據別人的地盤。

陳軒相對無言，竟有些接不上話來。

而厲琰聽了陳寧寧的話，臉色已經大變。

陳寧寧拐彎抹角地，想往火器上面引話題，可惜那陳軒卻越來越不敢配合了。

陳寧寧不開心地微瞇著眼，但到底沒有當著人面，給厲琰臉色看。

好在這時，底下人來報，黍米年糕蒸好了。

陳寧寧便邀請眾人一起過去嚐嚐他們莊上的特產美食。

偏偏到了飯廳，只剩下厲琰一人。

陳寧寧也不是傻子，也不想繼續放任這人偷偷阻擋人家說話的破毛病，於是便沈下臉來，問道：「這些事不方便我知道嗎？還是你不想我探聽太多呂宋的事？」

厲琰沒想到她竟問得這般直接，果然山貓一急，便要亮爪子撓人了。他只得垂下眼睛說道：「並非不方便讓妳知道。只是想起佛郎機，我心裡便不大痛快，早晚還是要把呂宋搶過來的。」

不知什麼時候，南境有了那麼多洋人船隊佔據了呂宋，把呂宋當作他們的屬地？作為領兵打仗的將帥，厲琰自然是格外不喜。

陳寧寧原本還想跟他好好說道說道，講講往後互相合作的大道理。可看他臉色那般難看，倒也猜到了他的心思，於是又忍不住說道：「聽陳掌櫃描述的那番薯，我是真動心。等到來年，想必就知道番薯在咱們的土地上，能不能那般高產。我也越發好奇，佛郎機還有什麼其他事物？若是把那些先進的好東西，拿回到咱們的土地上，又是什麼模樣？」

厲琰聽了這話，半晌沒了言語，只是抬起眸子看向陳寧寧。卻見她眉眼如畫，那雙杏眼仍是溫潤如泉，面上也帶著一絲俏皮的笑意。

厲琰面色未變，心中卻如翻江倒海。

他自認從來不是什麼良善之輩，從小心底便如深淵一般。而陳寧寧所想的，定然不會是他想的那般激進。

佛郎機的玩意好，那便拿過來。他們不願給，那便硬搶，就連呂宋也一併奪過來。不只是這些，其他的事物也是一樣的。只要他想要的，那必然會是他的！

偏偏坐在對面的少女，似乎完全沒有看透他的心思。仍是一臉自在，又挾了一塊金燦燦的年糕放在口中。

頓時，她那雙杏眼便微瞇起來，睫毛微微捲翹，她還忍不住呼著氣，吃得滿臉都是笑。她那兩頰鼓起的樣子，當真如長毛的貓兒那般討喜可愛。直引得他心裡發癢，恨不得伸手去摸摸她那頭柔軟的毛髮。

過了一會兒，陳寧寧也發現不對勁，連忙抬眼看向他，又問道：「你今兒是怎麼回事？已經不喜歡吃黍米年糕了嗎？可惜如今我們莊上也只有這些。我倒是愛吃得很。」

厲琰卻突然輕笑起來，又說道：「我也喜歡得緊，看妳吃得這麼香，我都饞了。」

陳寧寧突然覺得他的聲音好似醇酒一般，光聽著她就有點醉了，臉也慢慢暈紅了。

這氣氛也實在太曖昧了。與陳寧寧早前設想的那種純粹的合作夥伴般的相處，完全不同，倒像是她被勾引了？

這或許是她想多了，可也不得不防。

陳寧寧還是站起身來，又對厲琰說道：「不吃了，我還要去看番薯藤呢。你既然愛吃，那就多吃些。不夠的話，再跟廚房要就是。」

說罷，她就故作鎮定地離開了。

厲琰也沒說什麼，只是微挑著眉，看著她遠去的背影。伸出筷子，挾起她碟中剩下的年糕片。放在口中，細細品嘗，又自言自語道：「果然，美味得很。」

一邊吃著，他的眼神仍舊落在窗外，一臉若有所思。

年幼時，厲琰曾經捉到過一隻白色羽毛的小鳥。那小鳥性子卻野得很，一到籠裡，便瘋狂掙扎。偏偏厲琰那時生性暴躁，又有些不知好歹，差點把鳥兒給弄死。

那時他急得大哭，滿腹委屈問兄長。「為何我這般喜愛牠，這畜牲卻偏偏不愛我？」兄長便把小小的他抱進懷中，細細對他說道：「若是當真喜歡，就該好好善待牠、照顧牠，好到牠自己捨不得走了，那你便贏了。像你這般粗手粗腳，那些鳥兒哪裡受得了？我真該打你一頓，讓你也嘗嘗被折騰的滋味。」

厲琰垂著頭，又喃喃自語道：「喜歡嗎？」

那時候他太小，並不明白喜歡到底是什麼。如今他隱隱知道了，可他卻覺得就像要上戰場，打一場硬仗似的。甚至，比打仗還難上許多。

只是，兄長所說的好好善待她，當真可行嗎？

另一邊，陳寧寧坐在花盆前面，雙眼無神地看著綠色藤苗，直到香兒跑進來告訴她。

「厲軍爺離開了，還從廚房帶走了一袋年糕。」

陳寧寧這才如夢方醒，又說道：「他果然愛吃。」

香兒忙問道：「怎麼了，莊主和厲軍爺到底說了什麼？剛剛月兒姊本想跟過去，卻被喜兒姊喊去睡覺。外公也奇怪得很，急吼吼把我喊出去了，卻都是一些無關緊要的事情。」

陳寧寧卻垂頭說道：「無妨，下次還讓我跟他單獨說話吧！」

「啥？」聽了這話，香兒一時愣了。

陳寧寧又抬眼看向她，淡淡說道：「妳沒聽錯。」

「啊？喔！」

這時，陳寧寧卻站起身，又說道：「我去書房看看，等會叫人來把這些番薯藤，跟藥草放在一處吧，都要多加小心。」

「好。」香兒連忙應下了。

陳寧寧幾步走出育苗室，她也不是個傻子，連一個男人眼睛裡的喜愛都看不出。或許，連厲琰自己都沒發現，他凝視著陳寧寧的眼神總會有些發虛發軟。或許，是因為陳寧寧和這個時代的女子不太一樣；也或許，是因為他們在交流方面沒有代溝。陳寧寧能清楚地感覺到，厲琰好像越來越喜愛她了。

直到今日，陳寧寧才意識到這一切並非錯覺。

她心裡自然是有些開心的。可接踵而來的，卻又有許多煩惱。

若是注定要留在這個世界裡，遇見一個讓她心動的男人，談一場戀愛，她自是願意的。就算如今兩人的身分不配，她也有把握穩定提高自己的實力、地位，終究可以理直氣壯站到那人身邊。

可如今，陳寧寧要考慮的卻是另一個問題。

那個男人大方面沒有任何缺陷，就只有一點，他是個極端兄控。

若是兩人將來有所發展，陳寧寧像每個現代女孩那樣，問個愚蠢問題。「若我和你哥一起掉進河裡，你要救誰呀？」

不用厲琰說，陳寧寧自己都能知道答案。

「兄長身體不好，妳自己想辦法摸索著爬上岸吧！」

現實就是這般殘酷。陳寧寧不禁嘆一口氣。

九王此人不花心、不亂來、沒前任、沒紅顏知己、沒有白月光，甚至到死都沒有媳婦。

可笑的是，情敵卻是他哥，並且地位永不動搖。

這分明是一個笑話，陳寧寧卻被自己給糾結到了。

一連幾日，陳寧寧都有些茶飯不思，也沒想好到底要不要走上那一步？

直到陳軒打發他女兒陳嬌，往山莊來送一些稀罕物，她才勉強回魂。

那些舶來品看著新鮮有趣，價值不菲，可陳寧寧連眼皮都沒抬。直到她看見了一支小巧的玻璃瓶，連忙拿起來，開口問道：「這是何物？」

陳嬌也算頗有幾分志氣，平日裡一直跟著父親打理生意。此時一見姑娘這般喜歡玫瑰鹵子，連忙施展三寸不爛之舌給姑娘介紹一番。結果便是，她垂頭喪氣地回去了。

正好陳軒在跟九王彙報事情，一見女兒這般回來，連忙上前問道：「怎麼，那些禮物，陳姑娘都不喜歡？」果然只愛種子嗎？

陳嬌卻搖頭說道：「不，陳姑娘一眼便看中那瓶玫瑰鹵子了。」

陳軒連忙說道：「這倒好辦，妳叫那些管事看看，多調些貨，給姑娘送過去。」

陳嬌卻搖頭苦笑道：「可陳姑娘不像是要鹵子，而是想要那小瓶子。還問咱們能不能找工匠學來這手藝？」

陳軒如今十分欽佩陳寧寧，便嘆服道：「姑娘果然好眼光，知道玻璃製品緊俏得很。」

說著，又給自己倒了一杯茶。

陳嬌抽著眼角看著她爹，到底還是說道：「陳姑娘說，若是能用玻璃建造一間屋子，冬季種菜便不再話下了。說不定，連炭盆都不用燒了。」

「噗……」陳軒當場噴了茶。

陳嬌只得硬著頭皮，繼續說道：「姑娘還說，若是能把屋裡的窗子都換成玻璃的，冬季育種也能方便些。只可惜她知道這玻璃珍貴，她不配擁有這麼多。」

看了玻璃還是想種菜？陳軒一時不忍，便把抹布糊在自己臉上擦了擦，又連忙對九王緩頰道：「陳姑娘實在風趣得緊。」

不想，九王卻說道：「不如下次出海，你多帶幾個工匠過去，花重金想辦法把這個本事學回來，或是挖幾個會製玻璃的工匠帶回來。」

陳軒聽了真是一句話也說不出來。

果然，九王對陳姑娘上心得很。可陳姑娘滿腦子都是種菜，這又如何是好？

就在陳寧寧囤積糧食，改建暖房，把番薯苗救活，又帶著莊上的人修葺房屋，準備過冬的時候，陳寧遠跟隨閻先生讀書的時光，也算告了一段落。

閻先生說：「如今你追隨我已經半年有餘，你本就天賦異稟，平日又十分刻苦用功。如今該教的我已經都教完了。老話說得好，師父領進門，修行在個人。往後的路，也該你自己走了。」

陳寧遠點了點頭，又給閻先生跪下來，重重叩了三個頭。

雖說，閻先生表面上絕口不認他作徒弟。實際上，卻對他傾囊而授，並且還教了他朝堂局勢，以及處世的手段。

陳寧遠又跪著，說道：「他日徒兒揚名立萬，定要替師父洗刷污名。只是如今我妹子在這莊上，若遇見無法解決的事情，還望師父提點她一二。」

閻先生點了點頭，又垂著眼睛說道：「我並沒有污名，也算罪有應得，你大可不必為我多費心。只是有一點，我到底還想對你說，你在外行事，切莫感情用事。若認定那人並非良主，難成大業，定要懂得造作提防，明哲保身。莫要落得為師這般下場，六親不靠，祖業凋零。」

陳寧遠抬起頭，又問道：「師父可曾悔？」

閻先生抿了抿唇，露出一個似笑非笑的表情，到底沒有回話。

陳寧遠垂著頭，又說道：「寧遠將來定不負師父教誨。」

說罷，又給師父叩頭。

待到陳寧寧被長兄喊回到家中吃飯。這才知道，陳寧遠決定下山去投軍了。

「只是，哥跟著閻先生也只學了半年，怎麼不再多待一段時日？待到春暖花開，再去投軍也不遲。」

陳寧遠卻搖頭道：「時不待我。」

拖得久了，無法建功立業，又如何成為家中梁柱，為妹子撐腰？

這時，陳寧信卻捧著飯碗，說道：「當日，我被父親帶到青山書苑念書，姊妳怎麼不曾挽留我？我才幾歲呀，更該常在山裡跑，才會健康。青蒿比我還小些，如今比我還強壯。反倒是我成日埋在書堆裡，脊背都要壓彎了。」

說罷，他便放下碗筷，作勢要捶自己的背。

陳父見狀，虎著一張臉，罵道：「別人求之不得的機會，到你口中倒像害你似的。我看你還真是在山上跑野了，如今也不肯安心念書。是不是非要我拿出戒尺來，好好教訓你一番，你這野猴才能收心？」

讓陳寧信進入初級班，原本是徐掌院特意給陳父留下的名額，說是作為當初虧待陳父的補償。但陳父也是個有骨氣的，並沒有直接答應，反而是帶著陳寧信去參加考試。

陳寧信雖然不如陳寧遠那般出類拔萃，卻也還算有幾分聰慧。再加上前些日子，陳父在家養傷，從未疏忽對幼子的教育。陳寧信去考試，自然名列前茅。

書苑的先生甚至向陳父道喜，直說他家中又要出神童了。

只可惜，因為陳寧遠那一事，陳父如今的心態早已改變。他覺得女兒說得十分在理，死讀書也不行，還須得學習一些為人處世之道。

也正因為如此，就算去書苑讀書，陳父也不曾讓陳寧信一心死讀書。相反，他並不反對陳寧信上山。連陳寧信隨著曲老爺子學了一些拳腳功夫，陳父也都默認了。

誰承想，這臭小子如今心都野了。給哥哥送行，他還滿口抱怨。

陳寧信一見父親生氣，早就怕了。連忙又跟父親保證往後在書苑裡，定會刻苦讀書，只求父親往後不要限制他上山去。他又連聲說道：「青蒿說，之前我姊耗費心思，總算把一株從佛郎機傳來的藤苗給救活了。待到開春便要種到地裡去。到時候，這藤苗長出糧食來，便是五子連珠，一條藤長一串果子，拳頭大小，味如甜棗。我那時候可一定要去看的。」

陳父冷哼一聲，又說道：「你學業若是穩定進步，就許你上山，若是退步了，自然要留在書苑繼續讀書。」

陳寧信聽了這話，就如同被掐住命脈一般，整個都癱軟在椅子上，嘴裡還喊著。「怎麼這樣？我哥要做什麼，你從來不攔他！」

偏偏陳寧遠聽了這話，非但沒有安慰他，反而略帶嚴肅地說道：「寧信不要整日只想著玩，往後大哥不在家，咱們家裡可全靠你這男子漢支撐了。」

這還是從前陳寧信吹牛時說過的話。哪裡想到，如今又被長兄拿出來嘲笑一番。

一時間，陳寧信的臉脹得通紅，卻只能硬著頭皮，說道：「本來就是，之前我也一直幫著姊謀劃，幫著娘出謀劃策啊？大哥，你且放心，往後我定會好好照顧家裡的。」

陳寧寧見他這般逞強，強忍著笑，又給陳寧信碗裡挾了一隻雞腿，又說道：「我家頂梁柱可要多吃點，往後家裡事全靠你了，餓瘦了就不好了。」

陳寧信咬了一口雞腿，這才瞪著圓滾滾的大眼睛，又說道：「那是，往後少不得我勞心勞力了。偏偏爹還要拿戒尺抽我。」

聽了這話，不只陳寧寧笑了，就連陳母也沒繃住，伸出手指便捏了兒子的小圓臉，又說道：「快吃你的雞腿吧，整日都像隻饞貓似的。每次吃飯都想著要你姊給你留好吃的，如今她難得下山了，還親手下廚給你置辦飯菜，你就放開肚子吃吧。」

說完，全家笑得更歡了。

陳寧遠調侃起幼弟來也越發起勁，一家人其樂融融吃完了這頓飯。

飯後，陳寧遠又去了書房，說是有事情要跟父親商議。陳寧寧則是在院子裡消食。

看著院裡那些空蕩蕩的土地，想著夏季裡，滿園子鬱鬱蔥蔥的蔬菜。她的眼神慢慢變得縹緲而遙遠。

如今劇情早已面目全非，也不知長兄的前途又會變成何等模樣？

長兄說，他不會去投厲琰，而是去投殷國公。雖說表現得不太明顯，可他似乎仍是對厲琰充滿了芥蒂和防範。

可說到底，往後他已是太子黨了，與六王爺完全斷了聯繫。

若太子登基，哥哥還能做到權臣嗎？

陳寧寧正想著，陳寧信突然跑了過來，又問道：「姊，青蒿也想讀書，能不能跟爹說說，讓他給我充作書童？青蒿是我朋友，我不會讓他研磨、提書袋。只是可惜他那般聰明，若是整日在山上野跑，便浪費了才能。」

陳寧寧想了想，便說道：「這事回頭我去跟爹商量商量，再去問問曲老爺子。」

「好。」陳寧信得了個準信，很快便笑著跑開了。

他心中暗想著，省得下次青蒿再跟他顯擺山上的美好時光，不如拉那小子一起埋在書裡念書，好兄弟就得有難同當！

陳寧寧卻忍不住感嘆道：「寧信到底長大了，也變得穩妥了許多。」

另一邊，陳寧遠與父親談話結束後，又來找陳寧寧，對她說道：「往後我不在，妳若有什麼解不開的事，便去找師父他老人家聊聊。也不用做得太明顯，妳私底下再讓曲老爺子多照顧照顧師父吧。他如今上了年紀，身體不大好。之前，妳讓張叔過去給他開了食療的方子，米糧藥材也是備好的。師父用了似乎多了幾分起色。師父還說，張叔的醫術倒是讓莊子裡的傳言給誤了。」

這些話，陳寧寧統統都答應下來，又笑咪咪地說道：「哥，放心吧，家中還有我呢。」

陳寧遠看著妹妹軟乎乎的可愛模樣，咬了咬牙，突然抬起頭，死盯著妹妹的雙眼，又說道：「妳呀！看著冷靜沈穩，實際上心卻最軟了。這樣下去，絕對會吃虧。往後我不在，妳且記住了，就算妳對九王動了幾分心思，也莫要表現出來。就繼續端著拿著，同他好好合夥、做買賣。謹守本分，對他以禮相待，不到關鍵時刻，千萬莫要鬆口。」

陳寧寧聽了這話，整個人都呆住了。她還覺得自己向來沈穩老練，從未在別人面前，顯露過半分對厲琰的感情。誰承想，大哥居然早已猜到了她的心思？

這時，卻見長兄咬著牙，冷冷吐出幾個字。「男人都是如此，越是得不到，便越是會珍而重之。自甘下賤的女子，往往會被虧待。妳且記住了，男人都愛犯賤。」

話糙理不糙。長兄是在提點她如何撩漢子嗎？

一時間，陳寧寧有些哭笑不得。想不到，她也會有今日。

第二十九章

第二天一早，陳寧遠走了。

他特意起了個大早，並沒要家人送，自己拿著包袱便獨自離開了家。直到半路上，他打開包袱一看，這才發現裡面有母親放的大餅夾肉，以及妹妹悄悄放上的一小布包血牛筋草茶。

這東西實在矜貴得緊。當初換成黃金之後，父親便不肯再喝了。

陳寧寧若是讓他喝，父親便笑著說道：「妳自己也曾說過，紅色和綠色並沒有多大差別，我喝綠色牛筋草茶就好。血牛筋留在家裡，救命用吧。妳再要浪費它，我也是一口不會喝的。」

於是，剩下那些血牛筋草茶，都被父親交給妹妹小心收了起來。沒想到，妹子細心，竟給他偷偷放了一些。而且她怕是不知道血牛筋能起多少效用，竟然裝了不少。

陳寧遠看著兩樣東西，不禁深深吸了口氣。

其實，沒有人喜歡離開安逸的生活。可他若是不走出去建功立業，往後家裡只會有越來越多的麻煩。想到這裡，他三下五除二便把那還帶著熱氣的餅吃掉了。又把血牛筋緊緊收在懷裡，大跨步離開了。

另一邊，陳母還是沒能忍住，躲在陳寧寧屋裡，到底哭了一場。陳寧寧少不得寬慰母親一番，又說了不少體己話。「我哥是要作謀臣的，定然不會太危險，娘就放心吧。」

這還是她第一次品嘗到家人生離別的滋味，只覺得心裡有些酸酸的。上輩子，陳寧寧凡事都是一個人。如今難得父母疼愛，兄弟友愛。似乎整個人生都已經滿滿的。細想想，實在沒必要太過執著於其他感情。

倒不如一切順其自然，就如兄長所說那般，繼續像生意夥伴那樣，同厲琰坦然相處。若是有緣，水到渠成，她到那時再爭上一爭。若是無緣，也不會太過強求。反正到時莊子做起來了，也不怕一無所有。

經此一事，陳寧寧變得豁達了許多，自此越發專注莊上的事了。

倒是陳寧遠投軍一事，引起了軒然大波。

沒辦法，這年頭，秀才在社會上的地位比較高，見到縣官都可以跪拜。更何況，陳寧遠這種考頭名的秀才。他若繼續往上考學，舉人也是頭名，要是再中個頭名進士，那叫作三元及第，這便是大慶國少之又少的人才。

如今這種人才，居然投軍了？

一時間，這事在軍營中傳開，倒是引得眾人議論紛紛。後來，還是少將軍殷向文，因為跟陳寧遠曾有一面之緣，便拉他去帳內交談。這一談就是一整天，陳寧遠便在他旗下做了書記。自此，殷向文便離不得陳寧遠這個左右手了，日常事物常與他商量。

另一邊，張來福見了厲琰後，便問道：「九爺早就知道陳寧遠的本事，也是惜才之人，何不把他納入帳下，反倒把他推到殷爺那邊去了？」

厲琰卻輕描淡寫地說道：「我與陳姑娘有舊，若她兄長在我帳下，別人便會覺得我是看在他妹子才抬舉陳寧遠。陳寧遠此人志向高遠，如今學業有成，定是要做出一番事業的。我又何故妨礙了他？」

張來福聽了這話，只得說道：「還是九爺想得周到，陳姑娘若是知道，定然心存感激。」

厲琰聽了這話，雙眉微蹙，揮了揮手，便打發來福離開了。又過了一會兒，他才問來安。「這幾日，陳姑娘可曾往咱們莊上送過東西，或者送上親筆書信？」

來安聽了這話，只得垂頭喪氣地說道：「不曾。或許陳姑娘面皮薄，不好意思開口，也是有的。」

厲琰聽了這話，不禁冷哼了一聲。卻也沒再開口，只是他心道：那小山貓哪裡是面皮薄，不好意思開口之人？分明是對她兄長充滿了信心，不想貿然插手兄長之事，生怕打草驚蛇。不然，以她的處世之道，並不是那般死板之人。必要之時，她也是很能拉下面皮，找人討人情的。

想到這幾日未見，他本想緩一緩，確定一下自己的心緒是否只是一時興起。卻不想，那貓兒還當真是個山大王，在山裡作威作福過得愉快，怕是要把他這合作夥伴都給忘了。

若是依從前厲琰的暴躁脾氣，老早立刻騎馬就跑去抓貓了。可是想到幼時，兄長對他的教誨，他還是冷靜下來。

需得徐徐圖之才好，總要叫她習慣了，喜歡上他，才好行事。不然手段用太多，或是下手重了，難免會傷到。那貓兒雖說有時候挺野的，卻也是矜貴得很。想到這裡，厲琰長吁了一口氣，冷靜下來。

這時，來安又開口問道：「爺，不如咱們打發人去看看那番薯藤，順便給陳姑娘送些禮物？」

厲琰卻拉下臉來，說道：「不必，先等等看。」

他倒要看看，那隻山貓什麼時候才會想起他？

一時間，厲琰又覺得，這簡直比打一場硬仗要更難了。若是打仗，全砍了便是。

只可惜，厲琰還是對陳寧寧期待太高了。那隻山貓大概是在山裡野慣了，日子過得也極其舒適，隨手便把他忘在一旁了。

厲琰只得透過手下那些暗樁，日日彙報莊裡的情況。

卻不想，探子報來的都是一些日常瑣碎事。

陳寧寧不是育苗，便是跟那些工匠商討莊上的改造情況。就連來年要種多少番薯，都劃出了土地來。依她的意思，直接把番薯分出苗來，栽進一塊地裡先試種，一旦種出番薯來，那就好辦了。

可惜，張槐是個謹慎的人。他覺得陳軒雖然把呂宋的番薯苗誇得神乎其神，可這番薯苗能不能適應他們這邊的旱地，還真的很難說。要是像稻子一樣，就沒辦法了。

陳寧寧想了想，便決定繼續溫室試種。

一般情況下，低於十五度，番薯便會停止生長。之前她們靠著燒炭，把室內溫度控制得不錯。這才長出藤苗來。陳寧寧也曾跟張槐說起過，番薯其實不能算果實，照著陳軒的描述，應該是根塊。

這樣一來，種不好，條件不對，也會出現一定問題。埋土深度、種植間距，這些都要考量。若是不想辦法好好解決，這番薯藤很可能只長根，不結根塊，那就沒辦法吃了。因而，他們只能不斷嘗試。

說這話時，陳寧寧心裡其實還有幾分底氣。

不僅是她在現代對番薯的認識，而是如今外婆家的院子裡，竹架子上的番薯藤，無土栽培，就已經長出了不少小番薯。而院子裡種的那些番薯，長勢也都不錯。

到時候，這邊實在種不出來，她便想辦法弄些被泉水改良過的番薯出來種。雖然那產量可能有些嚇人，不過對土壤的適應性肯定沒問題。

陳寧寧便把這件事稱作「番薯的育苗實驗」。張槐如今對她欽佩得緊，事事都願意依她行事。曲家那些孩子，還有曲老爺子打發過來一起幹活的人，也都聽他們的安排。

因而這育苗室很快便把番薯分了苗，如今番薯藤長得越來越多了。

除此之外，莊上負責造園的總工程師袁洪哲，和做虹吸灌溉的吳哲源也沒閒下來。

原本到了冬天，河塘開始結冰了。吳哲源想繼續虹吸實驗都做不了了。他便用木桶打了水，放在屋中，繼續做著各種嘗試。

屋裡那麼冷，他又是那種心無旁鶩的性子，一旦做起事情來，便會忘記其他。到時，手腳生凍瘡還是其次的，凍病了就得不償失了。於是陳寧寧便打發人，日日給他生火，同時也照顧他的一日三餐。

這樣一來，吳哲源也能繼續做事了。偶爾，袁洪哲也會來幫他。

兩人竟當真做出點成績來。

除此之外，陳寧寧也不是整日都貓在屋裡育苗或是搞水管。

偶爾她也會帶著香兒、月兒、喜兒一起去廚房，變著花樣做一頓好飯吃。有時在陳寧信放假，來山上玩耍時，還會跟著曲母一起去山上打獵。

大冬天裡，也未必總能找到野豬、野雞，可卻時常能在山中，找到一些叫作糖梨子的野果，味道很好。

若是打到獵物，便拿到莊上烤了，竟弄得跟篝火晚會一般。

陳寧寧便把這當成難得的休閒時光。她和弟弟一樣，越來越愛山上這莊子了。

另一邊，厲琰聽說陳寧寧當真變成了山貓，不是做好吃的，就是往山裡鑽，甚至還去狩獵了。頓時，他便有些不是滋味了。

好嘛……似乎在小山貓的世界裡，有他沒他，好像都無所謂。

厲琰接連幾日心情不佳，臉色也十分難看，讓下屬都噤若寒蟬。

來安是個乖覺的，連忙給他出了主意，讓自家主子也帶著人去山中打獵，順便練兵。若是在山中碰見了，也好互相照應一番。若是碰不到，回來時，也可以順便去半山莊子，看看那些藥材和番薯藤種得如何了。總歸是要用的，適時催一催，倒也無妨。

這次厲琰思來想去，也覺得十分有理，便應下了這件事。

轉過天，果然帶了一隊人去山中狩獵了。為了練兵，還特意帶了幾個臉嫩的新兵。幾個新兵還以為被少將軍另眼相看了，一時興奮得很。

只可惜，厲琰那邊和陳寧寧到底差了兩分緣分。倒是遇見曲母那一行人了，互相還打了招呼，又與他說道，這日出門時，陳寧寧聽說有根藤苗似乎長番薯了，便留下來，跑去查看了。

厲琰聽了這話，點頭說道：「既然這般，回頭我也過去莊上看看藤苗。」

曲母已知道他的身分特殊，又與大長公主通了氣，自然不願多作糾纏，只得點頭答應了。

就這樣，兩邊人仍是各自狩獵。

厲琰這邊兵強馬壯，各個都是好手，當真獵到了不少獵物。反觀曲母這邊就十分艱難了。她帶著那些人主要以做陷阱為主，並不會追著那些獵物滿山跑。

狩獵隊上的人見那邊收穫那麼多，便忍不住說道：「我看那位厲軍爺似乎獵了一頭鹿，他那手功夫倒是俊俏得緊。」

旁邊的人卻不以為然。「若是咱們手中有弓，也不用這般麻煩了。」

這人一向喜歡有事沒事抱怨兩句，旁人也沒搭理他。

只是說來也巧了，厲琰那邊不知道怎的，突然生出了幾分麻煩。竟有一隻巨大的野豬，突然從林子裡竄了出來，向一位年輕的新兵衝了過去。

那新兵也沒經驗，整個人都嚇傻了，就連手中的武器都忘了怎麼用。

山莊狩獵隊的人都知道這野豬的厲害。若是被牠拱到，那人大概也就完了。

方才愛抱怨之人，又忍不住說道：「這小兵好生倒楣。平白遇見這樣一位將領，沒死在戰場上，如今卻要死在野豬身上了。」

話音剛落，卻見厲琰幾步衝了過去，摘下背上的新亭侯寶刀。手起刀落，直接便砍下了豬頭來。

那頭巨大的野豬瞬間轟然倒地。

厲琰雖生得五官清秀，眉眼如畫，如今濺了滿臉滿身都是血。再加上他本來氣勢便很足，一時間竟如羅刹託生一般。

剛剛還抱怨的那人，單單一看他那張臉，被嚇得雙膝發軟，直接給跪了。

與此同時，那被救下的小兵，也早已匍匐在地，連連說道：「謝少將軍的救命之恩，他日定報將軍大恩。」

偏偏厲琰卻沒有說話。

他有個毛病，平日裡並不喜歡沾染血污。倒也不是害怕，而是一旦沾了血，他就很容易上頭，甚至會「發瘋」。

十三歲那年，厲琰親眼見到兄長倒在血泊裡，嘴唇黑紫，疑似中毒。而太子妃卻坐在桌上，與姦夫眉來眼去。

當時，厲琰如動物般瘋狂的那面瞬間便覺醒了。

他指著太子妃的臉，問道：「是妳害了我兄長！」語氣是肯定的。

太子妃此時張狂得很，又覺得厲琰還是個半大的孩子，又是被太子養廢了的。平日裡，就像狗兒那般聽話。她竟笑道：「是我下的手，又如何？很快就送你去跟你那兄長團聚，你急什麼？」

她倚仗的，自然是姦夫武藝超群，又是個大力士。

誰承想，一聽這話，厲琰雙目通紅，竟如瘋癲了一般。也不知他怎麼那麼快，幾乎一眨眼便衝到了姦夫面前，一刀便戳進姦夫肚子裡。

姦夫甚至來不及展示超群的武藝，便倒地不起。

太子妃嚇壞了，也顧不得其他，連聲尖叫道：「來人呀！九王行刺太子了。」

只可惜，喊進來的都是太子和九王的人，哪裡又會信她那些話？

有人反問道：「九爺刺的外男又是誰？怎麼會在太子房內？」

卻見九王突然呵斥道：「還不快去喊太醫來，若是我兄長死了，所有人都要給他陪葬！」

那些人慌忙跑出去叫人。

從小看著九王長大的老太監，迎了上來，連忙問道：「九爺，如今又當怎麼辦？」

九王用舌頭舔著唇邊的血，又吐了口唾沫，說道：「自然要她交出解藥來。若是不肯，我有的是辦法，好好整治她。」

那一刻，九王已經完全瘋了。

太子妃原本料定他不敢動手的，他就是太子養的一條哈巴狗。

哪裡又想到，九王卻一步走上前來，直接上手捏斷了她的手腕，只聽咔嚓一聲，完全不懂得憐香惜玉。

太子妃痛呼一聲，又罵道：「厲琰，我可是太子妃！」

「妳這賤人不配！」厲琰又說道：「若不交出解藥，我往妳身上捅一百個窟窿，定叫妳不得好死，熬上半月，讓妳拖著，妳信是不信？」

說罷，又掰斷了她的一根手指。

太子妃尖叫著。「父皇不會放過你！我們家也不會放過你！」

九王卻冷笑著，掰斷了第二根手指，他臉上的神情就跟孩童正玩著一個有趣的遊戲般。

太子妃瞬間就被嚇壞了，連忙從身上取出一個小瓶，尖叫道：「這便是解藥。」

厲琰卻把她那個斷了的手指，反向掰了回去。只聽「咔嚓」一聲，太子妃又是一陣痛呼。

厲琰示意老太監接過那小瓶，這才說道：「若解藥是假，我還有許多遊戲，陪妳好好玩。妳既然選擇在皇莊下手，就應該知道這裡離京城有多遠。我不會讓妳去死的，定會讓妳跟妳家一起好好團聚。」

太子妃到底被這瘋狗嚇到了，實在不想讓家人給她陪葬，最後還是顫著嘴唇，說道：「我沒說謊，這便是解藥。太子身體不好，子嗣艱難，我這才與表哥秘密見面。哪裡想到竟被太子發現。是他先要逼我去死，我才出此下策。九王，你其實被太子騙了，他可不是心善之人。之所以養大你，也不過是為了養條好狗，對你並無幾分真心。」

說話間，九王充耳不聞，竟像上癮一般，反覆折著她的斷指。

太子妃已經疼瘋了，破口大罵道：「你就是條瘋狗！」

九王根本不理她，只是焦急地等待著解藥的效果，又神經質地繼續掰她的手指。

太子妃又忍不住破口大罵。「那解藥只有一半作用，你就算想救他，也已經晚了。幾個月前，我就開始下毒。本以為，我嫁的是未來君主，哪裡想到太子不過是皇上立下的擋箭牌。他身體這麼差，過不了幾年就死了，這樣的人又何必娶親害人？可憐我正值青春年華，難道這一生都要給他守寡不成？」

話音剛落，九王直接把那根斷指撕了下來，瞬間血肉模糊。

「兄長自幼教我一擊命中，千萬別給獵物留下喘息的機會。這也是對獵物的仁慈。我一向聽話，總是按照兄長的教導行事。可如今，妳卻不配得到兄長的仁慈。就該按照我這條瘋狗的辦法來懲戒。說什麼兄長害妳？還不是妳貪慕虛榮，一心只想當皇后。若是當真跟這死鬼情深意重，出嫁前，妳大可同他私奔。或者在金殿上，像那些言官一樣，以頭撞柱而亡，成全這段情。如今妳既然享受著太子妃給帶來的福祉，又不肯守著兄長，作出這些下賤的事情，還想倒打一耙？妳這種畜生果然不配得到任何仁慈，就該在十八層地獄裡接受懲罰。一百零八刀，一刀都不能少。」

後來，厲琰就徹底瘋了。他只是覺得，兄長若死了，那就沒必要再聽他的話了。就算讓所有人一起陪他下地獄，那又如何？

等到太子醒過來，把他摟進懷裡時，厲琰已經滿臉滿身都是血。

他也不知道自己做了什麼。只是從那以後，他便有了禁忌，不喜歡血濺在自己身上，就好像一旦染上血，便會受到詛咒一般。

如今，他雖在克制著，但攥著刀柄的手背已然青筋暴露。可厲琰仍是找不到任何真實感，就連指甲劃破掌心，似乎也感覺不到疼痛。

或許，就如幼年時，那些宮女、太監罵的那般，他其實就是個小畜生、小怪物，並不是真正的人，也沒人把他當作人看。

若不是那一日，兄長把他抱進懷裡安撫。或許他仍是個畜生、怪物。修煉不夠，始終做不了人。

一時間，那些過去的經歷，不斷在厲琰的腦海中出現。他竟有些分不清，什麼是夢，什麼又是曾經發生在他身上。只餘下痛苦的，刻在他骨子裡的、真實的恨意與厭惡。

這次狩獵，本來大多數都是厲琰的親兵。都是受太子所託，一直跟在厲琰左右的死士。他們看著自家主子的臉色不斷變來變去，表情也越來越猙獰。自然知道，這是他要犯病的前兆。

其實，自從太子殿下找了名醫給九王調理身體，又時常拖著病體，跟他聊天，幫他舒緩心情，九王已經許久沒有犯病了。

莫非是離開殿下太久了，主子終於還是繃不住了？

這些親兵一時間都慌亂了。

有那年長的死士，便暗自咬牙，準備先把自家主子弄倒再說。不然當真發作了，恐怕他們這些人都制止不了。除了太子殿下，生病的九王根本分辨不出人來，甚至會一視同仁地懲戒他們。

如今，他不再是十三歲的少年，已經十八歲了。戰鬥力自然也跟從前不是一個等級。

就在死士要下手時，突然有個聲音在人群背後響起。「厲軍爺，你好生厲害呀！這麼大一頭豬都能殺掉？」

那聲音顯得有些軟糯，話語裡全是崇拜之情，還是完全不加掩飾的。

親兵一看，頓時更加慌亂了。

那位本該留在半山莊子看番薯的陳姑娘怎麼來了？而且她身邊居然只帶著三個丫頭。

他們家主子對陳姑娘頗為另眼相待，這事就連太子殿下都知道了，甚至還曾寫信過來勸導他。若是這次意外傷了陳姑娘，恐怕主子只會變得更瘋。

第三十章

若是做人沒辦法活下去，便像狗那般活著。

厲琰已經忘了，小時候是哪個皇子說過的，他吃東西的樣子真的好像狗呀。

剛好被太子聽見了，便指著那人大罵。「放肆！」

太子向來胸襟廣闊，性情亦是寬厚豁達。可唯獨那次，他行使了太子權力，罰那個皇子跪了一個時辰。

那時候的厲琰還太小了，並不明白為什麼他不能像小狗？明明曾經的他，為了填飽肚子，就算被人當狗餵也無所謂。

可太子卻把他抱在懷裡，一點一點教會他使用餐具，以及餐桌禮儀。

他也曾問過。「小九是小狗嗎？」

太子說：「不是，你是我弟弟。」

太子的眼神實在太溫暖了，以至於，小九忍不住便信了他。可私底下，他卻又忍不住想，他怎麼可能不是小狗？若是餓慘了，恐怕還是會變狗的吧？

後來，太子便下令嚴懲，那些曾經伺候他的宮女、太監。再後來，沒有哪個皇子敢叫他小狗了。

可厲琰仍然覺得，他終究還是會變狗的，這幾乎是無法控制的，就像此時……

他瞇著血紅的眼，凝視著四周的那些人，幾乎每一張臉上都帶著惶恐、畏懼與排斥。可笑的是，有些人分明怕極了快要變狗的他，卻仍然圍在他身側，試圖湊上來。

這讓他好生厭煩！

這時，人群裡卻出現了一張與眾不同的臉。那雙圓潤的杏眼裡，沒有害怕和恐慌，反而是如水般的溫柔。與他對視過後，她甚至還走出了人群。

旁邊的人明知道厲琰很危險，試圖拉住她，卻被她固執地甩開了。

她緩緩地向前來，不動聲色地走進他的領域。他終於看清了她的長相，分辨不出好壞。只是她一直看向他，眼神都不曾錯開過，仍是不怕他。

厲琰這才注意到，她身上穿了厚厚的毛皮，把自己裹成了一個絨團子。只可惜，那皮子看起來不大好，像是拼湊而來的。只有毛領子和墊肩是白色的狐狸皮，白毛襯得她臉很小，而那張臉上始終帶著溫和的笑。

她其實只是穿得厚重，實際體態輕盈。走在雪上，靈巧得就像一隻山貓兒。那山貓兒當真不怕他，不只走到他身邊，還把小小的爪子，輕輕搭在他的手臂上。

下意識地，厲琰想要躲開，可卻被那杏眼中的光亮懾住了，竟然也忘了躲。

「你剛才救人了！」

他終於聽清了山貓兒的話，心裡卻在想，這貓兒到底要做什麼？

下一刻，她已經伸出一隻盈潤如玉的小手，拿著帕子，擦拭掉他臉上的血跡。就如兄長曾做過的那般。她的動作或許還要更輕更溫柔些，也帶著些許溫熱。兄長身體不好，手指總是冷的。

「我是狗嗎？」當年五歲的厲琰抬起頭問太子。

「你是我弟弟。」他說著，把他抱起。

那一刻，厲琰只覺得人原來是這般溫暖的。

他悄悄對自己說，那便不做小狗了吧，陪著哥哥一起做人。只可惜那些人偏偏總要逼他，逼他別做個人，改當畜生。

哥哥在他眼前，被壞女人害死了！

剎那間，厲琰的臉不受控制地轉成猙獰，五官也變得扭曲，眼神也凶惡起來。

那些死士提心吊膽的，都快急死了。生怕自家主子突然暴起，揮手一刀砍傷了陳姑娘。若是這般，主子以後怕是再也好不了了，恐怕連太子也喚不回他。

為首的死士頭領一咬牙，便做好了冒死衝上去，擋刀救人的準備。

這時，卻聽陳寧寧又說道：「可是受傷了？我帶你回莊上醫治可好？我們那裡的草藥多，還有大夫。」

她的聲音實在太過溫柔了，眼神根本不曾離開過厲琰的臉，明明看著他面皮都扭曲起來，她卻仍死死地盯著他。

真誠，坦蕩，擔心他受傷了，卻唯獨沒有恐懼與敷衍，就如同他們以往相處的那般。

她是當真不怕他，也是真心關心他，怕他受傷！她是不想他變狗嗎？想讓他做個人？

那一瞬間，厲琰緊緊閉上雙目，不斷安慰自己。

哥哥沒事，他吃了山貓兒家裡種出的血牛筋。那女人下的毒，已經被解了。

往後繼續慢慢調養，哥也會變得如正常人那般。

哥哥往後會遇見一個不計較他生病的好女人，願意給他生兒育女，陪伴他度過漫長人生，兩人將會子孫滿堂。

而他會對山貓兒很溫柔，不會亂發脾氣，要讓她慢慢喜歡上他。

這些都是哥哥在信中寫給他的話。

他說過：「小九分明是個很溫柔的孩子。若是那女孩生得一雙明亮的慧眼，那她一定能看得見小九最溫柔的那一面，也會喜歡上你。」

厲琰下意識地睜開雙眸，果然山貓兒還在注視著他。她的小手也放在他的大手上，儘管上面很髒，都是老繭和血污。可她卻不在意，只是緊緊地握著他的手，把溫暖傳遞過來。

那一瞬間，他突然很想問她是不是看得見他溫柔的那一面？

只是，很快理智回籠，他的眼神也變得清明，面皮也逐漸放鬆下來。他張開嘴，半晌終是說道：「我沒事了。」

陳寧寧仍看著他，又問：「當真嗎？這麼大的豬還挺難對付的吧？」說著便笑了。彷彿他方才是被豬嚇到似的。

厲琰似笑非笑地揚起嘴角，看著她，反問道：「妳說呢？」

不想陳寧寧又跑過去看了看那頭大山豬，又問他。「不如烤了牠，給你出氣可好？」

厲琰挑眉問：「是妳饞了，想吃烤豬吧？」

這小山貓竟然一臉理所當然地點了點頭，又笑著說道：「我還沒見過這麼大的豬呢，也不知道吃起來味道如何？該不會肉已經很老了，咬都咬不動吧？」

厲琰突然覺得，她穿成個絨球，跟他要豬吃的樣子，實在很可愛。於是便又說道：「那就吃了吧！」

陳寧寧瞬間來了精神，又跑過來對他說：「抬到我莊上去吧。也到了展示我們壓箱底寶物的時候了，倒要讓你嚐嚐什麼才是真正的美味烤肉，保證你吃一次就忘不了，下次又來跟我求佐料。」

這般理直氣壯，果然是當慣了小山大王，又忍不住開始橫行霸道了。

前幾日，厲琰還在苦惱，這山貓兒在山裡跑野了，撂下爪兒便把他忘了。此時，卻又想看著她這般活力充沛地對自己撒野、胡鬧，理直氣壯地橫行霸道。就如往常那般。

這姑娘也是心大的，像從來都不會讓他失望。

厲琰瞥了死士一眼，示意他們把獵物搬到半山莊子上去。

那些死士剛剛都快要被嚇死了，誰承想，一個峰迴路轉，主子又恰好過來了。他們這才鬆了口氣。

為首的死士頭領，剛剛都想上前送人頭了。如今逃過死劫，不禁欣喜萬分，連忙又說道：「你們還不快隨我搬獵物。」

一聲令下，很快便有人隨著他一起把豬抬走了，又留下一些親兵守在一旁。

另一邊，山莊上的狩獵隊都看傻了眼。

沒想到，厲軍爺救人便救人，一沾血便瘋了。瘋子哪會講道理？說不定摘下刀，便要砍人。就像砍那頭大山豬一般輕而易舉。

這，誰還敢輕易招惹他？就連喜歡抱怨、亂說話那人，也埋頭做了一隻鵪鶉。

到了此時，眾人看著陳寧寧，不禁暗中佩服。

莊主實在膽大心細，有勇有謀。就連這種情況，都能把厲軍爺安撫下來。

可唯獨人群中的月兒，此時正垂下頭，半晌無語。臉色也蒼白得厲害。

方才她分明想拉住小主子，不讓她上前。以她的力氣，小主子根本掙脫不開。

可在那一瞬間，小主子突然用一種非常嚴厲的眼神看向她。月兒一時被震懾住了，不自覺便鬆開了手。

小主子輕輕說了一聲「沒事的」，便頭也不回地奔著九王爺去了。

這一個多月的相處，小主子從來沒對她使過臉色，大聲說話都不曾。

大概是從小生活在小山村的緣故，她根本沒有那種明顯的主僕界線。明明是丫鬟該幹的活，小主子隨手就自己做了。而且，她性子很隨和，偶爾生活中也會犯些小迷糊。

月兒就算繃著臉提醒她，小主子也不會生氣。偶爾月兒強勢點，小主子也會聽她的話。

兩人明面上是主僕，可小主子卻說，月兒、喜兒、香兒將來都是她的好幫手。等山莊做起來，也是要參與分紅的。

在山莊這段時日，遠離戰場，月兒難得變得平靜下來，也開始喜歡上這種生活了。

可如今，她卻忍不住感到糾結，她是不是連危機意識都忘了？這次她居然放手了？那下次呢？小主子置身於危險中，她又會如何做？

喜兒似是看穿了月兒的心思，也懂得她的糾結。她嘆了口氣，上前握住了月兒的手。

兩人對視了一眼，卻相對無言。唯獨想說的，只有萬幸。

萬幸，九王爺沒有真的發瘋；萬幸，小主子把他喊回來了。不然，大長公主苦等了十年，念了十年的佛，終於尋到了小主子。可因為生怕皇上的猜忌，這才按捺下來，無法把小主子接回到自己身邊。

若小主子出了什麼事，她們就算以死謝罪，也對不住公主。如今也到了她們該好好反省的時候了。

另一邊，曲母也因為心裡緊張，死死拉住了香兒的手。

見沒事了，才放開女兒，同時又在心中暗道：回去後，少不得再同妳外公商量一番。九王這樣，實在不是莊主佳婿人選。

且不提這些人各懷心事，單說此時的厲琰，看著陳寧寧一身毛茸茸，裹得嚴嚴實實，當真像個小毛球似的。一時只覺得手癢得厲害，便很想碰觸她。

偏偏他的手都抬起來了，卻又遲疑了，他想到了兄長所說的以禮相待。

就在他打算把手放下的時候，陳寧寧卻抓住了他的大手，又拿起帕子，擦拭了上面的血跡，就跟照顧小孩似的。

再次感受著掌心傳來的溫度。他抬起頭，看向那張瑩潤如玉的小臉，發現她眼角眉梢的堅毅。

那一瞬間，厲琰突然明白了。其實，剛剛陳寧寧知道自己身上發生了什麼事，也知道有多危險，卻仍然靠近他、溫暖他，還堅定地把他拉了回來。

除了兄長，這還是第一個不想讓他變狗的人。

這時，陳寧寧已經擦乾淨了，便打算把那條帕子收起來，發現厲琰正直勾勾看向她，卻又不開口。

陳寧寧便挑眉問道：「怎麼了？哪裡不舒服？」

厲琰又道：「我想再自己擦擦。」

「喔。」陳寧寧連忙把帕子放在他手中。

厲琰一邊擦著手，一邊垂眼問道：「不是說番薯長成了，妳要留在莊上看嗎？」

陳寧寧卻笑道：「其實並沒有。那只是根，要長成根塊，還差得遠了。更何況，如今這個溫度，番薯很難生長的。加上，今日家裡也沒有要緊的事，我就帶著姊妹們一起來追曲姨了。」

就算追不上也不打緊。月兒和香兒都是深藏不露的高手，獵頭野豬，也不成問題。

陳寧寧只是沒想到會遇見厲琰，而且他竟在救人。可一救完人，他的臉色就不大對了，就像受了刺激一般。

在現代，陳寧寧也曾見過一看見血就昏厥，甚至抽搐、嘔吐的。厲琰的症狀似乎要更嚴重些，倒像被拖入了地獄一般。也不知道他年少時到底經歷過什麼？才變成了書中那個殺人不眨眼，動不動就捉人九族，滅人滿門的大反派。

陳寧寧忍不住為他心痛。

有些人要用童年治癒一生，有些人卻要用一生來治癒童年。或許，太子之於厲琰，就是那一劑良藥。

陳寧寧突然打心底不希望太子那麼早就死去。若他死了，厲琰該有多可憐？

她甚至覺得，有個哥哥情敵分散了男朋友的一部分注意力，也不是那麼難以忍受的事。反正，人心本來就是貪的，她也重視自己的爹娘和兄弟呀！

這時，厲琰卻像沒事人一般問道：「那倒是可惜，我還想去看看番薯呢。」

陳寧寧便笑咪咪地說：「那就來看呀，我們的育苗室又和之前大不相同了。」

「好，這就去看看！」

厲琰一邊說著，一邊隨手把那塊帕子放進袖袋裡。

陳寧寧光顧著說那些藤苗了，也沒在意其他。就算注意到了，她對一塊帕子也不是很在意。

原主是會刺繡的，曾經長期躲在房中繡嫁妝，而陳寧寧卻是半點不通。和文秀才退婚後，陳寧寧便以情傷為藉口，不再刺繡了。

後來她又是種菜，又是搭建竹器，家裡的粗活什麼都幹。抬起水桶便去打水，也不在話下。不知不覺，掌心拇指便長出老繭來，要再去做繡活，也不太適合了。

倒是陳母心疼她，總是幫她做衣服。

至於如今陳寧寧身上帶的帕子，多半都是喜兒她們想辦法弄出來的。

喜兒雖說性格外向，跟什麼人都能聊到一處，可她也有幾分特殊本領。似乎還曾在真正的大宅院裡做過大丫頭。縫紉、刺繡、打絡子、勾頭花，無所不能。而且，投壺、雙陸、鬥花鬥草，她也都很會玩。

若不是陳寧寧一心只愛看農書，喜兒都想教她一些簡單的行令賦詩了。

陳寧寧就算不喜歡，可耐不住喜兒興致高呀。一旦有空了，便要組個局出來。若是陳寧寧不玩，她們就是三缺一，香兒便會來求她參加。

因此，陳寧寧少不得也加進這些遊戲中。

她也曾懷疑過，喜兒給她縫的香囊、繡的帕子、打的絡子，是不是都太過精緻了些？而玩的這些遊戲，是不是也太貴女了？

偏偏就只有她自己懷疑，而月兒就算繃著面皮，做不好，每次也都會一臉認真地參與其中。好像她也喜歡得緊，最近居然還跟喜兒學起刺繡了。

那香兒對喜兒更是充滿了崇拜。喜兒說什麼好，香兒便也跟著附和。

這幾日，就連香兒都能繡個花樣子出來，還說將來也要幫襯莊主繡帕子呢？

陳寧寧本以為這些都不是很相關。若當真需要縫紉，將來賺錢了，大可以招一些熟練的女師傅過來，負責製作衣服也就罷了。可曲老爺子卻在私下裡，求到她面前，千萬拜託讓香兒跟喜兒多學些本領。

畢竟香兒將來未必會遇見張槐那樣的男人，也未必走她娘那條路，很有可能會嫁人的。這樣一來，多學點手藝，到婆家也能被高看一眼，少受點委屈。

陳寧寧對此自然不會反駁，最後只得依了，卻還是沒有多大興致。

莊上也有人給她家裡送消息。

陳母竟也對陳寧寧說：「將來妳嫁人也好、招贅也罷，等妳把莊上的買賣做大了。自然要同那些有身分的人往來。到那時若有聚會，大家一起玩耍。妳若不會，或者做得不好，反倒被人小瞧了，於妳的買賣也不好。倒不如跟著喜兒，多學點花樣。」

好嘛，還是全方打擊，一起督促她學習？

剛好入冬後，莊上的事情少了許多，陳寧寧便隨著她們去了。

這次難得遇見厲琰，又有那麼一頭大山豬，自然是不必去獵其他山豬了。眾人便移步到半山莊上。

由於之前，陳寧寧很喜歡熱熱鬧鬧來個烤肉聚會。如今一見他們滿載而歸，莊上那些人都紛紛圍了上來。若不是厲琰面容冷峻，一副生人勿近的樣子，並且站在陳寧寧身邊，早有頑童跑上前，跟莊主打招呼了。

沒辦法，陳寧寧看厲琰都快被莊上的孩子給嚇哭了，只得加快腳步，把他帶進院子裡。心想總不能讓他一直穿著帶有血污的衣服，便又讓落葵帶著厲琰去陳寧遠從前住的屋子，取件乾淨衣服，給他換上。

若是以往，早有人把這事攔下來了。畢竟九王身分尊貴，哪能穿平民的舊衣服？可剛經歷了那場危機，厲琰的手下早就把陳寧寧當他身邊親近之人看待了。自然是陳姑娘說什麼，便是什麼。更何況，厲琰自己也並未反對。

陳寧寧也是個細心的，方才就打發人回來提前燒了熱水。

厲琰來到陳寧遠的房間，也來不及觀察，便看見當中放著一個冒著熱氣的木製浴桶。

落葵站在一旁，乾巴巴地解釋道：「莊主說，厲軍爺渾身這樣定然很難受。既要換衣，不如先梳洗一番。」

厲琰看了那浴桶一眼，又說道：「裡頭那布包又是何物？」

落葵又說道：「是莊主弄的沐浴包，裡面裝了些草藥，說是緩解疲勞、舒緩心情用的，秋天裡備下了不少。我小妹也去央莊主準備了一些。」

厲琰聽了這話，便點頭說道：「罷了，你先下去吧，我自己來。」

「是。」落葵很快領命離開了。

半晌，在空蕩蕩的屋裡，厲琰突然喝道：「退下。」

一時間，黑影閃動，當日輪值的死士，徹底離遠了。

厲琰又上前，摸了摸浴桶裡的熱水。

想到山貓兒也經常用同樣的藥包泡澡，不知不覺，他便放鬆下來。

若是以往，他防備心強，寧願自己髒著，也不願意在別處沐浴更衣。如今卻當真褪去了衣服，跨進木桶裡。聞著那股藥草的香味，一時覺得渾身的毛孔都被蒸開了。

他又撩了水，潑在臉上，當真是舒服又自在。

厲琰突然想在自己的私宅裡，也弄出一個適合洗澡的大浴池。再找專人，也調製出一些沐浴用的藥包來。

就這樣，厲琰清洗了大半天，覺得通體舒暢，才起身擦拭一番，又在衣櫃裡找衣服。

他跟陳寧遠年齡相近，身形也差不多。陳寧遠的衣服，厲琰差不多也都能穿身上。只可惜平日裡，厲琰喜歡一身黑衣，陳寧遠卻習慣文人打扮。再加上，他前些年春風得意，便喜歡一些白色、淺色系的衣服。

後來出了事，陳寧遠的心思已然不在穿戴上，不過母親給他縫製新衣，他也從未挑剔過。陳母自然還是按照老習慣，給他做些淺色的書生衣服。

厲琰看了許久，才找到一件深藍色布衣袍，拿出來換上了。又對著銅鏡，用一支玉簪束好頭髮，確認渾身都弄俐落了，這才緩緩走了出來。

剛好他出來時，陳寧寧已經拿出了壓箱底的寶物，正在往烤熟的肉串上撒佐料。一見厲琰來了，陳寧寧便回身，笑咪咪地說道：「總算來了，快來嚐嚐這烤肉。」說到一半，她就說不下去了。

厲琰這副書生裝扮，未免有點太犯規了。

陳寧寧覺得自己的顏控屬性好像更嚴重了，她真的很喜歡俊俏小書生的這一套。

寧寧也沒想到，厲琰一身藍色布衣，束起頭髮，嘴角微微揚起，安靜又優雅地從人群裡走出來。所有人或物都成了背景，唯獨他一人面若冠玉，看上去就好像一幅畫。

像厲琰這般渾身充滿桀驁不馴的人，此時卻溫和到不可思議。反倒弄得陳寧寧一臉傻樣。她甚至忍不住在心中吶喊，這一臉乖巧老實的模樣，也太犯規了吧？險些讓她忘記了，他剛剛一刀斬殺大野豬，還控制不住要發瘋的狀況。

偏偏厲琰就像故意的，緩緩走到她身邊，隨手便拿起了她手中的肉串，挑眉問道：「這便是妳壓箱底的寶物？」

第三十一章

不管怎麼說，陳寧寧也算是久經名利場的老油條，她引以為傲的自制力無論何時都不會倒。以前就算有人使用美人計，故意撩她，她也能如老僧入定一般，心如止水，保持足夠冷靜。

現在，就算眼前的「小妖精」長相正得她心，又故作不經意間用手臂碰到她的手臂，大臂一展，顯示了臂膀的溫暖，她陳莊主也能剛正不阿地不吃他這一套。

就在陳寧寧在心中默念清心咒時，厲琰自然也看見肉串上那厚厚一層磚紅色粉末般的佐料，那是他根本從沒吃過的東西。若在往常，他根本不會吃。可此時看著身旁那姑娘一臉暈乎乎，不知今夕何夕的樣子。他又忍不住有些開心，於是拿起那古怪的肉串咬了一大口。

陳寧寧這時終於找回了狀態，再定睛一看，肉串上那厚厚一層辣椒粉，整個人都不好了，連忙叫他。「快吐了，吐出來，這已經不能吃了。」

厲琰這時也發現了，她的壓箱底寶物竟是一味辛料，而且辣得不行。只是他從小深受太子教誨，學會了餐桌禮儀。自然不會在人前做出丟醜之事，所以就算舌頭都麻了，還是面不改色硬吃了下去。

倒是陳寧寧嚇壞了，連忙敲他脊背。「吐掉，趕緊吐掉，這得辣死了吧？」見他仍面不改色地裝樣，陳寧寧急忙找到水，餵給他喝。

兄長教他如何吃東西，別做小狗。她卻說不喜歡，就可以吐掉？

厲琰看著她，一時都忘了怎麼反應。

陳寧寧快要急哭了，乾脆把茶碗送到他嘴邊，又說：「沖下去就會好些了。」

厲琰就著她手，一飲而盡，陳寧寧仍然很急。

等他連喝幾碗水，她才問道：「如何？你該不會……再也不想吃辣的了吧？」

厲琰看著她，嘴巴還有點腫，像是親吻過的樣子。偏偏他眼神很乖，眼圈還帶著點紅，略有點委屈的樣子。

陳寧寧見他這般，越發後悔起方才太大意了。上佐料時，本不該分心的。

這時，厲琰卻啞著嗓子說道：「不會，很特別的味道。」

「這是……」辣傻了？

陳寧寧更加愧疚，連忙想找些別的食物給他墊墊，也好緩緩。偏偏他卻說道：「我很喜歡妳這壓箱底的寶物。」

喜歡變態辣口味的？

看他這副可憐的樣子，陳寧寧顯然有些不信。等到厲琰終於恢復如常，陳寧寧又拿出了另一個寶物，刷了醬料給他吃。這次厲琰只嚐到了滿口香甜，裹著肉香焦味，伴著其他幾味，就變成一種不可思議的美味。

「這是加了蜂蜜？」厲琰問。

陳寧寧笑著點頭說道：「自然是蜂蜜，蜜汁烤肉很香吧？」

見他喜歡，陳寧寧又拿了許多烤肉串給他吃。

然後，她就發現，餵食別人是件很有成就感的事情。厲琰完全是來者不拒，給他什麼，他就吃什麼，也沒有什麼偏好。時不時地，他還會找些比較嫩的肉串，反餵給她，實在太乖了。

兩人就這樣處著，無人打擾。

事實上，其他人就算想靠近陳寧寧，找她有什麼事，厲琰不鹹不淡地看上一眼，那人也就自動退下了。沒辦法，莊主身邊有惡犬，而且惡犬的眼神太可怕了。因而，他們這邊自然清淨。

吃了好一會兒，厲琰才說道：「再嚐嚐那味辛料烤肉吧，那粉末實在特別。」

「你是真的喜歡嗎？」陳寧寧略帶不信地問道。

「嗯。」厲琰點了點頭。

陳寧寧這才信了，連忙放了適量辣椒粉，遞給他吃。厲琰果然喜歡得緊。

陳寧寧見狀，又問道：「香兒曾說過，市面上的飯莊酒肆是不賣豬肉的。家境富裕的人家也不會吃豬，這是為何？」

厲琰這邊倒是毫無忌諱，吃得也滿香的，他隨口解釋道：「因為歷史上有位皇帝姓朱，他怕犯忌諱，便不許百姓吃豬。加上有人認為豬與人爭食，老百姓自己都吃不飽飯，哪裡還願意養豬。何況，一口豬要養三年，也很麻煩。故而不大吃豬。」

原來是這樣。

可如今他們滿山都是象草，再加上用泉水調理過，他們家養的黑豬，一年多就能產出。山裡那些野豬崽，飲了泉水，長得就更快了。她還打算加大力度，砸重金繼續養豬。然後，在大慶國建立養豬一條龍，打造一個豬肉品牌。總不能所有計劃胎死腹中，把豬留在山莊當口糧吧？

陳寧寧想了想，又問道：「若我開家這樣的燒烤肉鋪，你覺得如何？可行嗎？」

厲琰仔細思索一番，又道：「倒是頗為新奇，味道也好。只要有人進店嘗試，定會被味道吸引，甚至會一試成主顧。只是若掛上豬肉招牌，有錢人家未必願意走進去；貧窮人家又不愛去館子吃飯。」

陳寧寧垂著頭，說道：「少不得再想幾個方法，做出一些新花樣來，以菜式取勝倒也是一個辦法。」
厲琰又開口說道：「等妳想出花樣來，不如打發人給我送信，我找軍需官過來試吃。」
陳寧寧忍不住問道：「你這是打算幫我家的豬找個銷路嗎？」
軍隊那麼多人，不吃肉，哪有力氣幹活？
厲琰卻一臉嚴肅地說道：「須得妳這邊肉好菜好才行，否則我們那裡也不會收的。」
陳寧寧忍不住笑道：「肉自然是好的，菜式也好。不如下次我先弄些花樣來，請你先過來嚐嚐，如何？」
厲琰點頭道：「也好。」
陳寧寧又說道：「只是，我還想把我家的豬送進酒樓食肆試試，明明這麼好的肉，一直被人們拒之門外，也太可惜了？」
放到現代，有句話就是賣房子的不如養豬的。很多房地產老董、高科技公司，都開始投資養豬了。可以想見，豬肉對人們的生活有多重要。可這個大慶國，如今卻在拒絕豬肉。
「自然也可以試試。不過，請我吃飯的事莫要忘了。」厲琰又說道。
反正，她家豬要是賣不出去，他們全收了便是。放她出去找找門路，小試身手，又有何妨？
兩人很快就轉移了話題，陳寧寧發現，厲琰此人不犯病的時候，其實很好相處，人也很隨和。而且，他眼界也非尋常人可比，讀的書多，知識面也廣。

陳寧寧反應很快，想法很跳躍。通常和別人說話，總是習慣性地停上一停，讓別人先反應一下，再繼續下一個話題。

但是和厲琰說話卻不必如此。陳寧寧說什麼，厲琰都懂，也都能接得上。而且還不是故作明白，往往能一針見血地提出一些建議來。

這樣的人是個很好的聊天對象。

只是可能因為學武的緣故，厲琰身上氣勢太足，別人難免有些怕他。

不過，像陳寧寧這種見過大場面，眼光好，又善於交際的人，自然能透過現象看本質。況且，她還能調動氣氛。

一頓烤肉，邊聊邊吃，吃得也算盡興。

飯後，陳寧寧便又帶著厲琰去育苗室。

先是看了番薯藤，厲琰也沒想到，初時編在筐子裡的那根爛藤，如今已經被分出了許多芽苗來。而且每盆長勢都不錯，水靈靈的。只可惜，還沒能結出番薯來。

接著他又去看了藥草，也都被妥善照顧著。其中，有一株血牛筋已經半大不小了。

陳寧寧略帶為難地看著他，說道：「你家人若是急用，也可以拿走應急了。不過張叔說，這效用只有從前那些血牛筋的一半好。等過了春天，效用會更好一重。再過一夏，效用才會完備。不過若是想要它更好，還是得養上幾年。」

厲琰便說道：「如今也不急著用它，就先放在妳這裡繼續養著吧。」

陳寧寧點了點頭，這才帶他來到另一間溫室裡看番椒。

那一盆盆的番椒，厲琰也曾看過，只是這裡的番椒養得都不錯，掛的果子也較尋常人家要更多，有紅有綠，小燈籠似的。

他便下意識問道：「妳以後打算做番椒的買賣？富貴人家看著喜慶，倒是挺願意花錢買的。」

陳寧寧搖了搖頭，笑咪咪地問道：「想想你剛剛吃了啥？」

厲琰想起了磚紅色粉末，又看著枝頭掛著的番椒果子，便忍不住瞪圓眼睛問道：「那味辛料便是用番椒果子做成的？」

陳寧寧那雙杏眼瞬間瞇成小月牙，滿臉笑意地看著他，不置可否。

厲琰自是明白了，又接著問道：「妳是打算種番椒，做調料買賣？」

「那你覺得這番椒調料買賣，做得還做不得？」

厲琰回味著剛剛那辛辣的滋味，實在太特別了，也足夠讓人印象深刻。一旦把番椒推廣開來，整個大慶國的口味，或許都會產生劇變。他連忙說道：「不如讓我也入股，我出錢。」

陳寧寧便又說道：「我是打算在賣豬肉時，同時推出這個佐料。到時候一起銷售，效果肯定不只翻一倍。所以，還要再放上一段時日，等到烤肉鋪做起來，再找個適當的機會推出番椒佐料。」

厲琰這才發現，這姑娘有如此多想法。而且她想賣豬，並不是空口說白話，是已經想好了售賣之法。看著陳寧寧臉上那股從容自信，厲琰又忍不住問道：「那番薯呢？不準備做一番大買賣嗎？」

他倒覺得，豬肉也好、番椒也好，都不如番薯利大。卻不想陳寧寧突然正色道：「番薯種若是弄出來，當然要上交給國家。早點推廣出去，很多人就不必再挨餓了。我打算跟陳掌櫃商量，若他同意，便直接上交官府。若他不同意，我重金買下就是了。」

厲琰頓時覺得這姑娘想法實在可愛得緊。她想賺錢，想要把自己的買賣做大，野心勃勃地想把自己的小莊子做成天下第一莊，卻又不打算在民生上謀取暴利，竟還有一顆俠義心腸。

厲琰從未有過類似的想法。他的世界很小，容不下那麼許多人，別人生死他也不會看在眼裡。可如今，他卻忍不住想走到這姑娘的背後，支撐她也好，適時推一把也好。「妳要做調料也好，豬肉也好，把良種交給國家也好，總歸都讓我入一股。我出錢，妳出力，就按之前那麼分，可好？」

「你這麼相信我？」陳寧寧瞪圓了眼睛看著他，眼底還帶著笑意，同時又充滿了自信。倒像在說：小夥子，你眼光不錯，跟著我混，保證你「錢」途無量。

可她卻不知，此時的她有多像高傲的貓兒。終於放下身段，跑到厲琰面前，揚起可愛的小下巴，等著他抓抓下巴、擼擼背毛。

厲琰終是忍下了手癢，一臉正色地點了點頭，又說道：「自然信得過妳。」

「好吧，那就給你入股了。不過咱們商號，以後你有權力提出意見，但是拍板做決定的必須是我。一旦定下了發展方針，你必須全力支援，貫徹到底，不得反抗，不得隨意扯我後腿，否則我也會整治你！」

說這話時，陳寧寧眼眸中精光四射，燦若星辰，她那小小的身體裡，似乎帶著一股強大到不可思議的統禦力。若是別人敢在他面前這般叫囂、這般放肆，厲琰早就提起新亭侯寶刀了。可是陳寧寧這般行事，他卻覺得理所當然，甚至還有些歡喜。

「好，全聽陳莊主裁決，以後做買賣，都聽妳的。厲琰願把全副身家奉上，以後全賴陳莊主，帶我發財。」說著，彎腰行了一禮。

倒是陳寧寧，剛剛還一副霸總附身的模樣，直接打壓未來股東。此時聽了厲琰這番話，只覺得跟她想像中完全不是一回事。

不管她再如何克制，她的老臉仍是越燒越熱，就快能煎蛋了，完全莊重不起來。沒辦法，最後只得故作聲勢，清了清喉嚨說道：「既然說好了，這次可要正式擬定書契，還要有見證人，也不知要不要去官府辦手續？總之，你安排下去，到時我配合你就是。」

說著，陳寧寧便邁著虎步，挺直腰板，起身離開了。若不是她那雙耳朵都快燒糊了，表演定然無懈可擊。

厲琰看著她那很有威勢的背影，以及紅通通的小耳朵，卻在想這隻貓大王，又野又會撒嬌，實在可愛至極。

看來，她還當真是個吃軟不吃硬的性子。果然如兄長所言，待她好，好到讓她無法拒絕，這才是正理吧？

厲琰在番椒溫室待了許久，久到陳寧寧在院裡吹著冷風，完全靜下心來，他才跟著緩緩走出來。

陳寧寧又問道：「你這麼喜歡番椒嗎？不如今日你就搬兩盆回去吧？擺在家裡也喜慶，看完便把它送進廚房炒著吃也好。」

厲琰卻說：「大可不必。既然要做這個買賣，還是暫時保密為好。」

「那也好。」

兩人合夥做買賣一事，也就暫時定下了。

陳寧寧回家將做買賣一事說了。陳父沈思片刻，便問道：「這事當真妥當嗎？」

陳寧寧點頭道：「把血牛筋賣給他，他也不曾賒欠過我的錢。何況往後，他出錢我出力，一起把買賣做大。有他在背後支持，就算有人眼紅，想要暗害咱們，也都不妨礙，他自會出面解決的。」

這可是官方認定的惡毒反派，還有太子這位護弟專業戶撐腰。尚在京城時，厲琰都能無法無天，到了這潞城，背靠殷家軍，自然也可以翻雲覆雨。

陳父皺眉說道：「妳當真瞭解他的為人嗎？」

陳寧寧便笑道：「他其實還滿靠得住的，沒有什麼壞心眼，應該不會對咱們不利。」

「當真如此？」陳父又問。

「嗯。」陳寧寧點了點頭。

那厲軍爺又是給女兒投錢，又是幫她出力，該不會別有所圖吧？

陳父很是煩惱，若是可以，陳父寧願自家姑娘穩妥點，安生過日子。將來找個待她好男人，陪她度過此生。

可自從兒子寧遠出事後，女兒就像在不經意間推開了一扇大門。或許是，揭發堂兄意圖騙家中田產時，改變了她。或許是，當街攔軍馬求救時，改變了寧寧。又或許是，為了維護她母親，毅然跟文家退婚時，改變了她。

總之，女兒已經越走越遠，沒辦法像別人家的姑娘，過著平淡無味的閨中生活。將來養兒育女，照顧丈夫，經營家庭生活。如今寧寧的整個觀念都改變了。她需要更廣闊的天空，過不一樣的人生，活得多姿多彩。

作為父親，不支持她，給她當後盾，難道還要一手斬斷她的羽翼不成？

陳父只希望女兒越來越好，至少在他面前，孩子可以暢所欲言，隨心所欲。

他嘆了口氣，終於點頭說道：「罷了，隨妳意吧。只是出門在外，千萬小心。聽曲莊頭說，喜兒、月兒都是會武的，人也忠心。往後妳出門辦事，多帶著她們。另外，防人之心不可無，跑商的人最會騙人。別看有些人裝得可憐，一轉眼他們卻要害人的。」

陳父說了不少人生經驗。不過很多其實都是老生常談，畢竟他生活在書苑裡，遇見的都是讀書人。哪有那麼許多爾虞我詐？

可陳寧寧卻聽得津津有味，偶爾還會插嘴提問題。當真像好學生向師長請教功課一番。這讓陳父越發來了興致，甚至還引經據典，給她說故事。

陳母見他們父女聊得那般開心，便打發人做飯去了，也不打攪他們。

只是等回頭，陳寧寧安歇了，陳父卻睡不著，點燈熬夜，給大兒子寫了一封信。

陳母見狀，唯有嘆息。「原來，你也不是那麼心大，我還當你什麼都不在乎呢！」

陳父垂頭嘆道：「我時常不知道該怎麼教導寧寧。孩子如今超出太多了，總怕她跑太快，摔傷了怎麼辦？」

陳母笑道：「那就在她摔倒時，扶她一把。那時候你受傷了，寧遠也瘋瘋傻傻的，寧寧同我說過，家人都是要互相支撐、互相攙扶的。」

陳父點頭道：「也只能如此了。」

另一邊，厲琰辦事果然雷厲風行。沒幾天，便打發人送來書契，還是蓋著官府印章的，再一看保人的名字——殷傑。

陳寧寧頓時就不大好了。若沒弄錯，這好像是英國公的大名。這保人也未免太有分量了。陳寧寧覺得自己有點不配。

來安站在一旁，笑咪咪地說道：「我們爺說了，只要拿著這塊玉珮，隨時可以去瑞昌寶號提錢。隨便您提，不限金額。若不放心，也可招我帶人去提錢。往後姑娘無論大事小事，都可以找我。讓我來山莊辦事，也是可以的。」

這厲琰未免太大手筆了吧？這是要動用資本力量，無限注資她的烤肉鋪子以及醬料小作坊嗎？陳寧寧覺得，自己更加不配了。

偏偏來安又說道：「還請姑娘把玉珮千萬收好，這是我家大爺送給九爺的成人禮物。平日裡，九爺喜歡得很，如今就交到姑娘手中了。」

太子給的玉珮，九王的命根子，陳寧寧越發不配了。

一時間，陳寧寧甚至有點不想接。可轉念一想，書契都寫了，保人也簽名了。說好了要一同做買賣，她又何必如此瞻前顧後？少不得，以後拉厲琰一起發財就是。

一想通，陳寧寧很快把那塊玉珮拿了過來，小心收好了。

來安見狀，又對陳寧寧說道：「九爺說，既然和姑娘合夥做買賣，還需送上一份禮，以後全賴陳莊主了。」說罷，便拍手使人拿著禮物上來。

等到把那禮物拿出來一看，竟是一件白毛斗篷，雪緞子一樣，蓬鬆又鬆軟，一看就非常暖和。

陳寧寧穿到書中後，幾乎事事如意。唯獨到了冬天，這裡既沒暖氣，又沒冷氣，房子也沒有隔熱設施，全靠炭盆取暖，陳寧寧實在有些受不了。尋常人穿的棉襖，於她根本無用，少不得多套幾件，把自己穿成個球。

香兒見她時常縮成一團，瑟瑟發抖，便把這事同自家母親說了。曲母才翻出打的那些毛皮，挑好的做了件毛斗篷送給了陳寧寧。

有了這件斗篷，陳寧寧才算復活了。至於花色，她自是不挑的。況且曲母也有心，把毛皮拼接得挺好看。不過現在看來，厲琰定是嫌棄她那件花哨的斗篷，才弄來一件全白的、蓬鬆軟柔、一看就很貴的毛斗篷。

陳寧寧笑著問道：「這是兔毛的？還怪好看的。你家九爺有心了，回去代我多謝他。」

來安便笑咪咪地解釋道：「這是狐皮的。」

陳寧寧聽了這話，更加震驚。

來安又笑著說道：「還是我們九爺之前攢下的皮子，只是他平日不興穿白色，便放在庫裡，一直沒人取用。如今拿出來，正好給姑娘做件斗篷，倒也再適合不過了。」

聽來安這樣說，陳寧寧自然不好再推託，只得收下來，又對厲琰感激一番。

來安也是有點毛病，越聽她誇讚厲琰，面上便越是開心。

沒辦法，陳寧寧只得費了不少唇舌感謝。

第三十二章

陳寧遠收到了父親寫的信。此時陳寧遠雖然低調，可他的才幹到底已經引起了殷國公的注意。他有信心，將來必能做出一番事業，自然也會成為全家的後盾。

離開前，他便和妹妹聊過。如今這般發展，也是陳寧遠預先設想過的。只不過，他並不在妹妹身邊，只能任由妹妹自己把握其中分寸了。

陳寧遠只希望，妹妹能記住他的話，千萬謹慎，別頭腦一發熱，做出讓自己後悔的事情來。他少不得給父親回信，又安撫了他一番。同時也寄了君子蘭的種子，說是讓妹妹種來看看。

陳寧寧收到君子蘭的種子後，便知道兄長是在提醒她了。連忙把君子蘭拿到溫室裡，種了起來。

只是，經歷了之前種種，她此時已經不再忌諱厲琰那些事情，甚至還有些心疼他。

陳寧寧本來就是現代人，又有一顆經營事業的心。對感情之事，自然不可能像這邊的姑娘有著諸多顧忌和考量。她可以養活自己，也不需要完全依附一個男人過活。

對一段感情，她會全情投入，也不怕受到傷害。如此相處下來，將來合則聚，不合則散。大不了，回過頭繼續做事業，也沒有誰傷害誰那麼一說。就算將來情況糟糕，生了孩子下來，又慘遭拋棄。陳寧寧也有把握可以將孩子好好撫養長大。

因而兄長的那些擔心，其實並不是那麼必要。

這些出格的話，陳寧寧自然不敢跟別人說起。否則，當真要被當成怪物看待了。

只是自從簽下契約，陳寧寧這邊若是研究出什麼新鮮菜式，或是做出花式小點，定會讓莊上的人，往厲琰府上送去一些。或是寫信過去，詢問厲琰何時有空，能否來山莊試菜。

厲琰也很配合她，兩人相處得十分愉快。

自從知道，陳寧寧有意做食肆買賣，厲琰吃了她新做出的菜式，或是小點心。總會記下心得來，再打發人給她送過去。

偏偏他字裡行間都直白得很。陳寧寧很明顯就能看出，他對某些點心小吃的偏愛。於是，少不得再打發人，送上一些過去。

厲琰除了送來一些糧食種子外，也會送老字號大小點心，或是新奇小吃過來給陳寧寧品嘗。或者，乾脆就請來名聲在外的老廚師到山莊上來，做上幾道拿手好菜。就是為了讓她也感受一下，酒樓大師傅的技藝。

每每兩人坐在客廳裡，品嚐那些美味佳餚時，陳寧寧總有些別樣的感受。

特別是厲琰會換上常服。如今也不拘只穿黑色了，也會穿上一些藍色、靛青、灰色，顏色稍微鮮亮些、款式新穎的衣服。他經常打扮得如讀書人一般，看上去斯斯文文的。

偶爾，他甚至會穿上一襲白衣。從大門走來，五官精緻，眉眼如畫，眼神明淨如水，還帶著一種縹緲入仙的氣質。

陳寧寧看了，便有些移不開眼了，忍不住想著，厲琰簡直就是一人千面；不過是換了一套衣服，整個人的氣質變化竟這麼大？

正常相處下來，陳寧寧是不會刻意掩飾情緒的，厲琰自然也能看出她眼底的欣賞。

自那以後，兩人相會時，厲琰越發注意穿著打扮了。時常上演變裝秀，把自己俊俏的容顏，發揮到了極致。而且，也不只打扮自己，他也開始送陳寧寧一些顏色好看的上等布料，或者是首飾之類。

陳寧寧甚至有種倒錯的感覺。就好像她變成了偶像劇裡的灰姑娘，男主不只送衣服、送首飾，還帶她去頂級飯店品嚐美食。上輩子總是搶著掏錢付帳的陳老闆，一時有些不適應。

這還是她第一次感受到，原來她也是可以被人悉心照顧呵護、小心翼翼討好的。

偏偏，厲琰每次都會貼心的找各種藉口，讓場面不尷尬。

「布料是家中管家打發人送來的。為了感激妳種出藥草，救我兄長性命。」

「首飾是另一位長輩特意使人造的，感激妳願意繼續種藥草。」

「長輩聽說妳我合夥做生意，我經常不在，往後有勞妳多費心了。」

聽起來都是些奇奇怪怪，卻又勉強說得過去的藉口。而且，厲琰總是一臉認真又嚴肅。弄得陳寧寧反倒不好意思再多為難他，只得收了下來。況且，她也完全不想推託，反而有些享受這種特別的照顧。

只是送禮物，也得有來有往的。

她這邊單論財富，如今還不能跟厲琰相提並論，也沒有適合的禮物。一則，她沒有縫紉刺繡技能；二則，未婚姑娘當真敢給一個單身男人送衣服。她娘若是聽說，必定會哭著跑上山來，把她罵個半死，順便來個水漫山莊。

思來想去，陳寧寧只能在吃食上，多用些小手段了。

從前，陳寧寧閒來無事時，也曾經查過罐頭的資料。罐頭起源，是為了給海員儲存蔬菜。後來，便長期當成軍糧，製作起來，相對簡單。如今她還沒有玻璃瓶，也沒弄出馬口鐵，還是可以用瓷罐來代替。

陳寧寧便打算趁著春節前夕，先把罐頭弄出來。

不管怎麼說，這也是長期儲存食物的好手段。若是厲琰看了，定然會想明白其中的妙處。

其次，製成罐頭的話，也可以拿出去售賣。先把技術弄好了，等到明年夏天、秋天，收穫大量水果蔬菜，製成罐頭。到了冬季再賣出去，定能發一筆財。正因如此，陳寧寧打發人訂了許多陶瓷罐子，又給小罐子配上了合適的軟木塞子。

等到一切準備齊全。她又讓人備下了紅燒魚肉、燉兔肉，放進罐子裡。再放在蒸鍋裡加熱，加熱一段時間，塞上軟木塞子，再用蠟密封住口。

初時，三個丫頭看著陳寧寧這一套操作，不禁心生好奇。也不知道為何要這麼做，卻仍是幫忙打下手。

月兒生怕燙傷了她，便搶了用蠟密封的活。喜兒也幫著煮罐子，香兒在一旁跟著。

唯獨陳寧寧空閒下來，便對她們解釋道：「就是做來玩的，想看看把髒東西隔絕開來，罐子裡面的食物，還會不會放壞掉。這事我已經想了許久。正好趁這段時日沒事，先做出來看看。正好，妳們也隨我一起玩吧！」

三人都應了，卻也十分好奇。

香兒想了想，說道：「就算冬天，這些肉也不能放上一個月，除非把罐子凍起來。」

陳寧寧便笑道：「我倒是更想放在暖房裡試試。」

香兒連忙叫道：「這不可能！到時肉都壞了，未免可惜了。」

陳寧寧又安撫道：「不妨試試，萬一成了呢？」

香兒不再言語，卻仍是一臉不信，還有些巴望，莊主能少放點肉和菜。

只可惜，陳寧寧那邊卻做了許多罐子。香兒也不好說什麼，只是臉上掛滿了可惜。

陳寧寧見狀，便拉了拉香兒的小臉。「若是當真放不壞，倒要多拿些給香兒吃了。我們香兒，還真是隻饞貓呢。」

香兒便鼓著腮幫子說道：「我是不喜歡浪費食物。」

「放心，浪費不了。」

一個月之後，再取出那些罐子。由月兒動手打開了木塞，卻發現裡面的食物仍是新鮮美味，並沒有出現任何霉斑以及腐爛的痕跡。

香兒也是個好吃的，聞著那股肉香味，便忍不住挾出一塊肉，放進嘴裡，細細品嚐。直到吞進肚中，才一臉欣喜地說道：「這跟新做的竟是一樣的，味道都沒變過。看來莊主這個辦法當真能儲存食物。」

幾人越發好奇，陳寧寧便隨口解釋道：「我也是聽我爹說起過，有種酒叫作女兒紅。在女孩出生時，深埋於地下。待到女孩出嫁時，再把酒罈子取出，開封，便是陳年佳釀。我便想著，定是他們想辦法，把外面那些髒東西隔絕開來，讓裡面的酒不會變酸。我也想試試看，沒想到竟然成了。」

這話倒也能解釋得通，幾個女孩都信了。唯獨月兒，死盯著那小瓷甕，兩眼出神，一時半會也不開口說話，像是在思索什麼人生大事。

喜兒連忙上前說道：「這樣可好，往後再有什麼新鮮吃食，便可以用這個法子密封起來，也就不怕放壞了。」

香兒也說道：「莊主如今雖說在暖房種菜，可到底禁不住全莊都來吃。那些曬出來的菜乾，也沒有夏日的果子、蔬菜好。若是這個辦法當真能行得通。正該在夏日裡多囤一些果菜。冬日裡，吃飯也能豐盛些。」

陳寧寧點頭道：「新鮮食材，咱們到時候再試著做。等明年夏天，咱們再多弄出一些來。到冬天再賣出去。說不定，莊上就能有收入了。」

眾人齊點頭，香兒又問道：「莊主，那咱們這東西到底叫什麼好？」

陳寧寧笑著說道：「就叫罐頭。」

「這個名字倒也妥帖。」香兒和喜兒紛紛說道。

唯獨月兒仍是一臉若有所思地盯著瓷甕，甚至還取出裡面的食物，挨個品嚐。果然一點都沒有壞，味道正常，口感也沒變。

眾人看了她一眼，只見月兒小臉緊繃，表情十分嚴肅。大家也不好說什麼，便隨她去了。

陳寧寧笑了笑，又帶著丫頭們繼續嘗試，做各種罐頭去了。

如今莊上不缺糧食，也不缺肉，甚至還能從溫室裡，弄來新鮮蔬菜。陳寧寧樂得讓她們放開膽子，繼續試著做罐頭。

後來，又讓香兒找來了小刀疤，打發他給厲琰送過去一些肉罐頭。

陳寧寧如今也知道，小刀疤性格穩妥，跟來安早已處熟了。據說那兩人還是同鄉，性格也十分相投。

因而，陳寧寧又特意交代道：「就跟厲軍爺說，這是我打發時間做出來的小玩意。在暖房放了一個月，食物不腐，味道口感依舊。或許，這個法子存上一、兩年食物也不會壞。便拿來讓厲軍爺也瞧瞧。就說，來年我還打算拿這個做買賣，讓他有空來咱們莊上聚聚。」

小刀疤揹著罐子，很快便出發了。這些罐子都不大，也不算很重，因而他跑起來，仍是健步如飛。

看得莊上那些人，都忍不住說道：「這小夥子簡直天生一雙飛毛腿。」

曲老爺子也看見了，卻沒說什麼，只是一臉若有所思。

那日，曲母到家後，自然把在山上發生的事，全都告訴曲老爺子了。

而曲老爺子聽了之後，垂下臉來嘆道：「沒想到，九王果然如傳言那般，有些瘋病。只是不知大長公主那邊又是怎麼想的？只要公主不點頭，莊主將來也未必會嫁給九王。」

曲母連忙又說道：「只是，今日我冷眼看著，莊主倒像是能制住九王的樣子。況且，方才我也細細觀察了，九王待莊主十分不同，像是很中意莊主。若將來九王執意不肯放莊主走，執拗勁一上來，就算是公主，怕也不好把人接回去。」

曲老爺子便嘆道：「如今咱們身分低微，也沒有插嘴的餘地。不若先看那兩邊如何決定吧？想必喜兒和月兒，也會把消息儘快傳遞給公主的。」

曲母又說道：「爹，我看莊主那邊，也不像對九王完全無意。她如今年齡尚小，這般年華，遇見九王如此有權有勢的才俊，恐怕不動心都難。不若我找機會，同陳夫人好好聊聊。叫她想辦法開導開導莊主？」

曲老爺子想了想，又說道：「大可不必如此。如今月兒、喜兒都跟在莊主身邊，那喜兒恐怕就是大長公主安排過來教養莊主之人。該教什麼，她自然就想辦法教了。況且，我觀莊主，面上看著和軟，對大家也都十分親切和善。只是，她並不是那般任人擺布之人。相反，她極有主見。若察覺到此事對她有妨礙，恐怕莊主自己便有了決斷。往後，妳也別動不動就去找陳夫人。」

曲母聽了這話，只得作罷。

如今，曲老爺子看九王和莊主來往，兩人關係日益增進。偏偏九王安排下那些人，還想方設法推波助瀾，給他們主子製造機會。可大長公主那邊，卻是一點消息都沒有。

也就是喜兒找了趟同鄉，往山下跑了一趟，便再沒動靜了。

莫不是，京城離這裡太遠，大長公主那邊還沒得著信？再拖下去，恐怕黃花菜都涼了。

曲老爺子雖說讓自家閨女先多沈住氣，要相信莊主的決斷。可如今事情到了他頭上，他心裡也十分糾結。

不提這邊又有什麼新打算，只說小刀疤那邊，一路跑到厲軍爺府上。門房早就跟他混熟了。一見這刀疤小子又跑了來，甚至不問名帖，直接便放他進去，又使人趕緊去通知總管來安。

來安也正等著山莊那邊的信呢。如今只要一、兩日無信傳來，主子便會心情欠佳，臉色也十分不好看，每次都是來安想盡辦法，找些藉口，使人去莊上探望。

況且若無邀請，主子上山也不能太過頻繁。再說，他在軍中也有要事要忙。因此來安幫自家主子謀劃，倒也想出不少歪招來。幾番下來，來安甚至覺得，自己當總管有些屈才了。他理應在軍隊裡，擔任軍師一職。

如今聽說小刀疤又來了，來安自然親自出來迎接。又聽說山上送來了很特別的禮物，還是吃食。

來安便連忙命人把東西取下。

小刀疤也把陳寧寧那些話，原封不動轉告給來安。

來安聽了也沒多想，便笑咪咪地把提前預備的禮物，又讓小刀疤帶了回去，同時囑咐道：「就說，這是咱們家中特意打發人送來的蜜餞果脯。我們家大爺還特意給陳姑娘備上一份，想請她也嚐嚐咱們家鄉的特色。」

小刀疤自然答應了，又把果脯食盒揹了回去。

直到當晚，厲琰從軍中回來，看著桌上擺放的瓷罐，才知道陳寧寧又打發人送東西過來了。厲琰心情甚好，隨手拿起那些巴掌大的瓷罐，掂了掂分量，便問道：「她這是又釀了什麼酒，還是做了什麼醬料？」

來安連忙說道：「據說是兔肉、魚肉，陳姑娘想了個辦法，把肉封進這罈子裡，說是在暖房放了一個月，也不曾腐爛。吃著口感和味道都跟平常沒有什麼兩樣。據陳姑娘推測，再放一、兩年也壞不了。陳姑娘便打算來年也做這個買賣。還想讓您看看行不行？」

厲琰聽了這話，頓時臉色大變，連忙問道：「你說什麼？這可是長期儲糧之法？」

來安連忙點頭說道：「的確如此，陳姑娘派來的小刀疤就是這麼說的。他還說，姑娘身邊那些丫鬟們要等明年夏天弄些瓜果蔬菜，封進罈子裡，冬天也可以吃。」

厲琰聽了這話，越發忍不住握緊了這小罈子，又說道：「打開這罈子，我來試吃。」

來安連忙上前來，拿出小刀，連撬帶戳，好不容易把那木塞子取出。

厲琰拿起筷子，夾了一塊兔肉，放進盤裡，慢慢品嚐。雖然稱不上什麼美味佳餚，可肉質和口感的確不變，竟跟新做的沒什麼兩樣。

來安心中不禁有些好奇，不過是一些尋常的肉，也不知道主子為何這般在意？

厲琰卻想到，將士行軍在外，最重要的便是糧草。在急行時，若能有現成的肉吃，便能很快補充體力。要是這罐子可以再小巧輕便些，每個士兵便能揹上許多。若食物當真能儲存一、兩年，豈不是很方便攜帶軍糧嗎？

有了它，將士出征在外，也能方便吃到肉了！

想到這些，厲琰直接便把筷子折斷了。甚至來不及換衣服，便急匆匆往外走去。

來安見狀，連忙攔住他，又說道：「主子，您這是要上哪兒去？」

厲琰皺眉看著他。「我有要事，趕去半山莊子，同陳姑娘商量。」

來安連忙說道：「不妥不妥，主子，您快看看這都什麼時辰了？陳姑娘怕是已經安歇了。您此時過去，不但無禮，更加擾了陳姑娘休息。倒不如，明日一早再趕過去。我也好備上一份禮。」

厲琰皺眉看著他，很是不悅，但他冷靜想想也是這個道理，的確不該這時辰去打擾姑娘的休息。於是，終於點頭說道：「罷了，你把那些罐子都拿上來，我再吃吃看。」

來安這才下去，讓人把罐子都擺好了，打開木塞。

厲琰坐在桌前，吃著瓷罐裡的肉。果然每一罈都十分新鮮，味道也不差。完全看不出是一個月前做的。

寧寧大概是想用它囤積蔬菜、果子。等到冬季，再賣個新鮮，自然也能賺出大筆差價。這跟她弄的溫室種菜那一套，倒有些異曲同工之妙。只可惜，溫室種菜需要投入的人力物力太大。寧寧這才改主意，換了個辦法把新鮮蔬菜儲存下來。卻不想，正好便宜了他。

這事若是能做起來，恐怕寧寧就不用想著如何賣菜了，單單是供給軍隊這邊，她那莊子就未必能吃得下。到時候，少不得再跟她另行商量了。

想到這裡，厲琰托起一只小瓷罈，不禁有些感慨。

誰承想，這玩意竟也能長期儲存食物呢？軍隊裡，長久以來未能解決的大難題，竟敗在這小小的瓷罐上了。也虧得寧寧倒騰些蔬菜，竟還能想出這般花樣來。

此時，夜深人靜，厲琰獨自一人坐在桌前，突然思念如潮，不斷上湧。

他突然很想見見寧寧。甚至迫不及待地想要孤身一人，連夜騎馬離開府邸。一路狂奔上山，飛身進那小院，悄悄走到寧寧窗前，敲開那扇窗，與她月下一會。然後，再向她傾訴自己此時的興奮之情。

只可惜，兄長從小教導他各種禮儀，早已深深埋在他的心底。厲琰自然清楚，好姑娘容不得旁人半點輕忽慢待，他當然也不敢任性妄為。

這一刻，他很想立刻娶寧寧。若能與她相伴，此生想來便不會有什麼遺憾了。

厲琰情難自禁，只得把自己的萬千情絲寫進信中，又打發密使送往京城。

——如今，我下定決心，欲聘寧寧為妻。還請兄長務必幫我謀劃，再與大長公主周旋。此外，魏家那邊也需得敲打，莫要讓土雞占了鳳凰巢，奪了吾妻榮光。

第三十三章

陳寧寧送出罐頭後便沒再多想，只等著厲琰那邊回應她。倒是身邊那幾個丫頭又做了不少罐頭，說是等過年的時候再打開來吃，不過是玩過新鮮罷了。

唯獨月兒那邊，一副心事重重的樣子。問她，也不願意多說。只是說，這罐子若能輕便些就更好了。

陳寧寧聽了這話，自然點頭稱是。只可惜穿到這邊之後，她才發現以往生活中那些不起眼的小東西，都是前人耗費無數心血創造出來的。如今沒有專業人才，憑她那點半桶水的知識，當真不大好弄。

誰承想，前一夜剛跟月兒說完這事。次日，厲琰一大早便來了。他自然是對用罐頭儲存軍糧格外感興趣，也提出了罐子能否改得更輕便的問題。

陳寧寧直言道：「這事我也曾想過，一個就是上次陳嬌拿來裝玫瑰鹵子的那個小瓶子，說是叫做玻璃，是工匠吹出來的。那個質地輕薄，製成罐子，定比咱們的瓷罐子輕便許多。只是那個在運輸也得另想辦法，那個好像很容易碰碎。需要在外面弄上一層軟物保護。另一個方式，需得找專業工匠想辦法，看看能不能弄出輕薄的鐵盒子來。同時還要保證裡面不被菜汁腐壞，不然放不了多久便漏了，食物也會變質。」

說著陳寧寧便拿出小玻璃瓶子給厲琰看，的確要比瓷器輕薄許多。

她又說道：「至於密封倒是不難做，只要把瓶子燒熱了，蓋上木蓋，最後再用蠟封實便可。」

厲琰一臉若有所思，又說道：「既然如此，我打發人招工匠來做這罐子。」

陳寧寧點了點頭，又道：「等你那邊罐子作坊弄起來，我可以過去看嗎？」

「那是自然，咱們可是一起做買賣的。」厲琰點頭說道。

陳寧寧又說：「我倒是覺得，陳掌櫃他們出過海，見過的新鮮事物也多，不如集思廣益，問問他們有何見解。」

厲琰點頭答應了。「等他那邊商號事情處理完了，再叫他來一起聊聊。」

厲琰也知道以如今的技術條件，只能先做到這步了。

陳寧寧本就是為了種菜，難為她想到這麼許多。至於其他事情，還是要找來能工巧匠另想辦法才是。因而厲琰也不算太失望。

陳寧寧見他這麼早就來了，又問他吃過早飯不曾？

厲琰也沒回答，只是拿兩眼看向她，仍是一副老實又乖巧的樣子。

陳寧寧見狀便明白了，皺眉嗔怪道：「就算再急也該按時吃飯，不然胃都要餓壞了。」

說罷，她又打發人端些早飯來。

山莊上的飯食都比較簡單樸實，材料也沒有那麼多。只是陳寧寧上輩子，年紀小時，一心只為事業打拚。後來有錢了，身體也熬壞了。重生後，難得有副好身體，她平日就比較注重養生。

她每日都會熬些養生粥，加上一些神仙泉水。豆子、蘑菇、小菜，也是用外婆院子裡的菜蔬做成的。因而，這一餐看似簡單清淡，只有粥和包子，厲琰卻吃得津津有味。

他只覺得吃慣了寧寧這邊的飯食，家裡名廚精心製作的一日三餐，也就沒有那麼香了。

陳寧寧看著厲琰吃飯，捧著一杯清茶，一邊喝著，一邊有一搭沒一搭聊起其他事情。忽又說起了昨兒來安送來的蜜餞果脯，實在是精緻又好吃。莊上的丫頭們也很喜歡。那些其實也算貢品，是太子特地送來的。

厲琰自己吃了，只覺得甜滋滋，實在尋常，不太合他口味。沒想到她卻如此推崇，他便又說道：「我家裡還有一些蜜餞，等我回頭再打發人送過來。妳這邊丫頭多，定然愛吃這玩意。我那邊正愁堆在家中占地方呢。對了，那家果子鋪就開在我家隔壁，下次再叫我兄長送來一些。」

總歸一年四季，都叫她不愁零嘴吃。

陳寧寧連忙又說道：「你若當真不愛吃，打發人再送些來，我便收下了。只是有一點，可千萬莫要煩勞你兄長。他本就身體不好，還要安心休養呢。何苦為了這些小事，擾他清靜。」

厲琰卻道：「不妨礙他休養，管事便能辦妥了。不然，要他們做什麼？」

沒辦法，陳寧寧不好再推託，只得又說道：「對了。我這也弄出一些有趣的吃食來，不如拿來給你嚐嚐？」

「也好。」厲琰自然很喜歡她做的食物，新奇又有趣，味道也很好。

陳寧寧又對喜兒低語道：「把咱們做的那東西，端上來一些。」

喜兒領命出去了。

厲琰下意識問道：「那東西又是何物？」

陳寧寧便笑道：「我前些日子做的小吃食。」

「還是和豬有關的？」厲琰又問。

陳寧寧笑著點了點頭。

厲琰馬上就想到了東坡肘子、紅燒肉，頓時便又有些饞肉了。可偏偏這次端上來的卻是一些紅色薄餅，上面還撒了芝麻粒，聞上去倒是很香。

他便好奇問道：「這是何物？」

陳寧寧道：「豬肉乾，特意用平底鍋烤出來的。你先嚐嚐，味道如何？」

在她的催促下，厲琰把豬肉乾放在口中，細細一嚼，只覺得滿口香，那肉脯又是極其有嚼勁的。而且越嚼越香，吃了還想吃，嘴巴都停不下來。

「這……實在不錯。」厲琰忍不住說道。

陳寧寧笑咪咪地問：「覺得好吃吧？前兒我還在想呢，若那些食肆實在接受不了用豬肉，也可以把豬肉做成零嘴呀！蜜餞若是能賣得好，我這肉乾應當也能賣得出去吧？反正喜兒說了，若是運到京城去，那些大戶家的小姐肯定愛吃。」

看著這姑娘一臉嬌俏又得意的小模樣，厲琰只覺得心中微微發軟，又有點甜。他連忙說道：「自然能賣得出去，妳倒是為了妳的豬肉，想盡了辦法。」

陳寧寧又道：「豬本來就很好，不把牠推廣開來，總覺得不甘心。」

在現代，豬肉就是餐桌常客。可在大慶國，有錢人家居然不吃豬，簡直暴殄天物。

又見厲琰臉上帶著莫名的笑意，還以為他不信呢。陳寧寧便說道：「你還別不信，對了，過春節前，你若有空，便來吃曲老爺子的絕活黃金烤豬肉吧。那才是豬肉最高境界，你吃了定然會改變對豬肉的看法。」

厲琰便一臉正色說道：「吃了妳做的東坡肘子、紅燒肉、烤肉串、豬肉乾，我已經改變對豬肉的看法了。妳若答應，我便叫軍需官來吃，他必然願意把妳這裡的豬都收走。」

陳寧寧被他看得有些臉紅，又故作鎮定地說道：「這剛哪兒到哪兒？豬肉的美食世界可是很寬廣的。怎麼，你不想來吃黃金烤豬嗎？那可就會錯過一道正宗的美味了。」

厲琰連忙說道：「若軍中無事，自然要來的。我孤身在外，一人過節，倒也乏味。」說著便故意默默看著陳寧寧。去年他剛離開兄長，來到潞城。原本在春節的時候，實在擔心兄長安危，也曾想過回京城去看望他。只可惜，兄長就像預料到他的想法似的，提前便寫信告知他「留在軍中好好做事，沒做出功績來，莫要回來看我」。

厲琰這才死了心。

府上雖然張燈結綵，貼了春聯，放了鞭炮，也給下人發了雙份月俸，各個喜氣洋洋。彭廚也做了一大桌年夜飯，還有來安、來福陪在一旁，可厲琰卻吃得索然無味。若不是他從來不浪費食物，定然就不想吃了。

今年，有陳寧寧邀請一起吃烤豬，厲琰對過節多了幾分期待。

若是能跟寧寧一起過春節，定是很有趣的！

聞言，陳寧寧也十分為難。若是現代，帶個男朋友回家過年，也算合情合理，家裡也未必會反對。可在這大慶國，別說回家過年了。過年時，讓厲琰來家中拜訪，都得想個好名堂出來。不然，父母再開明，也是不會答應的。

陳寧寧糾結了一下，想了個折衷的辦法，斟酌字句說道：「大年三十時，我打算帶我爹娘來莊上一起過年。到時也會做宴席，慶祝莊上豐收，再順便發年底分紅。作為股東，你願意來咱們莊上的年會嗎？」

反正就是過年發年終、吃尾牙、抽獎那一套。

陳寧寧甚至還想弄個商業演出，請潞城知名戲班子當紅名角來場商業助演。只不過，曲老爺子說了，如今他們莊上實在不大出名。但凡那些好點的戲班，早幾個月，就被高門大院定下唱堂會了。剩下那些小角，也未必願意來他們莊上。

陳寧寧一時無語，只怪自己排面太小。沒關係，來年烤肉鋪打響名號，自然有名角願意來。她又問曲老爺子。「能不能咱們搭個戲臺子，任由大家上臺自由發揮，表演一些節目？」

老爺子卻搖頭說道：「這怕是不太妥。莊上的人也不是專門的樂人。不過，倒是可以玩些擊鼓傳花、說笑話、猜謎之類的遊戲。」

沒辦法，陳寧寧也不好太過勉強。只能放出大招來，不如抽大獎吧！

她順帶著，把這些計劃都跟厲琰說了。

厲琰聽了，覺得十分新奇，又問道：「何為抽大獎？」

陳寧寧解釋道：「是這樣，我讓曲老爺子先過去問問，咱們莊上的人都想要什麼物件？如今莊上單靠種地，其實並沒有實際收入。這業績也不算太好，我又想給全莊都發年錢。這樣一來，已經損耗很大了。因而今年大獎，無非是一些家具。比如說，衣櫃、床之類，總共設立八項。我已經請木工開始做了。再請曲老爺子把莊上所有人姓名寫成紙條，放在籤筒中。等到年會時，我來負責抽籤，從第八獎，直接抽到頭獎。純粹為了炒熱氣氛，讓大家討個彩頭，歡喜過年了。若來年我們莊上盈利多了，買賣做大了，自然會把頭獎做大，抽牛車，連牛帶車，或者一棟房屋。」

厲琰從未想過，一個莊子過年，也能這麼玩？

於是連忙說道：「這年會我定是要來參加的。可以帶其他人一起參加嗎？」

陳寧寧笑道：「這隨你，飯菜隨便吃，可抽獎只限我們莊上的人喔！」

她猜想厲琰是想讓陳軒過來看看，卻並不太在乎。現代的促銷花招太多了，她隨便拿出一些來用，就足夠捧起她的燒烤鋪子，番椒佐料仿，豬肉乾零食了。抽獎這事，厲琰想拿去玩，就拿去吧。

等到了春節前，陳寧寧果然打發人來叫厲琰，他們莊上就要烤豬了，說是在三十前預演一下，當作聚餐。正好那日，厲琰也沒有要緊事，便帶著人來莊上赴約了。

到了山上，才發現這一日整個半山莊子都熱鬧非凡，就好像提前過年了一般。

原來趁著年前，陳寧寧早早便吩咐底下人，殺了好幾頭豬。家家都能分到新鮮豬肉、雞肉、兔子肉。等厲琰到了莊上，一進院裡，便聞到一股竄鼻的肉香。

此時，那豬早已烤得差不多了。

陳寧寧便跟幾個姑娘在一旁觀等著，嘴裡還誇讚道：「曲老爺子這一手烤豬的好手藝，實在太絕了。這可是我吃過最好吃的豬肉了。」

厲琰聽了這話，連忙走上前去。

剛好這一日書苑並不放假。陳父和陳寧信也沒法回家。陳寧遠又在軍中，更是不可能回家。陳寧寧便派人把母親接到莊上來，此時正好有曲母她們作陪。

說來也算趕巧，前幾日，香兒乾娘剛剛丟了一份差事，在京城又得罪了人，自是待不下去了。如今她就香兒這麼一個親人，實在走投無路，只能前來莊上投奔。

香兒接到乾娘，又找陳寧寧一說。陳寧寧便答應收留那位乾娘，也安排好屋子，讓她先住下了。至於活計分配，就等過年後了。

偏偏這日，香兒乾娘也和曲母一直陪在陳母身邊。結果同陳母一見如故，兩人倒也聊了許多話題。

陳母這才得知，原來香兒這乾娘姓鄧，身分非同一般。她年輕時曾在宮裡待過，也算服侍過貴人。後來上了年紀才被放了出來，她也絕了嫁人的心。剛好因為見過一些世面，又深知宮中禮儀，為人行事也有章法。因而便被一些高門大戶聘過去，做了教養嬤嬤。一做便是許多年，也因此跟香兒結下乾親。

這次是因為上京有一戶荒唐人家，從小不好好教導女孩，如今已經把他家女孩給養壞了。那戶人家聽聞鄧嬤嬤風評好，便想在他家女孩出嫁前，叫鄧嬤嬤過去幫忙管教，也省得女孩嫁到婆家，作出醜態，牽連娘家。

但鄧嬤嬤也算消息靈通，一早便知道他家女孩實在不像話。小小年紀竟學些狐媚做派，居然還主動勾搭男人，做出醜事來。

如今她雖然攀上一門好親，看在她未來夫家的面上，眾人自是不敢當面說她什麼。可背地裡，誰家還不戳她脊梁骨，罵她狐媚子做派。為了嫁人，連臉都不要了。也虧得男方是正人君子，不然誰肯受這氣？

如今那女孩名聲早壞了，偏她還不自知，一心只想著，嫁入高門，想辦法籠絡好她丈夫。如今又學了不少手段。卻不想，就連她丈夫也已經受到牽連，名聲早已大不如前了。指不定心裡怎麼恨她呢，又如何會領她這份情？

鄧嬤嬤不敢沾上這些是非，也自覺教不好這種歪心思的女孩。又怕得罪女孩娘家。這才連夜收拾了包袱，離開京城，跑來潞城，投奔她乾女兒。

陳母聽了這話，忍不住倒吸了一口涼氣，站起身向院中看去。

不知何時，厲軍爺已經站在她家姑娘身邊了。那對青年男女，單論長相倒是再般配不過了。兩人也不知聊了什麼，滿臉都是笑意。旁人則是離他們幾丈遠，倒像被什麼東西隔開一般。

陳母很快便發現，這厲軍爺看向別人時，眼神凶得很，完全就是把人嚇退。可看著她家寧寧時，眼神卻老實又溫和，如同忠犬一般。

陳母作為過來人，還有什麼不懂的？

原本她從未擔心過，這兩人能有什麼事？反正她家早早便想好了，將來是要給女兒招贅的。厲軍爺再怎麼樣，也不會入贅別人家。可如今再看厲軍爺這架勢，還能讓寧寧嫁給旁人嗎？

想到這些，陳母就感到非常為難。

而且，厲軍爺這渾身氣勢，出身定然沒有那麼簡單。他這個年紀，也不知道家中有沒有給他定下妻妾？他們陳家雖然家世單薄，卻不會讓自家姑娘給人做妾。就算厲軍爺身邊無妻妾，他們家這種出身，當真能被厲家接受嗎？

他日就算排除萬難，成就這段姻緣。寧寧會不會也被人指著脊梁骨，罵行為不端？

特別是鄧嬤嬤這會兒又適時說道：「有些姑娘其實性情再好不過，就是因為沒接受過教養，一時行差就錯，一生都留下了污點。到了婆家，也讓人瞧不起呢。」

陳母聽了這話，越發頭疼起來，便咬牙問道：「不知我們這般小戶人家，能不能請鄧嬤嬤來教導一番？」

鄧嬤嬤滿臉堆笑地說道：「夫人，您這話可就讓老身無臉見人了。我如今落難至此，小姐願意收留我，我已是感激不盡。若能在小姐身邊效勞，那也是老身的福氣。」

陳母這才鬆了口氣，又說道：「說起我家這姑娘，當真是千好萬好，品行自然也沒話說，我們村裡哪個不說孩子孝順又仁義。況且她會賺錢。原本我和她爹都商量好了，我們也不打算給她隨便找個婆家。只等她再大上幾歲，找個信得過的上門女婿，幫襯著她過日子就完了。可如今，她非要跟那位厲軍爺一起做買賣。往後，少不得嬤嬤多提點她一二，千萬莫要讓她出錯。嬤嬤且放心，您在京中多少月銀，我們按照那個走。」

他們家如今也就是富裕鄉紳罷了，竟願意花大價錢，給陳寧寧請教養嬤嬤。

鄧嬤嬤一聽這話，臉上笑容越發真誠了，連忙說道：「夫人您這是哪裡話？我不妨對您說了實話。如今我乾女兒說了，要給我養老送終。我往後也不打算再回京作教養嬤嬤了。我乾女兒全賴小姐信賴，才能過得這樣好。我感激都來不及，哪還敢收您的錢？您且放心，咱們一律按莊上走，給口飯吃就行。」

鄧嬤嬤是大長公主派過來的。這次她是有意引陳夫人上套，只要過了明路，她便能光明正大去到小主子身邊。

原本她來潞城之前，便已經知道陳家夫婦對他們小主子好得很。雖說不是親生的，卻比親生兒子還要精心。

鄧嬤嬤那會兒還覺得喜兒寫的信未免誇張了些，甚至覺得陳家夫妻或許另有所圖，也說不定。直到剛剛這麼一試探，這才發現陳夫人果然把他們小主子，疼愛到了心坎裡。

鄧嬤嬤心生感動，卻又忍不住想到，果然明珠郡主在天有靈，冥冥中保護了小主子。雖說走丟了，卻也徹底離開了糟心的魏氏。來到偏遠的潞城，又遇見了心善正直的陳家，給了小主子這麼一段父母親緣。

陳母聽了她的話，只是對她感激萬分。

陳母是個天性善良的女子，這輩子都在內宅生活。也就從兒子出事後，才慢慢接觸到一些外界事物。可實際上，她眼界很淺，卻又有自知之明。在陳母看來，寧寧就是最好的姑娘。她能做出許多女子做不到的事情，也能活成許多女子想都不敢想的模樣。

陳母既是驕傲，又怕自己愚笨，做錯了事會妨礙到女兒。這些日子，她其實時常糾結，不知道該如何是好。好在如今來了個見過世面的鄧嬤嬤，願意幫助他們。

陳母便拉住鄧嬤嬤的手，說道：「您放心，我跟寧寧說，她也願意給您養老的。往後，您在莊上缺了什麼，只管跟喜兒說，自會幫您補上。」

鄧嬤嬤又說道：「那就有勞夫人照顧了。」

「您這是哪裡話？我還要感謝您照顧寧寧呢。」

第三十四章

那頭相處甚歡，不多時，豬便從灶裡抬出來，通體金紅，一股竄鼻的肉香四溢。那頭豬實在很大，單單是抬起來，也需要幾個壯漢一起使力。

厲琰雖說從前吃過不少御膳宮宴，單論粗獷的吃法，也曾吃過烤全羊、烤牛肉之類。可他還是第一次看見這麼大一頭豬整隻烤熟。

不只是厲琰，就連見多識廣的鄧嬤嬤，也難免被嚇了一跳。

這時，豬已經被掛在鉤子上。

曲老爺子親自操刀，剖開外皮，只聽「咔嚓」一聲，豬肉的鮮香美味，瞬間爆裂開來。老爺子特意切了一小塊豬肉放進小盤裡，先遞給了他們的一莊之主。

陳寧寧接了過來，轉手就遞給厲琰，還笑咪咪地說道：「嚐嚐看，你會喜歡的，這才是真正的豬肉美食。」

厲琰下意識接過來，連忙放進口中，嚼了嚼。瞬間便睜大了雙眼，難以置信地又嚼了嚼。一時只覺得外面的皮酥脆焦香，內裡的肉軟嫩鮮滑，伴隨著滋滋冒油的肉汁，美味得不可思議。

這烤豬肉也太好吃了！

厲琰看向陳寧寧，她也回了他一個微笑。彷彿在說：這次叫你來，也算不虛此行吧？

很快，陳寧寧又示意他繼續吃，便又上前去，看著曲老爺子繼續切豬肉了。

然後，她給陳母端去一些，還一臉可惜地說道：「我爹和寧信要是也在就好了。烤豬肉熱熱吃最香了。娘可要多吃一些。」

陳母便笑咪咪拿起筷子，挾了塊豬肉塞進她嘴裡，又說道：「看把妳饞的，趕緊多吃幾口，總是招呼別人做什麼？」

陳寧寧也不解釋，就著陳母的手就吃了，還撒嬌似的說道：「也就娘知道心疼我。」

鄧嬤嬤看著她們母女相處，越發決定，往後就走陳夫人這條路，要多多與她交好。

陳夫人性格溫柔，知書達禮，又極其喜愛陳寧寧這個女兒。但很多時候，就算她想說也不敢說，生怕自己眼界不夠，影響到女兒的前程。而陳寧寧看似外表柔弱，內裡卻是剛強又有主見。仗著陳家夫婦疼愛她，陳寧寧凡事都喜歡自己做決定。

幾次見面下來，鄧嬤嬤自然也就摸透了。

如今，小主子看在喜兒面上，對她十分照顧，說話也很和氣。可若她當真像其他教養嬤嬤那般指手畫腳，小主子一旦狠下心來，有的是辦法收拾她。這種時候，單靠香兒乾媽的身分，就沒那麼好用了。如今唯有真心誠意地同陳夫人交好，才會讓小主子另眼相看。

很快，陳寧寧和母親便分吃了那塊肉，又笑咪咪地說道：「我再去拿一些給您，您也多吃點。灶上還熬了梅子湯，那些人可有送過來？這梅子湯也可以解油膩。」

陳母便拿了茶壺，倒了一碗給她喝，又說道：「妳這孩子可真是，我又不是第一次來這莊上，還要妳這般照顧？我自己會吃，妳去忙妳的吧！」

鄧嬤嬤又說道：「小姐放心，我會照看夫人的。」

陳母這時也不好直接和女兒說，給妳找了個教養嬤嬤，便拉著鄧嬤嬤的手邊說道：「我跟鄧嬤嬤投緣得很，由她照應我就足夠了，我就願意聽她說故事。」

陳寧寧這才高看了鄧嬤嬤一眼，又說道：「那就有勞您了，等會我讓喜兒過來。」

鄧嬤嬤連忙說道：「不敢不敢，小姐快去忙吧。」

陳寧寧喝完那碗梅子湯，便離開了。

到了院裡，隔著窗子一看，果然鄧嬤嬤和陳母親近得很。並沒有因為從高門大院出來，就看輕小戶人家的秀才夫人，兩人看來關係似乎很好。

接著鄧嬤嬤也不知道說了什麼，陳母居然笑了。

陳寧寧這次終於完全放下心來。

另一邊，厲琰看著陳寧寧去找陳母，也沒說什麼，只是面上略帶些許寂寥。吃著可口的豬肉，好像也沒那麼香了。

曲老爺子本來就是八面玲瓏的人，也曾官居指揮使，見過大場面。只可惜到了九王面前，他就算想說一、兩句場面話，面對九王那張冷淡的臉，卻一句都說不出口。

最後，反倒是九王把自己又隔出一個空間來，漫不經心地吃著烤肉。別人就算只看他一眼，也覺得莊上的王牌烤肉好像不香了。

曲老爺子被鬱悶得不行，偏偏又不敢說九王什麼。

好在這時，莊主及時回來了。左右一照顧，立刻就把場子又暖起來了。

她又親自上前給人端肉，看見別人，也總能隨口聊幾句體己話。特別是她記性超好，不只那些親近人家，但凡是莊上的人，她都能叫對名字，還能說出那人家裡的情況，孩子怎麼樣。

一時間，那些人面上的笑容越發真誠，還以為自己工作認真，被莊主記住了。

待到忙了一段落，又把招呼活計交到曲母手裡。陳寧寧這才端著肉，往厲琰這邊走來。又問道：「怎麼，你等煩了吧？等會兒還有一隻烤豬要出爐，到時候再吃熱的。」

厲琰只覺得她的笑容，如同清風拂面一般，又連忙問道：「妳對每個人都是這般嗎？記得他們的名字，瞭解他們家事，知道他們有幾個孩子，老母高壽了？」

陳寧寧挑眉看向他，反問道：「你不是也如此嗎？記住你手下兵士的名字，關心他們的家中情況。只有這般，那些兵士才會信任你，願意同你上陣殺敵，甘心為你衝鋒陷陣。他們會想著，就算我出了事，厲將軍也會照顧我家小。」

厲琰沒回話，他當然並非如此作風。他帶兵向來手段強硬，喜歡以實力威懾下屬。又覺得身為將軍，自己都能嚴苛訓練，他們還敢偷懶？那自然就該受罰！

厲琰的軍隊配給福利是最好的，也從來不拖欠軍餉。因而，他便覺得所有將士，理應衝鋒陷陣，服從上官命令。

可如今，她卻告訴他，不是這樣的。

果然，陳寧寧又繼續說道：「我們都是人呀！又不是牽線人偶，要想把事業做大，必須注重人文關懷。讓手下的人真心跟你做，和奉命跟你做，是兩回事。」

「收買人心，所謂得人心者得天下？」厲琰挑眉問道。又想起了他向來不待見的老六。

那人一向喜歡在明面上擺出一副君子做派，在士大夫中間很有名望。可惜，不過都是些面子情。實際上，老六打小便對宮女、太監尤為嚴苛，根本不像他表現得那般君子。厲琰覺得他就是個偽君子，十分不招人待見。

不過，寧寧這邊卻是實實在在關心這些手下人，從未把他們當奴才看待……

陳寧寧吞了吞口水，又解釋道：「你非要這麼說也成。但咱們這是做上司的人文關懷，屬於一種企業文化，為了把所有人心擰成一股繩。要說收買人心也是，倘若能從始至終的貫徹原則，待每個人都始終如一的好，那也不錯吧？」

厲琰聽了這話又愣住了。對比她的說法，老六的做派實在太低劣了些。

陳寧寧見他似有所得，倒像把她的話都聽進去了。心裡一高興，便又說道：「我們如今只是小莊子，明年開了烤肉鋪，後年開醬料坊，事業一步一步做大，自然要從企業文化做起。根基打牢了，才會有更大發展。」

厲琰又問道：「若是對底下人太過寬厚，他們做事偷懶，侵佔莊上財產，又當如何？」

陳寧寧瞥了他一眼，又說道：「自然要賞罰分明，我們曲老爺子可是很厲害的。說他是火眼金睛也不為過，哪裡又會放任別人胡來？」

「妳這麼說，還要一人唱白臉、一人唱紅臉了？」厲琰又問。

「我這是知人善任，人文關懷和懲罰保護機制一個都不能少。」

可能是她看著他的眼神，太過真誠，一點都不藏私。若是以往，別人提醒厲琰對下屬太過嚴苛。厲琰聽了，也不會往心裡去。今日聽了陳寧寧一番話，厲琰卻忍不住開始反思。

從前，他是不是對手下人有點過分了？

剛好這時，新的豬肉又烤好了。陳寧寧便跑過去看，厲琰也忍不住跟在她後頭。看到另一頭豬被抬出來時，她一臉欣喜，厲琰也忍不住微微揚起了嘴角。

以往他對老六滿臉堆笑反感至極。今日他卻發現，寧寧也總是在微笑。可她的笑容有溫度，會讓跟她對視的人，也忍不住跟著她一起笑。這便是企業文化的影響嗎？

厲琰雖不知道她為何要把山莊稱作企業，可殷家軍，是不是也該有軍隊文化了？

厲琰並不是那麼仁善的人，心裡也容不下太多人。只是剛才寧寧也說了，若能始終如一地貫徹下去，便可以了。想到這裡，他有了決斷。

陳寧寧剛好盛了肉，把盤子遞給他，笑咪咪地說道：「再吃點？」

厲琰點頭接過來，說道：「好，我很喜歡。」說話時，他眼睛一直看向她，眼神中似乎有了星光。

陳寧寧被看得有點不敢回視他，臉也紅得厲害。

與此同時，陳母正好看見了那邊兩人的動靜，眼角直抽抽，忍不住回過身去，握住鄧嬤嬤的手，說道：「嬤嬤，以後有勞您了。」

沒辦法，她女兒這般乖巧可愛，別人喜歡上她，也是理所應當的。千不該萬不該，是那厲軍爺一直在勾引寧寧。偏他生得一表人才，還有權有勢。寧寧這般情竇初開的女孩，會動心實在正常。

如今，也只能拜託鄧嬤嬤想想辦法，為女兒撐一撐了。

鄧嬤嬤聽了這話，自然說道：「夫人且放心，老身定會盡全力。」

看向九王時，她眼底也劃過了一道寒芒。

當年她們這些老姊妹，都跟隨大長公主上了戰場。本以為把明珠郡主留在京中，有皇上派人嚴加看護，郡主定會安然無憂。哪裡想到，那些小人竟暗中算計郡主。

公主這十年，過得苦不堪言。如今終於找到了小主子。這才開始治療舊疾，在京中運籌帷幄。她既然被派過來，定會護好小主子。自然不會讓她輕易再被別人算計。

這時，陳母似乎略有察覺，抬頭一看，卻見鄧嬤嬤仍是那一臉和善的笑模樣。她甚至開口問道：「夫人倒是跟我多說說咱們姑娘的喜好才是。別到時候，我若不小心觸怒了她，可就不好了。」

方才定是她想多了，鄧嬤嬤這般和善的人，哪裡會露出那樣陰沈的表情？

陳母笑盈盈地說道：「我家姑娘性子最是和善，從未見她亂發脾氣。她呀，就是和別的姑娘家不太一樣，喜歡看農書、喜歡種植。還說什麼，若是培養出咱們莊上能種植的良種，大慶國那麼多貧瘠的土地，定然也能種得出來。到時候，那些農民也能吃飽飯了。這些事我是不太懂，可孩子爹卻很支持她。直說咱們閨女有想法，千萬可別拘了她。」

說著，她抬眼看向鄧嬤嬤，又說道：「咱們這孩子在家中自是野慣了，也不用非要她像京中貴女那般標準。就是面上別犯錯誤就行。」

至於嫁不嫁厲軍爺，倒是無所謂。千萬別讓女兒名聲受害就行。

鄧嬤嬤聽了這話，那張臉笑得就同盛開的老菊花一般，又說道：「夫人且放心，老身曉得了。夫人當真是為了小姐都想到了。只是，老身一時沒想明白，小姐這般人才，又這般能幹，夫人和先生難道就沒想過讓她高嫁？也好給兩位公子找到幫襯的連襟？」

若是知道九王的真實身分，陳夫人怕是也無法這樣堅持了。

卻不想，陳母連忙擺手說道：「嬤嬤可莫要再說這話，我不愛聽。當日我家落魄了，跟寧寧訂過親事的文家，便鬧上門來。我本想著就算我受些委屈，只要別毀了閨女的婚事就忍下了。可寧寧卻不忍見我受辱，說是寧願去廟裡做姑子，也不要嫁進文家。那時候，我便想明白了，我這輩子就不想讓我閨女再受委屈。憑什麼在家裡，我們如珠似寶地養大的好閨女，非要送她去別人家裡，伏低做小的？」

陳母嘆了口氣。「自文家退親後，這件事就變成了我的心病。那時候，我便想著，無論如何也要再給寧寧尋門好親。不求男方條件多好，單看人品，只要他能對我閨女好就行。可後來接二連三又發生了許多事，就沒有一個能靠得住的。那時候，我急得滿嘴燎泡，還是寧寧她爹跟我說的，我閨女這麼有本事，憑啥非要給她找婆家？將來我們招個入贅女婿，有我們一家人看著，他還敢對我閨女不好？」

鄧嬤嬤之前就聽她提過招贅之事，原本只覺得陳夫人不過隨口說說而已。如今才知道，她當真是為了女兒操碎了心，這才跟丈夫商量出如此下策。

一時間，鄧嬤嬤不免有些愧疚。陳家人是真把他們小主子捧在手心教養的。偏她卻一而再、再而三地試探，實在罪過。

想到這裡，鄧嬤嬤連忙又說道：「夫人大可放心，往後老奴定會好好服侍小姐。有什麼事，一定找夫人商量。」

說這話時，她已經認可了陳夫人的身分，並且決定把陳家之事，詳細彙報給大長公主。若知道小主子從小生活在蜜罐子裡，有陳家人真心相待，公主也可以安心些。

陳母聽了這話，自是萬分感激，又拉著鄧嬤嬤說了許多掏心窩的話。

這邊聊興正酣，陳寧寧那邊也幾次三番，到房中看望母親。見母親與鄧嬤嬤聊得起勁，也不好打擾，只是悄悄囑咐喜兒，好好照顧她們。

陳寧寧原本還想著，既然母親這般喜歡鄧嬤嬤，不如跟嬤嬤商量，問她等過了春節，願不願意來到陳家，也好同母親作伴。

可惜，陳寧寧還來不及安排。當天晚上，回到陳家院子，同親人聚餐，陳母便滿面春風地拉著女兒的手，笑著說道：「這回咱們可算撿到寶了。妳猜鄧嬤嬤是個什麼身分？」

「我聽喜兒說了一些。」不就是類似家庭教師，負責給未婚小姐做婚前指導的嗎？

聊起這個話題時，陳寧寧自然而然就想到，古裝劇裡總有個老嬤嬤，會在新娘出嫁前，遮上春宮小畫本，讓她沒人時再看。陳寧寧倒以為，這事母親來做更好些。沒想到，大慶國還有專門從事這行業的。

聊天時，喜兒一看小姐的表情，就知道她可能想歪了，於是連忙接了幾句。「我乾娘還會教小姐們為人處世，各種場合的禮儀，掌管、家事之類的。」

陳寧寧便一臉嚴肅地說道：「還有夫妻相處之道吧？我懂的，妳解釋這麼多做什麼？」說著，還敲了喜兒脊背，不禁大笑。

只可惜，那幾個丫頭根本沒弄明白她的笑點，反而被弄得一頭霧水。

直到此時，陳母才拍了拍陳寧寧的手臂，罵道：「妳這孩子張嘴便胡說，在外面可不能這麼隨便。什麼叫婚前指導？人家鄧嬤嬤是大戶人家專門請過去，給小姐們做教養嬤嬤的。是從宮裡出來的，在京城那邊很受歡迎的。從前咱們家條件不好，也沒有機會給妳請個女先生，妳就只跟著妳爹和妳兄弟學了幾個字。沒見過什麼世面，也沒學過管家。我之前還一直在為妳擔心。如今可好了，鄧嬤嬤說了，她願意留在妳身邊教導妳。」

陳寧寧聽了這話，差點把吃進嘴裡的菜噴出來。

關於教養嬤嬤，她只記得《還珠格格》裡老嬤嬤打小燕子，容嬤嬤拿針扎紫薇，這些經典劇情。雖然她開始勾搭九王了，也不過先談個戀愛而已。至於往後怎麼樣，那還不好說呢。再怎麼看……也不需要教養嬤嬤吧？

就在陳寧寧絞盡腦汁，想阻止母親這個可怕的想法的時候，陳母已經拿出帕子，細細給她擦嘴。又一臉無奈地對陳父說道：「你從前總說我慣著她，我還不信。如今看看她，吃飯都能噴出來，這要是將來去赴宴，定是要被別人嘲笑的。好在如今來了鄧嬤嬤，人實在太好了，直說她打算退休了，往後也不幹教養嬤嬤了，就留在咱們寧寧身邊，死心塌地的幫襯她。我感動得不行，就跟鄧嬤嬤說，叫她以後什麼都不用擔心，咱們寧寧會幫她養老的。」

陳寧寧這次吸取教訓，沒往嘴裡塞東西。可聽了母親的話，她實在沒忍住，喉嚨發癢，便咳了起來。

陳母一臉哀怨地回過身，開始給女兒揉胸推背，又對陳父說道：「你看她，越說她還越發嚴重了，哪還有一莊之主的樣子。這樣出去還得了？」

陳寧寧此時再也顧不得其他，連忙求助似的看向父親，只求他力挽狂瀾，趕緊打消母親這個可怕的念頭。他們這樣的人家，說白了幾代都是鄉下人。如今剛開始富裕，哪裡需要什麼教養嬤嬤？這不是開玩笑嗎？

陳父把口中的烤豬肉吞進肚裡，這才抬眼看向女兒，又朝著妻子搖頭說道：「夫人，妳這話可就不對了。」

陳寧寧一看，有救了。

「怎麼能由寧寧供養鄧嬤嬤呢？該由咱們家供養才是。」

陳父此話說罷，陳寧寧開始劇烈咳嗽。

完蛋，一家之主拍板定下此事。這是要給她找個老祖宗來？往後還能放開手腳，全力發展事業嗎？

看著她整張臉因為咳嗽，都快變成了紫色。陳寧信一邊吃著美味的烤豬肉，一邊偷笑。姊姊吃癟的樣子實在太好笑了。以往總是她欺負人。如今爹娘聯合出手，便換成她吃苦頭了。姊仗著長兄支持，一心只想著做買賣，做事越發不忌諱了，她也不好好反省。若不是這些時日，她跟厲軍爺交往太過頻繁，爹這次也不會直接站在娘這邊，非要給她弄個教養嬤嬤來。

陳寧信暗道：少不得他這家中頂梁柱跟姊姊好好聊聊。

陳寧寧也沒辦法，父母都做好決定，她還能說個啥？

轉過天，再一回到莊上，鄧嬤嬤便正式到她身邊來上班了。甚至都沒等到年後，鄧嬤嬤完全就是積極工作的典範。堅持過年前，必須上班。

陳寧寧忍不住直嘆氣。可她又不是那種會遷怒的人，自然也沒對鄧嬤嬤說什麼。

好在鄧嬤嬤還算識趣，仍是滿面和氣，笑如春風化雨。做什麼事也都會請示陳寧寧，倒也不像是非要端架子的樣子，她這才略微鬆了口氣。

喜兒也是乖覺，找了個機會，便對陳寧寧說：「姑娘，我乾娘也是混口飯吃。我都同她說過了，她也知道姑娘跟京城那些高門女子不大一樣，定不會去束縛妳的。況且，我乾娘那邊很懂禮儀往來那一套，慣會和後宅婦人打交道。咱們這莊上明年便要擴大買賣，總得需要有人做這些事情。到時候，再讓我乾娘幫忙出力便是。」

陳寧寧看著她，嘆了口氣，說道：「罷了，妳且放心，我定不會為難鄧嬤嬤。」

喜兒便連忙拉著她手臂，又笑道：「我就知道，咱們姑娘最溫和不過了。昨兒，我乾娘雖然應了夫人這差事，自己卻慌得不得了。直問我往後如何是好，可別剛到莊上，便惹了莊主不快。」

第三十五章

陳寧寧也知道，這事十有八九是她母親起的頭。於是，越發沒辦法去生鄧嬤嬤的氣了。再加上，喜兒也是個巧言善道的，一來一去一周旋，陳寧寧便默認了鄧嬤嬤往後就在她們這邊待下了。

只是，但凡要跟著陳寧寧的，總需得幹一些體力活。

陳寧寧是閒不下來的性子，莊上的大小事情，她雖說不是都要插手，卻很關注進度。最主要還是育苗，陳寧寧之前便親手救活了番薯苗，甚至帶著香兒、喜兒、月兒輪流守夜。如今動手栽花、搬花盆更是常事。丫頭跟著她，自然不可能像大家小姐的貼身丫頭那般輕鬆。

鄧嬤嬤來了之後，初時也打算賣點老力氣。

可陳寧寧見她頭髮花白，身材瘦瘦小小。這要是真去搬動一個大花盆，生怕她傷了老腰，於是連忙制止道：「嬤嬤還是把花盆放在那裡吧！那不是咱們的活計，等會兒張叔會找兩個力氣大的過來把它搬走。」

聞言，鄧嬤嬤便老實地站在那裡，一副服從指揮的樣子。

陳寧寧便想著，何苦為難這種上了年紀，尋求二次就業的婦女？於是，對她的態度越發緩和了。

就這樣，到了過春節前，鄧嬤嬤也沒做出什麼出格的事。

而且她到底還有幾分見識，陳寧寧讓底下人準備燈謎時，鄧嬤嬤自己便想出許多謎語，而且大多簡單易懂，就算沒讀過書的人，也能隨便猜出幾個來。

此事讓陳寧寧高看了她一眼，但那鄧嬤嬤卻仍是穩穩當當、一派隨和安分的樣子。

就這樣，待大年三十來到，一切都準備妥當了。

陳寧寧特意打開山莊大門，請了莊戶們進莊裡來玩耍。

基本上，每個專案都安排了特定的人在照顧；負責接待的、負責維護安全的，又另有其人。

這些事自然不用陳寧寧親自去做，如今也沒有什麼重要客戶需要莊主應付。因而，她只需留在內室，統籌全局。等時間到了，再去大門口抽獎就是了。

陳母坐在她旁邊，正笑盈盈地說道：「如何，鄧嬤嬤挺好的吧？有她在妳身邊，我和妳爹總算也能安心了。」

陳寧寧看了看低調內斂的鄧嬤嬤，便笑著說道：「娘，您先跟嬤嬤聊吧。今時不同往日，您拿了票子，也跟鄧嬤嬤去玩玩，可好？」

正說著，院子裡有人來報。「莊主，厲軍爺帶著人來了，可要出去迎嗎？」

陳寧寧連忙起身說道：「要迎的。」說罷，便快步走了出去，生怕母親再拉著她，說些讓鄧嬤嬤教她禮儀之類的話。

陳母見她那急匆匆的背影，皺眉說道：「她這是越來越不莊重了。不過是迎個客，至於這般著急嗎？外面又不是沒有人。」

說著，又一臉憂心地看著鄧嬤嬤，鄧嬤嬤則是含笑看著她，小聲地勸道：「夫人大可不必這般心急。今日是喜慶之日，待過了春節，再從長計議就是。」

陳母只得點頭答應了，卻仍是忍不住走到房門口，向外望去。她心裡說道：寧寧至於這般上趕著去接厲軍爺嗎？他又不是沒長腳。

陳寧寧迎到外面，這才發現厲琰並沒有帶陳軒以及手下的掌櫃，反而帶來了當日幫過他們的那位白袍小將，後面還跟著——陳寧遠！

他們兄妹已經許久不曾見面，陳寧寧再也顧不得其他，連忙上前問候道：「哥，你怎麼回來了？」

陳寧遠便說道：「厲將軍受妳啟發，打算改善軍隊，這次便請了向文一同來，看看妳莊上的慶典，順便也把我帶來了。」

陳寧寧聽了這話，忍不住看了厲琰一眼。

也不枉她當日多費了不少唇舌，這人真的有把話聽進去了。雖說他們一個是帶兵打仗的，一個是做買賣搞事業的，可這兩者仍有些相通之處。但願厲琰有所改變，別再做原著裡那些橫徵暴斂、天怒人怨的事了。

陳寧寧朝厲琰笑了笑。「這次倒是託了厲軍爺的福，我哥也能回家過年了。」

厲琰卻一臉淡定地解釋道：「此事與我無關，是向文帶著令兄來的。」

說話間，他又正式給陳寧寧做了介紹。這白衣小將叫作殷向文，也在軍中做事。

陳寧寧看了殷向文一眼。

這便是原著中，總是跟厲琰意見相左，百般勸他都不肯聽，兩人時常發生口角。卻又不肯被他人收買誘惑，誓死也要追隨厲琰的頭號狗腿。

原著中，殷向文為了太子的臨終所託，把命都給了厲琰。就算厲琰走上反叛之路，殷向文也捨命相隨。只可惜，他到底沒能陪厲琰走到最後。臨死前，他還罵了厲琰一頓。

「太子殿下在你身上耗費了那麼多心血，難道便是讓你做這般無道昏君不成？」

厲琰卻冷笑道：「本該是明君的人，如今已經被他們逼死了。這世上，哪裡還需要第二個明君？我當了無道昏君也好，至少能為他討回公道。」

「太子殿下若知道你這般為惡，定然死不瞑目。」

「那他為何還不來找我？哪怕入夢也成。可惜一次都沒有。他既然已經棄我而去，又何必再來管我做什麼？」

「你、你簡直冥頑不靈！」

「向文，你不如也走了吧，離我遠些。」

「咳咳……厲九，你這該死的混蛋！」

這時，殷向文剛好一臉若有所思地看向陳寧寧，她連忙回過神向他行禮道謝。「當日多虧了兩位爺相助，我們兄妹才沒吃了大虧。」

殷向文連忙笑道：「陳姑娘，妳這可就太客氣了。如今我在軍中，多有仰仗寧遠之事，早就把他視作兄弟。陳姑娘又何必跟我客套？更何況……」他剛要調侃厲琰同陳姑娘合夥做生意，又找他老爹當保人之事，卻不想被厲琰一個冷眼就瞪了回去。

殷向文被嚇了一跳，只得尷尬地笑了幾聲。心裡卻暗罵道：就厲九這臭脾氣，哪個姑娘能容得下他？若不是太子表哥特意寫信過來，請他們父子多關照厲九終身大事。有事沒事，看著點他，千萬別讓厲九一時衝動，把人家姑娘搶回去，丟了皇家顏面。

殷向文從小就崇拜他的太子表哥，而表哥像養兒子般，養大了厲九。偏偏這厲九一身壞毛病，一旦發起瘋來，六親不認，誰都制不住他。

當初，還是太子表哥拖著病體，親自來找殷向文，把厲九託付給他。想到太子那老父親般的苦心，殷向文瞬間便絕了要給厲九搗亂的心思。

罷了，錯過了這陳家姑娘，厲九恐怕要打一輩子光棍了。

想到這些，殷向文果然沒再拆臺，而是又對陳寧遠說道：「遠兄，不如帶我先去拜會一下伯父。若是能見見閻先生，那便更好了。」

此時，陳寧遠正在看著他妹妹，偏偏陳寧寧的眼睛正看著厲琰，臉上的表情放鬆又自在，且充滿了信任。

陳寧遠早就料到，事情會變成這般模樣，卻又有些無可奈何。

虧得殷向文這些日子沒少給他吹耳邊風。雖然大多都是在說厲琰的不是，以及他在上京做過的那些魯莽事。可在這些明貶暗褒的話語中，陳寧遠也發現，厲九從來沒虧待自己人，他對太子忠心耿耿，對兄弟有情有義，對手下的兵士也都十分珍惜。

偏偏這樣的人，他卻把自己混成了聲名狼藉。上京那邊，凡是高門嫡女都不敢嫁給他，庶女和品行不佳的人選，還沒送到厲九身邊，便被太子一律擋了回去。

殷向文話裡話外透露著，太子那邊已然放下話來。厲九的親事，只要他自己本人願意，不看姑娘娘家的身分，只要人品足夠好，他們就願意迎娶那姑娘做正妻。

陳寧遠不是傻子，自然一早就知道，殷向文那邊得了準話，這才過來套他。只是，陳寧遠這邊也有自己的考量。

妹妹那邊已然攔不住了，就她那心思、那手段，將來定是要把天捅個窟窿出來。一旦買賣做大，牽扯到各方勢力，山莊這邊必然會受到各方打壓。

這種情況，真如父母考量的那般，給妹妹招個上門女婿是行不通的。選的男人稍微軟弱點，反倒成了制約妹妹的棋子。說不定，還會給妹妹扯後腿。

與其這樣，倒不如給妹妹找個足夠強大的男人。不說一定非要袒護她，但至少要能跟她並肩而行。況且，厲琰早知道妹妹在做的事，也已經擺明姿態要跟妹妹合夥做買賣的態度。甚至還願意將家底拿出來，交給妹妹管。

這般行事做派，到底有些打動了鐵石心腸的陳寧遠。

因而，他也只是深深地看了妹妹一眼，又說道：「那我就先帶著向文去見見父親。」

陳寧寧連忙點頭說道：「嗯，哥，你快去吧。等回頭得了空，也去看看娘親。這些日子，她總念叨你。」

「好。」陳寧遠點頭答應了，又看了厲九一眼，兩人視線相對，卻各不退讓。

最後，還是殷向文笑著拉了陳寧遠一把，又說道：「好了，快些去，等會兒我還要看陳姑娘的年會呢。」

「嗯。」陳寧遠這才轉過頭去。

待他們離開後，陳寧寧便帶著厲琰，去看了他們的抽獎箱和貼的燈謎紅紙。進到裡面院子，還有一些套圈、投壺、飛鏢之類的小遊戲，裡面還擺著各種小禮物。這些遊戲，都是可以憑著莊上發的票子玩耍的。

除此之外，還有熱湯水，莊上的人都帶著碗，要是渴了、餓了，都有專人為他們準備。

厲琰跟在陳寧寧身邊，一起走過人群，聽著四周的歡聲笑語。再看向陳寧寧那張平靜中卻帶著一絲喜氣的臉。忽然整個人都變得有些恍惚。

直到陳寧寧拉了拉他袖子，又開口問道：「有沒有想玩的遊戲？我這裡也有票子，是香兒發給我的。」

厲琰側過身，凝視著她，又問道：「這些禮物，妳可有特別喜歡的？」

「有是有，看見套圈那邊了嗎？其實，最後面那排的那對瓷娃娃，我就很喜歡。香兒知道，就故意放在比較偏的位置，說放在那裡肯定沒有人願意去套它。大家都不要，等慶典辦完了，那對娃娃就歸我了。」說著，陳寧寧便眯眼笑了起來。

厲琰看著她，只覺得心頭一軟。果然這姑娘就是隻靈動的山貓，偶爾也有小滑頭的時候，卻完全讓人討厭不起來。相反，她這般模樣，實在可愛至極，甚至讓他忍不住想要捏捏她的小圓臉。

厲琰又說道：「把票子給我，我去把那對瓷娃娃套來給妳。」

「真的可以嗎？」陳寧寧頓時瞪圓了眼睛，望著他，順便雙手奉上票子。

厲琰接過票子，又道：「有什麼不可以的？又不違規。」說罷，就往套圈那邊走去。

他今年也不過十八、九的年紀，身形瘦高條直，一身藍色的衣服，襯得寬肩窄腰大長腿，看上去就如松柏一般。尤其是他站在人群中，立即便有種鶴立雞群的感覺。偶然回頭望來，雙眼純淨如水。一股略帶青澀的少年感，撲面而來。

陳寧寧看著他，突然心跳頻率錯亂了。或許，她比自己想像中還要喜歡厲琰也說不定。

厲琰突然伸出手。「走了，發什麼呆？」

「喔。」陳寧寧連忙點了點頭，很快便追上他的腳步。

那一瞬間，她其實很想去牽他的手。就彷彿回到了現代社會，她又變成那無憂無慮的女孩，正打算偷偷去跟小男朋友約會，等他給自己從娃娃機裡抓個絨毛娃娃出來。

可現實卻是，四周的人都在看她，還有人討好似的跟她打招呼。

那些本來打算玩套圈遊戲的人，不自覺地讓出一條道來，紛紛說道：「莊主先來，給咱們贏個好彩頭。」

也虧得陳寧寧的厚臉皮早就磨練出來了，否則還真有些下不了臺。反正只要她不覺得尷尬，尷尬的就是別人。既然他們都禮讓了，也沒必要瞎客氣，浪費時間。

陳寧寧乾脆帶著厲琰，很快走到套圈攤子前面，故作無事地說道：「好了，快套吧，別讓人等著。需要我去幫你再借幾張票子嗎？」

說話間，厲琰掂了掂手中的竹圈子，隨手一擲，那圈便飛了出去，正好落在兩隻胖娃娃的頭頂，便不動了。

原本香兒為了幫陳寧寧作弊，故意把兩個娃娃擺得比較遠。這樣一來，砸在娃娃頭上，便有可能把竹圈子磕飛出去，或者滑掉。無形中就增加了套圈的難度。可厲琰也不知怎麼用巧勁的，那圈子居然直接套在兩個娃娃頭上，便靜止不動了。

一時間，周圍的人都看呆了。

有人忍不住說道：「這樣也行？一圈套兩個娃？」

「有本事，你也把圈子砸在兩個娃娃的頭頂上，也算你贏。」

負責這攤位的落葵本來也看呆了，聽到這話即反應過來，連忙把兩個娃娃送過去，放在厲琰手裡，又說道：「恭喜，這兩娃娃是您的了，新年大吉。」

厲琰接過娃娃，仔細看了看，做工不算有多好，質地也相當粗糙，可那女娃娃抱著一條大紅鯉魚，笑咪咪的樣子，看上去倒有幾分像陳寧寧。這便有些趣味了。

兩人很快走出房間，厲琰又把那個胖乎乎的男娃娃，遞到陳寧寧手裡，說道：「這下妳就不用等了。」

陳寧寧抬眼問道：「那個呢？我喜歡抱魚的！」

厲琰便說：「我幫妳套娃娃，總得有點辛苦費吧？這個我留下了。」

「怎麼這樣呀？本來兩個就是一對，你還非要扣一個。還以為你會把兩個娃娃全都送我，當作過年禮物呢！」陳寧寧不滿地抗議道。

厲琰卻仍是看著那只抱魚的胖娃娃，也不說話。

過了一會兒，陳寧寧看著自己手裡那個男胖娃娃，並不像女娃娃那般愛笑，反而顯得眉清目秀，眼睛還挺大。看著看著，她便忍不住笑了起來。

厲琰又問道：「妳笑什麼？」

陳寧寧便把那娃娃拿到他面前，又問道：「你看這個，像不像你？」

厲琰哼了一聲，抗議道：「妳那是什麼眼神？那娃娃哪有爺這般英俊瀟灑，風流不羈。」

陳寧寧卻捧著那個娃娃，笑得不行。

厲琰卻暗想著，妳越是這般笑，越是像抱魚的胖娃娃，偏偏還要說我？

可是，看她笑得有點憨，整個人都變得軟乎乎的，他也忍不住彎起了嘴角。

「還想要什麼？我贏過來送妳當過年禮物吧。放心，下次不拿妳東西了。」

陳寧寧原本是不想打擾大家玩樂的興致。以往她對這些小玩意，也並沒有那麼感興趣。

可看著身邊少年意氣的厲琰，陳寧寧也彷彿找回了自己遺失的青春時光。

她笑著說：「那走吧！再去別的房間玩一會兒。」

走出人群的時候，陳寧寧還特意用票子換了兩副面具，一個是黑豬頭，說是天蓬元帥。另一個是花臉猴，說是美猴王。

她把花臉猴拿到厲琰面前。「齊天大聖最厲害了，你要不要？」

厲琰卻拿走她手裡的黑豬，罩在自己頭上。陳寧寧這才笑著戴上了美猴王。

雖然這面具也起不了什麼作用，可陳寧寧卻變得自在許多。又帶著厲琰，在人群裡繼續穿梭。

有什麼陳寧寧喜歡的，厲琰總是很輕鬆便幫她贏下來。

有可愛小巧的小籃子、老虎枕頭。

厲琰便問道：「妳是把整個潞城的東西都搬到妳莊上來了吧？」

陳寧寧搖頭說道：「戲班子不願意來，大家也不想當眾表演曲藝，我也只得在其他方面想辦法了。我是問曲爺爺，能不能讓底下的人做些小手工交到莊上來，然後給他們發票子。等回頭玩了遊戲，再拿票子來莊上兌錢。」

這就像在春節辦廟會似的。圖個樂子，又有好彩頭，可本質上卻是交換東西。等往後大家都富裕了，甚至可以定期辦跳蚤市場。到時候就不用發票子，直接互相交換就行。

厲琰原本還以為，這些獎品都是陳寧寧打發人從山下買來的。哪裡想到，原來都是自產自銷。這樣一來，不只省下不少錢，大家也能玩得盡興。

厲琰又拿起那個瓷娃娃，問道：「這也是你們莊上人自己燒的？」

陳寧寧點頭道：「可不是，明年就要做罐頭了。總是從別處買罐子，也比較費錢。馬大叔說他會燒瓷器，這次算是小試身手。馬大叔燒的那些盆子、碗碟可受歡迎了。」

厲琰突然忍不住伸出手指，敲了敲陳寧寧的小腦袋。

陳寧寧連忙捂住頭，問道：「你這是幹麼？」

厲琰說：「我想看看裡面裝了什麼，怎麼有這麼多點子？」

陳寧寧答道：「哪是點子多？分明是我們莊上人才多，不然再多點子也不能用呀！」

厲琰抿著嘴角，把剛贏來的木頭簪子隨手插在她的髮髻上，又說道：「那也得莊主英明，才能辦成這麼好的祭典。」

陳寧寧摸了摸髮髻，只覺得她戴的這支簪子，好像跟剛剛贏來的不大一樣，卻也沒來得及多想，又一臉自得地說道：「那是。莊主英明，明年一定會帶著你們這些股東賺錢的。安心吧！」

偏偏，她還戴著一張花猴面具，自我感覺還特別好。

厲琰看著她這副模樣，終於忍不住開懷笑了起來。

那小花猴抬眼看向他，又喃喃自語道：「原來你也會這般笑？那就多笑笑，這般年輕，終日繃著臉扮老成做什麼？」

厲琰聽了她這老氣橫秋的語氣，越發笑得開懷。

陳母看見人群裡的豬臉和猴臉，整個人都傻了。

雖然看不見表情，卻也能感覺她女兒定是極喜愛厲九的。只可惜女兒還是太年輕，不懂得有個詞叫做「門當戶對」——男方條件若是太好，是不會接受條件懸殊的女孩的。

想到這些，陳母心裡越發難受。只是看著此時女兒雙目中綻放的光彩，她卻一句潑冷水的話都說不出來。

此刻，站在她身邊的鄧嬤嬤也沒想到，事情竟會變成這般模樣。

小主子看上去分明對九王已經是情根深種。九王的品格、性情，實在不是個可託付的良人。上一個和他有所關聯的女子，還是那位倒楣被選為太子妃，卻被厲琰一刀削去頂上髮髻的可憐貴女。

若是別的男子，他們要擔心小主子的夫婿拈花惹草，行為不端；若是這無法無天的九王，他們卻要擔心他不懂憐香惜玉，對女子同樣也會下重手。

若是小主子將來當真嫁給九王。且不說，皇上那邊根本不會應允這門婚事，讓南境和北疆的勢力連結在一起。單說，大長公主好不容易尋到外孫女，如今所有堅持，都是要和她共享天倫，哪裡會眼睜睜地看著她這麼快就被瘋狗叼走？

她正想著心中之事，卻聽陳母喃喃自語道：「自從家裡出了事，我還沒見過寧寧這般笑過，我女兒開懷笑起來，竟是這般可愛。」

「哎？」鄧嬤嬤聽了這話，不禁愣住了。

陳母又說道：「她爹曾說過，我家之所以能從困境中安然走出，不傷一絲一毫，全賴當日寧寧以命相抵，奮力一搏。我家虧待她實在頗多，我和她爹總想再對寧寧好些。可如今看著那孩子這麼快活，我卻有些迷糊了。嬤嬤，老話說得好，門當戶對，才好結為夫妻。那厲將軍家中，怕是與我家相差太遠了吧？再怎麼說，搆著也費勁。」

第三十六章

鄧嬤嬤一時說不出話來。陳夫人的話跟她心中所想，實在相差太遠。單憑小主子這身分，就算要嫁未來皇帝都可以，反倒是九王配不上她才對。

她又忍不住問道：「在夫人看來，厲軍爺又是什麼樣的人？可否值得把女兒託付給他？」

陳母皺眉說道：「也沒見過他幾回，卻是個還算有分寸的年輕人。只是待別人比較冷淡，身上的氣勢也很嚇人。寧寧她爹說，厲爺是要上陣殺敵的，氣場自是不能弱。她爹不怕他，寧寧也不怕他，我自然也不會怕他。只是後來發現，他好像很中意我家寧寧。起初，我還曾擔心他會不會仗勢欺人，強搶我女兒？卻發現他始終守禮，並未做越界之事，我才放下心來，由著他們繼續相處。」

聽了這話，鄧嬤嬤越發無言。這邊陳夫人所認識的厲爺，與他們在上京認識的九王，相差實在太遠了些；說是兩個人都不為過。

「那他待姑娘如何？」鄧嬤嬤又問。

陳母側頭又道：「妳且看看。」

剛好這會兒，厲琰正在給陳寧寧插簪子，變戲法似的，把一根木頭簪子收進袖袋裡，換了一支白玉簪出來。整個過程，他的手指還停頓了一下，似乎是很想碰碰陳寧寧的髮髻，卻又不敢慢待了她，還是故作鎮定地收回了手。

鄧嬤嬤越發愣住了，這還是她們認識的那個隨心所欲、為所欲為的九王嗎？

她此次來潞城，說白了就是為了棒打鴛鴦。可事到如今，鄧嬤嬤卻忍不住遲疑了。

另一邊，陳夫人卻已經有了決斷，說道：「嬤嬤，不如您也教寧寧一些大戶人家的禮儀吧？」

「夫人不是想招贅嗎？」

陳母垂著眼睛，沒再言語，只是嘆了口氣。

鄧嬤嬤自然也看出了她的心事，少不得安慰一番。只是她自己心中卻又是另一番糾結了。

與此同時，陳寧寧也算進行了一次完美的約會。如今她心情正美，時候也差不多了，也該到慶典的重頭戲了。

陳寧寧便帶著厲琰往門口走去。

很快，隨著曲老爺子敲了銅鑼，所有人都向著山莊後面的空地聚來。

這時，殷向文也順著人流走來，一眼便看見人群最前面的厲琰。

厲琰還是老樣子，只要他站的地方，別人都恨不得離他幾丈遠。寧願同別人擠在一處，也要給厲琰留出間隙來。

殷向文錯開人群，向著厲琰走去。靠近才發現，厲琰身上居然掛著不少小玩意，小筐子、小枕頭、瓷娃娃、竹杯子。特別是他手臂上，還掛著一猴一豬，兩副做得很粗糙的面具。

殷向文見狀，便開口打趣道：「沒想到，咱們九爺還有顆童心。看來這次沒白來，沒少弄到有趣的小玩意。」

厲琰不接話，反問道：「你那邊可見到閻先生了？」

殷向文搖了搖頭，一臉惋惜地說道：「連門都沒讓我進去，倒是跟寧遠關上門聊了許久。但凡有真能耐的人，性格都孤寡得很。看來，往後還需要多來走動才是。」

厲琰冷哼道：「早就勸你，莫要太過貪心，招了人家徒兒給你當幫手就不錯了，你卻還非要惦記師父。」

殷向文聽了這話，便有些不痛快，反駁道：「我這又是為了誰？正主都不擔心，我這裡瞎著急個什麼勁？」回頭他就寫信，給太子告狀去。

他本來就是為了厲琰，才想請閻先生出山的。偏偏厲琰這性子，除了太子殿下，誰也不服，誰也不認。根本沒打算給自己找幫手，也不打算找老師學本事。如今，非得讓太子敲打他一番，這小子才會老實下來。

果然，厲琰只是淡淡地看了他一眼，又罵道：「鹹吃蘿蔔淡操心。」

此話一出，差點把殷向文鼻子氣歪了，他剛想要破口大罵，卻聽到人群中，突然傳來一陣歡呼聲。

殷向文只得定睛一看，卻見陳寧寧正笑容滿面地站在一個上面寫著「福」字的紅色箱子前面。那箱子是特製的，底下有支架，一前一後各有一個搖把。

她身邊最能說善道的那丫鬟，叫喜兒的，正在一旁解說道：「先請莊主為我們抽出三等獎的五個人，獎勵四腳方桌配四把椅子各一套。」

話音剛落，月兒便開始轉動搖把，那個紅色的箱子也開始隨之轉動起來。月兒本就力氣很大，箱子轉了許多圈，裡面的東西早就被搖亂了。

這時，陳寧寧又蒙了眼睛，被香兒扶著走上前來。香兒幫她打開了箱子蓋子，又把陳寧寧的手放了進去。

眾人都屏住呼吸，一時間鴉雀無聲。

陳寧寧這才依次摸出了五張姓名紙條，交到了曲莊頭手裡。曲莊頭每打開一張紙，便大聲唸出一個名字，下面便會傳來一陣歡呼聲。

殷向文從未見過這種活動，一時間也被這種氣氛吸引住了。原來過節也可以這麼玩的？各種遊戲也罷、發票子也罷、這個抽獎也罷，一套下來，每個人臉上都沾滿了喜氣。

殷向文忍不住轉頭看向厲琰，說道：「九爺，你說咱們那裡是不是也該搞個新年活動，給大家熱鬧熱鬧？」

然而，此時的厲琰卻無心搭理他，仍是目不轉睛地看著陳寧寧抽籤，就好像下一個便會抽到他的名字似的。

殷向文一時又有些惡趣味，乾脆伸出手，擋在厲琰面前。這才引得厲琰滿臉不耐地揮手拍了過去。好在殷向文躲避及時，才沒挨打。

厲琰放話道：「回頭演武場見。」

殷向文又孬了，連忙說道：「我這不是有正事同你商量嗎？咱們是不是回頭也搞個活動，就定在正月十五如何？」

厲琰卻皺眉說道：「我早就同伙房說好了，明日全體吃頓餃子，餃子裡放上銅錢，有獎賞。」這也是寧寧跟他說過的遊戲。

殷向文聽了直咂舌，連忙誇讚道：「行呀！九爺也知道體恤手下的辛苦了。」

厲琰懶得再理他，仍是固執地向場中央望去。

此時陳寧寧已經抽出了頭獎，金首飾一套。

說來也算趕巧了，中獎的正好是一位長相斯文、身形瘦弱的年輕書生，接過那套金首飾，他便有些樂瘋了。在眾位姑娘羨慕的注視中，他捧著首飾錦盒，繞場跑了一大圈。

最後，才跑到一個文士打扮的中年男人面前，雙手捧起首飾錦盒，說道：「許叔，我也知道我沒家底，種地不太行，打獵也不太行。可我對秀兒是真心的。況且，如今我也被莊上工程隊選中了，過年後，就要跟著他們去修園子。不知，這套金首飾能不能當聘禮？叔，我真心想娶秀兒為妻，我會好好待她的。」

他們如今都是奴僕身分。原本家世不錯、敏而好學的青年才俊，到了這莊上，反而沒了用武之地。那些平日裡鬥雞走狗、貪玩好動的年輕人，如今幹起活來，卻是把好手。當然也有些小子會偷懶，那就得問曲老爺子手裡的鞭子甩不甩了？

不管怎麼說，男婚女嫁是少不了的。莊上許多人都是上京過來的，也算知根知底。唯有皇上大赦天下，他們才有機會恢復身分，回到京城去。可誰又知道還得等多久？總不能耽誤了姑娘花期吧？

再加上，陳寧寧這個一莊之主，並不會干涉他們的生活，甚至支持他們自由婚配。但凡是要結婚辦喜事的，莊上都會出面幫他們置辦兩桌酒席，順便給新人分配房子。

也正因如此，年前便有幾家都結了親家。可如今那些嫁姑娘的人家，多半都會挑那些身強力壯的小夥子。至於那些溫文爾雅的讀書人，在婚事上，反倒成為被嫌棄的對象。

直到今日，孔書生抽到了頭獎，這才鼓足勇氣，當眾向心上人的父親求婚。

也虧得許老爹性格通透，人也豁達，並不守舊。於是，在眾目睽睽之下，他接過了那個錦盒，點頭說道：「叫你爹來跟我談日子吧！」

話音剛落，人群裡傳來了一陣善意地歡笑聲。

還有人起鬨說道：「行呀，孔書生這可是雙喜臨門。不僅被抽中了頭獎，這會兒連媳婦也有了。」

陳寧寧見狀，適時宣佈。「等孔書生和秀兒成親時，莊上擺一次宴，大家都來喝酒。」

眾人沒想到還能賺一頓酒吃，一時忍不住歡呼起來。

有人大喊：「莊主英明！」

就這樣，年會的氣氛已然達到了頂峰。

厲琰站在人群裡，默默地看著陳寧寧被眾星捧月般送進屋裡。

她這般燦爛奪目，明媚得讓人移不開眼，卻又使人忍不住為她心折。

或許，她從來就不用顯赫的家世，也不需要嫁給高門夫婿。因為，她自己便能活在花團錦簇之中，獲得無上榮耀。有些人並不一定非要坐在高臺之上，便能受到萬人敬仰，甚至名留青史。

厲琰突然有些期待陳寧寧未來的模樣了。

到那時，他只要默默站在寧寧身邊，牽住她的手，便好了。

慶典結束後，各人各自歸家。厲琰他們也要離開了。

倒是殷向文說道，這次來莊上受益匪淺，回去也打算在軍中弄個慶典。又隨便找了個藉口，讓陳寧遠多留一日，陳家人自是感激不盡。

就這樣，他們一家人好不容易聚在一起，吃了年夜飯。

陳寧信一個勁地追問兄長。「大哥，你在軍中可還適應嗎？你也要跟著那些兵一起操練嗎？大哥看著好像健壯許多，肩膀都寬了。」

陳寧遠見他這般好奇，便簡單地說了他在軍中的工作，主要是做一些文書事務。也會幫殷向文出謀劃策。平日裡，他也跟著殷向文一起操練，甚至還學了一些拳腳功夫。一段時日下來，身體自然健壯了許多。

陳寧信聽了，不禁有些欽佩，又說道：「我也曾跟著曲爺爺學了些拳腳。只可惜如今每日讀書，倒把拳腳都荒廢了。」

陳寧寧便說道：「如今青蒿也在書苑裡，不如你們早上一起練拳。增加些體力，等將來上考場也會有些好處。」

陳父聽了，也點頭說道：「寧寧這話也有幾分道理，往後寧信也該練練了。」

透過陳寧信讀書一事，一家人又談了不少話題，甚至涉及到一些時事法令，民俗趣事。

陳母多半只能在一旁聽著，也插不上話。

她見寧信年紀小，與她一般也只是個陪客，多半都在吃東西，而寧寧卻跟得上寧遠和父親的話題，總能適時地說出自己的一些觀點，每每引得父親、兄長點頭稱讚。

一時間，陳母見了這樣錦心繡口的女兒，既是驕傲，又有許多感慨。

她女兒畢竟與別家姑娘不同。將來，女兒到底要走上哪條路，她這當娘的如今早已看不清了。唯一希望的便是，不論將來如何選擇，女兒此生都能平安順遂。

另一邊，陳寧寧本以為哥哥今日見她與厲琰這般親近，在飯後，定會找機會敲打她一番。可事實卻與她想像中完全不同。兄長非但沒有罵她，反而送她一袋種子。說是通過殷向文弄到的糧種，讓她拿到育苗室裡試種，看看有沒有適合旱地的。

陳寧寧笑著接了過來，說道：「果然，還是哥對我最好，什麼都想著我。」

陳寧遠卻搖頭嘆道：「比起妳做的，我這當哥的可差遠了。我不在家這些時日，家中全靠妳維持了。」

陳寧寧連忙說道：「兄長這說的是哪裡的話？」

偏偏這時陳寧信跑了過來，忙插嘴道：「我才是家中頂梁柱呢！又要讀書，又要幫襯姊姊謀劃，我才是最辛苦的。哥好偏心，都沒想著給我帶禮物回來。」

此話一出，不只陳寧遠、陳寧寧，就連父母也忍不住笑了。

陳寧遠只得搖頭說道：「你的辛苦我沒看出來，不過你的臉皮倒是厚了許多。放心，禮物早就準備好了，你回房看看便知道了。」

陳寧信急忙跑進房裡去，又抱著一沓書本跑了出來，大叫道：「不帶這樣的，送我姊的禮物，就是她喜歡的種子；送我的禮物，便是逼我繼續讀書。大哥實在好生偏心，還能不能讓人過個好年了！」說罷，還假哭了幾聲。

眾人笑得更開懷了。後來陳寧遠到底拿出了炮竹送給陳寧信。陳寧信這才轉悲為喜，拉著大哥一起跑到院子裡放炮竹。

就這樣，陳家人總算過了個熱熱鬧鬧的團圓年。

第二日，陳寧遠仍是沒叫任何人，起了個大早，便獨自一人離開了。

就如上次那樣，他在半路時，摸著包裹，果然發現裡面裝了大餅加肘子，以及一小包藥草。拿著這些，陳寧遠只覺得未來的路，實在很遙遠。他唯一希望的，便是一家人平安喜樂。

另一邊，陳寧寧坐在自己的房間裡，看著手裡那支白玉簪，忍不住有些恍神。

原來這不是玩遊戲時，贏來的木雕簪子，而是某人特意拿來送她的新年禮物。怪不得，他非要拿走那隻抱魚的胖娃娃呢。說起來，也是她大意了，居然沒有為他準備禮物。不如下次補一個？或者，再拉他一起過個節、約個會？

陳寧寧撫摸著玉簪上那個簡單的梅花紋路。發現這支簪子並不像市面上售賣的玉簪那般精緻，但玉倒是上好的材質。

陳寧寧又忍不住暗想：該不會這簪子也是厲琰親手做的吧？

想到這裡，她便忍不住揚起一抹笑意，又把那支簪子貼在了自己的臉上，笑得瞇起了眼。不管怎麼說，她既然已經做了決定要跟厲琰走下去。就算有人想要攔她，恐怕也只是白費力氣了。

陳寧寧總覺得鄧嬤嬤來得實在太過巧合，她的身分也非同一般。那種身價的教養嬤嬤，京城裡有得是高門大院搶著要。哪裡就願意來鄉下教她這麼個小村姑了？更何況，她又是宮裡出來的，厲琰又有那麼一層身分。把這些都聯繫到一起，陳寧寧推測，鄧嬤嬤或許還有其他目的。

偏偏陳寧寧這人心思細膩，卻是極沈得住氣的，喜歡等待最佳時機，再防守反擊。

她甚至想過，若鄧嬤嬤當真要拿出教養嬤嬤的派頭，教她規矩該如何應付，或是如何在這過程中，找出更多馬腳來。

只可惜，這次她失算了。

鄧嬤嬤雖然掛了個教養嬤嬤的名，可實際上，似乎也沒有教養她的打算。倒也不是吃白飯。而是跟在陳寧寧她們身邊，安靜低調地做些實事出來。這種樸實又肯賣力氣的性格，是陳寧寧最喜歡的那一型，她甚至有些懷疑，莫非這次是她冤枉好人了？

倒是喜兒經常會當著眾人的面，詢問鄧嬤嬤一些大戶人家的規矩，或者皇宮裡的一些典故。鄧嬤嬤這時才會娓娓道來，如同講故事一般。而且她口才很好，不只是喜兒喜歡聽，香兒月兒也喜歡聽，所以陳寧寧也能認真聽幾耳朵，不會反感。

再後來，不知不覺的，鄧嬤嬤也會講起一些閨閣小姐們，吃穿住行、禮儀官家的各方面的瑣事，並將這些也都融入典故當中，再用這種方式教給她們。

陳寧寧一時摸不透她的心思，卻並不反感這種教學方式，也就隨她去了。

鄧嬤嬤偶爾說道：「大戶人家小姐，可以聽戲，卻不能看話本，也不能記詞。」

「這又是為何？」香兒忍不住問道。

鄧嬤嬤卻說道：「怕移了性情。其實，大多數戲文都是文人寫出來取樂的玩意。那些才子佳人都是假的。哪家小姐身邊不是跟著一群丫鬟、婆子？親事哪裡就能輪到她自己做主了？」

陳寧寧暗想道，該來的，還是來了。只可惜，鄧嬤嬤話音一轉，又轉到別的故事上了。

到頭來，她乾脆擺明著想要跟厲琰談戀愛了。家裡也好，莊上也罷，竟是沒有人拿著大棒，準備痛打鴛鴦？

陳寧寧初時還很高興，甚至想過接下來該如何交往約會，送上什麼小禮物，聊表心意。

只可惜，她還是想太多了。厲琰那邊身居要職，平常要練兵，也並不是經常有空來她莊上轉。倒是來安那邊，時常有些新奇有趣的小禮物送過來，替他主子表明心意。

而陳寧寧莊子這邊，也有一堆事情要忙了。

春節一過，天氣轉暖，馬上就到春耕的時候了。特別是去年黍米大豐收，今年莊上的人都對種植抱持了極大的期待。

提到春耕，曲老爺子甚至想要按照古禮，辦個儀式。陳寧寧自然也不會阻止他，於是莊上便張羅起來。

不僅放了鞭炮，敲鼓鳴鑼，還把米和黃豆撒向耕牛和土地上，寓意五穀豐登。所有農人都知道「春耕深一寸，可頂一遍糞。春耕不肯忙，秋後臉餓黃」的道理。

因此，莊上的人便把所有田地，都細細耕了一遍，又分出一部分人手去負責開荒。

陳寧寧也帶著人把番椒移植到地裡繼續種植。一切都很順利，今年番椒應該也會有個好收成。

等到了四月下旬，地都整理好了，也就到了真正的重頭戲了。陳寧寧她們折騰了一個冬天的番薯藤，終於要往土裡種了。

在此之前，他們嘗試了許多次，多少也積攢了不少經驗。可事到臨頭，張槐還是緊張得吃不下、睡不著。還恨不得跑到田邊，搭個草棚子，就此留在那裡守夜算了。

就算別人百般勸他，張槐仍不肯聽，反而紅著眼睛，對陳寧寧說道：「莊主，如今番薯的成敗就在此一舉了。之前咱們種的那些，始終沒有長出根塊的。妳總說是因為溫度太低的緣故。可若不是因為溫度，而是大慶土壤跟呂宋不同。在呂宋能長出番薯，在大慶就是長不出來……咱們這幾個月的辛苦，可就都白費了，也辜負了陳掌櫃的那番心意。」

陳寧寧只得安撫他道：「這肯定不至於，番薯本來也不是呂宋那邊的，而是佛郎機人飄洋過海，從很遠的另一片土地上帶到呂宋的。既然他們都能種植番薯。沒道理，我們這裡種不成吧？更何況，如今番薯藤已經活了下來。只要溫度適宜，肯定能結出根塊的，張叔還是不要太過擔心了。」

再說，她私下裡常用神仙泉給這些藤苗開小灶。這些藤苗再怎麼說，也算被泉水改造過了，自然不會出現太大問題。加上外婆院子裡的番薯，早已種出來了。不僅大豐收，個頭也都不小。

只不過，陳寧寧還不敢拿出來吃，只能收起來等來年再做薯種了。

第三十七章

張槐卻仍是咬牙說道：「不管怎麼說，成敗在此一舉，不種出番薯來，我誓不回家！」這得多大決心？這可是他們的農學專家，大可不必這樣遭罪。

陳寧寧連忙勸他。「照我推測，這番薯怎麼也得半年才能長成。張叔你若這般堅持，還要在田裡住上多久？更何況，就算當真種不出來，其實也不打緊。咱們繼續想辦法，再尋良種就是了。去年不是還找到一種野大豆嗎？挑選良種的工作也得落在您身上。哪裡要在這番薯上面，浪費這麼多精力！」

張槐仍是一臉決絕地說道：「育種的工作，我自然也會做。只是晚上，我卻還要留在這裡。」

陳寧寧根本勸不住他，香兒也一臉無奈，曲母更不知道說什麼好了。從前，別人總嫌棄張槐什麼都做不了，如今他終於有了事業，自家人總不能扯他後腿吧？

因而，曲家那邊一句話也沒有說，只是按時給他送飯，叮囑他好好照顧身體。

最後，還是陳寧寧實在看不下去了，跑下山回家一趟，搬了個花盆上來，又對張槐說道：「這本是我帶回家，準備讓人在院裡種的番薯苗。這次挨個驗看了一遍，張叔，你來把這株藤挖出來看看。」

張槐小心翼翼扒開土一看，果然見那根莖上已經長出了一串小小的根塊。

他連忙指著那些根塊問道：「這、這便是番薯嗎？」

陳寧寧點頭說道：「大概便是了。這幾日，我娘便帶著人，要把這些番薯藤種在地裡了。張叔，其實你那些擔心都是多餘的，只要溫度夠了，番薯自然都能長出來。若是咱們莊上因為土地乾旱，長不出來。那往後就繼續育苗，挑選那些適合旱地的出來慢慢培育就足夠了。」

到了這時，張槐這才安下心來，又連忙問道：「莊主，這盆番薯能送我嗎？」

陳寧寧擺手說道：「張叔喜歡，拿回家去便是了。」

鬧了這麼一齣，張槐總算願意回家了。

與此同時，袁洪哲和吳哲源那邊，也帶著人不斷擴建莊子。

吳哲源那邊正在嘗試用竹子引水上山，而袁洪哲這邊也開始擴建養豬場。

如今莊上的豬越來越多，雖然過春節時消耗了幾頭，可豬圈裡那些小豬卻在不斷長大。

若是普通農人餵豬，怎麼也需要三年時間。陳寧寧這邊，大概是用了泉水的緣故。如今才一年光景，那些之前抓來的半大的山豬崽，已經長到可以出欄的時候了。

負責養豬的李老爹一家，實在沒辦法，只得找到陳寧寧這邊來。

「莊主呀，如今咱們養的那批野豬已經差不多了。但狩獵隊那邊，還在繼續弄半大的小野豬過來。您看是不是該想辦法先賣掉一批了？不然又要開始擴大豬圈了。」

只可惜，這會兒不年不節的。若是賣到城裡的豬肉鋪，也實在賣不出幾個錢來，說是賤如泥也不為過。

陳寧寧便說道：「這件事交給我來解決吧！」

陳寧寧決定去潞城，先跑跑銷路試試看，這事在她上一世創業初期經常做。她倒是想一個人重操舊業，可惜莊上卻有一群人不大樂意，非要讓她帶上些幫手才肯放她去。

陳寧寧拗不過眾人的好意，只能點頭答應了。她本以為帶上一、兩個伶俐的丫頭，給她幫忙也就夠了。實在不行，再帶個負責趕牛車兼任保鏢的小哥。畢竟人若太多，束手束腳的，還怎麼做推銷？

得了她這口風之後，底下那些人便準備起來。等大家都安排妥當了，陳寧寧過去一看，只覺得眼前發黑，一陣眩暈。給她準備好的人選，居然是月兒和鄧嬤嬤，負責趕車的還是月兒？

鄧嬤嬤是打算幫廚嗎？

她是打算進城，向酒肆飯館逐一做推銷的。帶這麼一個滿臉嚴肅、盡職盡責的教養嬤嬤，這像話嗎？難不成還要教人家學禮儀？鄧嬤嬤這長相，一看就像別人欠她錢的樣子。倒不如換成喜兒那丫頭，還能憑著好口才，幫襯她好好說話，進行推銷。

只可惜，陳寧寧剛把自己的意願表達出來，就遭到了喜兒的強烈反對。「姑娘，妳不知道，我乾娘在這方面很有經驗。何況她在潞城裡也有一些門路。有她跟著妳，也可以讓人安心些，還能事半功倍。」

陳寧寧顯然不信，又說道：「我又不是去玩樂的，要跑許多酒樓食肆，說不定還要親自給人家做飯。鄧嬤嬤這般年齡，何苦要她陪我下山受罪？不如讓她留在山上休息。」

喜兒趕忙把她拉到一旁，低聲說道：「姑娘有所不知，潞城有家熙春樓，也算數一數二的大酒樓，我乾娘跟那裡的劉東家也算舊識。有她跟著去，牽線搭橋，姑娘想談買賣，也能方便許多。弄不好一下便成了。除此之外，我乾娘還認識三合莊的大師傅，也算是老相識了。聽說那大師傅好像也在宮裡待過。若熙春樓不行，我乾娘就去三合莊找那大師傅。」

陳寧寧聽了這話，頓時一腦袋官司。覺得自己這般利用人脈，好像有點過分了。但最後，還是由著喜兒把她送上了牛車。

只見鄧嬤嬤殷勤地墊好小墊子，又幫陳寧寧披上披風，戴上了紗帽。直把她遮得嚴嚴實實，根本就不給露臉。

好嘛，又是高門小姐的做派？她這樣的鄉下小地主，哪裡就需要這些裝備了？

只可惜，陳寧寧剛剛擺明了沒給鄧嬤嬤留面子，就是不想帶她一起去。如今卻被這般體貼照顧，一時也沒好意思開口拒絕。

喜兒又連忙把上好的豬肉，裝進籮筐裡綁在車上。月兒一揮鞭子，便趕著牛車出發了。

一路上，陳寧寧實在有些苦惱。她對鄧嬤嬤似乎太過苛責了。明明人家老嬤嬤，什麼事情都沒做過，一直在努力適應他們。只因為人家面相太嚴肅了些、眼神冷冽了些，她便每次都把人家往連續劇裡的容嬤嬤身上帶，似乎不太公平。

但她總覺得鄧嬤嬤有些古怪，或許是別人派來的暗樁。總歸就是不懷好意。

上輩子她一窮二白，孤身一人，把事業從小做到大。整個過程並非一帆風順。相反，三步一坑，五步一處陷阱。明明前一日剛談好的買賣，就只差簽約了。轉過天再去，對方卻非要抬價。否則就要跟她對頭合作；明明說好了一起發財的夥伴，一轉頭，不只出賣了她，還要拉上別人，設下騙局，害她萬劫不復。

陳寧寧一路艱難前行，難免養成了小心謹慎的性子，她還尤為相信自己的直覺。

到了現在，陳寧寧再看向鄧嬤嬤，對這人仍是有些不清不楚，如同置身濃霧之中，處處都是謎團。只是，或許這老嬤嬤當真對她沒有半分惡意，甚至對她好得有些莫名其妙。

翻來覆去想著，陳寧寧忍不住嘆了口氣。

罷了，以後她還是待鄧嬤嬤好點吧。

月兒一路趕車到了潞城，第一站便來到熙春樓。陳寧寧一看這酒樓裝修得十分氣派，往來客人都是錦衣玉食的公子老爺。說它是潞城第一酒樓，似乎也不為過。

陳寧寧剛下了牛車，正想著如何有顏面的走進酒樓，找夥計引薦管事。鄧嬤嬤已經昂首挺胸地進門尋人去了。或許是由於她自帶氣場的緣故，那些夥計店小二，竟無人敢攔她。

見鄧嬤嬤一路通行無阻，陳寧寧本想跟她進去，可月兒卻低聲說道：「姑娘稍等便是，鄧嬤嬤自會過來接您。」

果然，過了一會兒，鄧嬤嬤就帶著一個留著山羊鬍、一身錦衣的中年男子走了出來。

陳寧寧微微一愣，剛想按照慣例，向那中年人行一禮。

那人卻搶先一步行了禮，客客氣氣地說道：「劉某見過陳莊主，我與鄧嬤嬤乃是舊相識。昔日在京城，鄧嬤嬤也曾經幫助過我劉家。方才嬤嬤同我說起，陳莊主手上有一稀奇菜譜。若我們熙春樓願意合作，定能生意興隆、財源廣進。不知劉某能否請陳莊主，進小店一試身手？」

陳寧寧聽了這話，愣住了。她實在沒想到，鄧嬤嬤的人脈竟是如此厲害。一上來，便開了金手指，甚至都不用她動口，直接就幫她打通了全部關卡。

事已至此，陳寧寧便接了下來，連忙說道：「那就多謝劉掌櫃願意給我們『半山莊』這個機會。只是不知，嬤嬤可曾提起過，咱們要用的食材乃是豬肉。」

她特別強調了半山莊，既然要做生意，便得製造出一個品牌推廣。而後她又提出疑慮，畢竟這年頭，稍微有點錢的人家是不願意吃豬肉的。

劉掌櫃連忙說道：「此事鄧嬷嬷也事先說過了。咱們莊上所養之豬，並非尋常家豬，乃是山中奔跑的野豬。在陳莊主的發掘下，這才引入咱們莊上飼養。除此之外，陳莊主在飼料上也費了不少心思。以至於咱們莊上的野豬個頭雖比尋常家豬小一些，肉質卻口感細膩，還帶有嚼勁。若是細細品嚐，還能吃出一股榛果特有的芳香。因而這豬也叫『芳香豬』，是難得一見的珍品豬。再加上，陳莊主的獨家食譜『東坡肉』，定然能把這豬肉發揚光大。但凡吃過『東坡肉』的客人，定然口齒留香，回味無窮，還會再來光顧第二次。」

這不是她前幾天絞盡腦汁，給他們家豬肉寫出的推廣文案嗎？不過是在屋裡，隨便放了放，又讓丫頭們提了提意見。哪裡想到，竟被鄧嬷嬷一字不漏地背了下來，轉過頭就跟劉掌櫃做了洗腦式「推銷」。

如今再看劉掌櫃，看起來果然中招了，對他們家豬肉很感興趣。

陳寧寧乾脆一不做二不休，又說道：「掌櫃若是感興趣，不妨哪天到我們莊上看看。世人都覺得養豬很髒，為了養出『芳香豬』，我們的豬舍都是由造園大師，重新規劃打造而成。」

聽了這話，劉掌櫃越發感興趣了。連忙把陳寧寧一行人迎到了後院。

劉掌櫃對此次試菜頗為重視。特意找了兩位掌灶的大師傅前來，說是要一起試菜。那兩位大師傅也都不大客氣，抱著膀子，一臉嚴肅地說道：「這熙春樓向來是我們二虎兄弟掌管後廚，若陳莊主所做菜餚，當真能過了我們二虎兄弟這一關，才能真正入菜。」

「否則，還請陳莊主去別家酒樓一試。」

事到臨頭，陳寧寧也只得爭上一爭，至少把她作為美食愛好者的全部實力拿出來。

這種時候，鄧嬤嬤可就幫不上忙了，便與劉掌櫃坐在一旁喝茶。

倒是那二虎兄弟，仍是抱著膀子，站在一旁。他們不像後廚裡的大師傅，反倒像兩尊門神一般，竟是一動不動。

陳寧寧也管不了那麼許多，連忙帶著月兒進到廚房裡。

之前在山莊上，她便拉著月兒、喜兒、香兒，經常在廚房裡做菜，因而兩人配合起來，倒也十分默契。

月兒練過武，身手靈活，刀工也異常出色。她便率先幫陳寧寧處理好食材，先將整塊豬肉切成相同大小的肉塊，然後分出一部分的肉塊，按肥瘦切碎。

陳寧寧則是負責調配料，準備小菜。等到一切都準備得差不多了，陳寧寧便站到案板前面，開始做菜。需要搬柴鍋時，再要月兒幫忙。

從外面看來，兩個女孩換來換去，倒像在灶臺上玩鬧一般。

那二虎兄弟見狀，便搖頭說道：「這般炒菜，分明是沒有半點根基，也不曾跟師父正式學過，又能做出什麼好菜式來？未免有些譁眾取寵。」

「這豬肉並非沒有前人做過好菜，只不過，那些富貴人家的老爺們挑剔得很，一聽豬肉便已然卻步了。若不能做出讓人一看便是招牌的好菜式來，倒不如不做也罷。」

兩人都沒放低音量，陳寧寧和月兒聽了個正著。

可惜，這兩人一個不管遇見何事，心態始終如一，穩如老狗；一個冷臉冷心，天塌下來，仍是面不改色，她們自然也不會畏懼兩位大師傅的閒言碎語。

相反，他們越是這樣說，陳寧寧便越是想嚇他們一跳。她甚至還忙裡偷閒，悄悄朝著月兒扮了鬼臉。

月兒看著她這般，也忍不住扯動了嘴角。

這兩道菜做的時間比較長，只是那二虎兄弟仍是立在門外，如門神般等待著。雖然面上有些不耐煩，卻也並沒有催促。

劉管事一邊喝茶，一邊同鄧嬤嬤敘舊。聊的都是一些在京城發生的舊事，還殷勤地問鄧嬤嬤。「那位主家可好？」

鄧嬤嬤便說道：「老人家前些年心灰意冷，便在廟中清修了十多年，只是為了給她小外孫祈福。」

劉管事便嘆道：「那可實在不容易。」

兩人有一句沒一句的閒聊，也都沒有忌諱，屋內的陳寧寧便有一句沒一句地聽了。總覺得這兩人對那位「老人家」，似乎有些過分尊敬了。

只是她忙著做菜，一時間也沒閒心想更多。

等到兩盤菜好不容易做成了，陳寧寧便和月兒一起把那菜端了出來，擺在桌上。都是一紅一白，一對一對的蓋碗，讓人不知裡面裝了何物。

正在這時，一位溫文爾雅的婦人突然走進院裡說道：「老爺，您上京的那位老朋友，突然來此地拜訪了，等著您過去看看。」

卻見劉掌櫃急忙站起身來，說道：「煩勞陳莊主等我一下。」

陳寧寧心想：該不會今日之事，就這樣被耽擱下了吧？

她卻仍是滿面春風地說道：「不妨事，劉掌櫃先請。」

劉掌櫃剛向前走了兩步，突然又返回來說道：「不知能否拿這兩道菜，讓我那位貴客品鑒一二？她也是好吃之人。」

陳寧寧自然點頭道：「您請。」反正做了好幾碗。

劉掌櫃這才一揮手，便有一個下人，上前端了四個碗下去了。

待他們離開後，那二虎兄弟便不客氣了。大虎上前便托起一只小白蓋碗，說道：「到底是什麼菜？還故弄玄虛，非要用蓋碗來裝？」

陳寧寧只含笑說道：「兩位師傅，不如親自開碗看看。」

兩人便各自打開了兩個蓋碗。其中一個紅碗裡，裝的是四四方方一塊燒豬肉，上面綁著草繩，肥肉瘦肉層次分明，肉皮已然燉成紅豔豔的。整道菜看上去便十分討喜。

大虎便說：「莫不是這草繩也能吃？何必綁它？」

月兒也不言語，直接拿著一雙筷子，上前一挑，那繩子便斷開了。

大虎被嚇了一跳，又說道：「妳這娃娃，怎麼這般暴躁?!」

月兒冷哼一聲，便不再理他。

鄧嬤嬤則是沈著臉，說道：「不妨先吃吃看，再作品評。」

大虎被她身上的氣勢壓制住了，只得拿起筷子，一碰肉上，只覺得鬆軟得過分。他連忙挾起一小塊肉，送進嘴裡，一嚼便覺得果然不是普通家豬，肉裡帶著一股草香味。肉質鬆軟，滿口鮮香濃郁，伴隨著汁水，竟是如此美味。

這時，月兒又遞給他一碗白米飯，又說道：「就著吃，再試試看。」

大虎接了下來，一口飯一口肉，肉香和米香頓時混在一處，再加上澆汁，好吃得能把舌頭吞進肚裡，他連聲說道：「這豬肉做的，簡直就是人間美味。這道菜不僅外形出彩，花樣十足，味道也十分難得。若要做成招牌，倒也不是不可以，怕是那些貴人老爺也會吃。」

他兄弟二虎卻連忙說道：「大哥未免太淺薄了些，不過是塊豬肉而已。隨隨便便就能拿來做咱們熙春樓的招牌？咱們熙春樓未免也太不值錢了。」

說著，他便掀開自己手中的白色蓋碗，只見清湯寡水，裡面躺著一個大肉丸。

二虎忍不住問道：「這又是何物？丸子嗎？用蓋碗裝，這又有什麼稀奇？」

陳寧寧看了他一眼，也沒說話。反倒是一旁的大虎，催促道：「你嚐了便知，廢話那麼多做什麼？」

二虎便盛了一塊肉丸放入口中，一時只覺得口感非常鬆軟，入口即化，味道鮮香可口，並且肥而不膩，伴隨著濃郁的汁水，簡直就是一種難得的美味。

他一時也亂了心思，下意識便問道：「這也是豬肉做的？未免也太好吃了！」

這時，大虎忙拿起勺子，從他碗裡盛了一勺肉丸。二虎下意識便想要躲開，卻沒躲成，還是被他哥偷走了一勺肉。

沒辦法，他連忙也從哥哥的紅碗中弄了一塊瑪瑙般、層次分明的紅肉出來，放進口裡，卻發現與肉丸的鮮香爽滑比起來，這紅肉又是另一種肥而不膩，酥香多汁的美味了。難得的是整塊肉色如瑪瑙，還帶著股草木香。

二虎接連品嚐了這兩款豬肉菜後，不禁嘖嘖稱奇，又道：「這兩個菜當真是可以當招牌了。劉掌櫃人呢？還不叫他快把這芳香豬訂下來。若是能推出這樣的新奇菜式來，那些富豪老爺們也是願意買單的。」

說完，又笑著看向陳寧寧。「陳莊主，我們粗人沒有那麼多大道理，都是以手藝服人。今日，妳這兩款豬肉菜讓二虎心服口服。只是，這菜譜當真會給我們熙春樓嗎？」

陳寧寧便笑道：「此事還需得和劉掌櫃坐下來詳談。條件若是適合的話，我們半山莊自然也願意跟熙春樓長期合作。」

二虎還想再說什麼，反倒被大虎打斷了。「一切皆由劉掌櫃做主，哪裡輪到你我兩個伙夫說話？好了，吃也吃了，你還不趕緊去廚房盯著點，仔細那群學徒又偷懶。」

二虎本來還想再多說幾句，被他哥兩眼一橫，到底服了軟，又忍不住端起那碗肉丸，這才下去了。走的時候，他口中還念叨著。「這豬肉做的菜，實在美味。可它怎麼就賣不上價錢呢？」

大虎略帶難堪地解釋。「我這兄弟魯莽了些，沒什麼壞心。陳莊主別跟他一般見識。」

這兩人性子單純，陳寧寧自然是一笑置之，也不會當真同他們計較。反倒是鄧嬤嬤臉色十分冷淡，根本就沒有回話。

眾人等了不多會兒，劉掌櫃便回來了，還滿面笑意地說道：「我那位貴客很喜歡這兩道菜，方才也聽二虎師傅說了，這兩道菜的確都很適合做招牌。只是不知陳莊主打算如何合作？若要賣食譜，我們熙春樓願意重金收購。若有其他食譜，我們熙春樓也願意收。」

陳寧寧卻搖頭說道：「這就大可不必，我想跟掌櫃談的卻是芳香豬的買賣。」

劉掌櫃忙又說道：「姑娘且放心，我們知道您這豬肉與眾不同，也願意以您這豬肉入菜。您莊上的豬，往後我們熙春樓都要了，只不過需得簽下獨家契約。」

陳寧寧卻搖頭道：「劉掌櫃怕是沒弄明白，我的意思是，要給我這芳香豬定下該有的價格。牛羊肉怎麼賣，我們的芳香豬便怎麼賣。」

聽了這話，劉掌櫃便是一驚，連忙說道：「這豬肉如何能跟牛羊作比較？姑娘這話實在太拿大了。」

陳寧寧聽了這話，並不慌亂，只是微微抬眼看向他，嘴角還掛著一抹淺淺的笑。又不急不慢地說道：「倘若這豬只有我們潞城深山裡才有，只有我們半山莊才會養，其他地方的豬通通比不上，說牠是豬中精華也不為過。劉掌櫃也是見過大世面的人，自然知道尋常豬肉比我們的豬肉差遠了。就算牛羊拉過來，也未必有我們的芳香豬這般好吃。既是稀有美食，若想辦法把『芳香豬』打出名號來，將來就算拿它當貢品也不為過。劉掌櫃當真不願意賭上一賭，拿它做筆大買賣嗎？」

劉掌櫃也沒想到，這陳莊主年紀輕輕，竟是這般膽大包天。而且，她骨子裡便帶著一種旁人無法比擬的自信與從容。讓劉掌櫃甚至產生一種錯覺，好像只要信服了她，跟她做這筆買賣，就一定能發大財。

一時間，他只得顫聲說道：「這可能嗎？」

陳寧寧微瞇起雙眼看向他，又道：「如今，劉掌櫃這熙春樓只在潞城有家本店吧？掌櫃可曾想過，有朝一日，把這熙春樓開遍全國各地？」

第三十八章

「這怎麼可能？」

劉掌櫃嘴裡雖不信，卻握緊了拳頭。他眼中綻放的光芒已然出賣了他的內心。

陳寧寧見時機已經差不多了，便又挑起嘴角，問道：「不知劉掌櫃是否願意跟我們山莊一同合作，來賭一把大的？」

「這……」

「劉掌櫃也不必急著回覆我，想清楚後再上半山莊找我就是了。」說罷，陳寧寧一躬身，便想帶著月兒和鄧嬤嬤離開。

劉掌櫃卻連忙起身問道：「莊主這話可當真嗎？若是豬肉菜賣不出去，又當如何？我們熙春樓豈不是賠本賺吆喝？」

陳寧寧緩緩轉身說道：「不如這樣，咱們簽訂契約，先試用兩個月。若是過了兩個月，豬肉菜還是賣不出去。則我們半山莊分文不取，豬肉就當送給熙春樓了。若是我們這豬肉菜做起來了，咱們再長期合作。只是有一點，要怎麼賣豬、做什麼菜，全由我來設計，劉掌櫃只需用熙春樓的招牌給我擔保便是。」

這般說來，若是豬肉菜賣不出去，打不出名聲來，熙春樓的名聲也會受到一定影響。果然，這世上並沒有白吃的午飯。到底要不要下這樣一個賭注，一時間，劉掌櫃反倒有些猶豫不決。

只是，看著陳寧寧身上那股強大的自信，以及野心勃勃的眼神，他便覺得這事也並非無利可圖。

果然，他又聽陳寧寧說道：「若是把芳香豬做成一個金字招牌，上京那些達官貴人，甚至皇上總有一天也會想吃我們的豬。」

「陳莊主當真是想把芳香豬做成貢品不成？」劉掌櫃到底有些不信。

陳寧寧卻道：「那又有何不可？我相信全慶國都沒有我們這麼好吃的豬了。」雖說餵的神仙泉比較少，但那對豬也有一定的改良作用。這才第一代，慢慢的，還會有第二代。野豬和普通家豬雜交培育後，到時又會養出更好的豬來。說白了，陳寧寧不過是畫了個大餅，賣的也是個概念。

偏偏劉掌櫃從未聽過這種大膽的設想，一時竟也信了大半。

這時，陳寧寧又義正辭嚴地說道：「掌櫃不妨再仔細想想。想好了，便差人給我莊上送個信就是。」

說罷，她便帶著月兒和鄧嬤嬤要離開，走得十分從容，似乎還另有手段。

劉掌櫃不禁有些擔心她這是打算去找別家談買賣，更何況她身邊的鄧嬤嬤還有著可怕的人脈。這種時候若再猶豫下去，反倒錯失了先機。更何況，若兩月不成，豬肉分文不收，他們還能得到兩個招牌菜譜。怎麼算，他們熙春樓都不吃虧。

劉掌櫃一咬牙，起身說道：「不必等了，劉某願意和莊主簽下契約。」

陳寧寧卻不急不緩地說道：「若當真如此，熙春樓食譜的招牌菜會慢慢變成豬肉菜，掌櫃也願意？」

劉掌櫃深吸了一口氣，點頭說道：「好。」

陳寧寧又說道：「前兩月，熙春樓一切營運聽從我的安排，並且要全力配合我，不得陽奉陰違。或許初期會損失一些，劉掌櫃也願意？」

劉掌櫃一咬牙，點頭說道：「自是願意的。」

寧寧這才笑道：「那好，簽約吧。」

「嗯。」劉掌櫃苦著臉，點了點頭。

他也不知道此事到底是好是壞。只是這陳莊主年紀輕輕，未免也太有魄力了。使得別人忍不住想要相信她、跟隨她。

與這樣一個有想法有野心有魄力的人合作，定然會有個讓人滿意的結果。

等到簽好契約，陳寧寧這才帶著月兒和鄧嬤嬤離開。

來時，她們只是些可有可無的客人，就算要踏進酒樓都有些猶豫。離開時，劉掌櫃帶著兩位大師傅客客氣氣把她們送出大門。

二虎兄弟還殷切地追問。「不知陳莊主何時過來教我們做菜？」

陳寧寧便說道：「少則一、兩日，多則三日，我們莊上定會派人過來，還望劉掌櫃這邊也做好準備。」

劉掌櫃連忙說道：「陳莊主且放心，咱們熙春樓定會做好妥善安排。」

陳寧寧點點頭，便在月兒和鄧嬤嬤的攙扶下，上了牛車。

牛車雖然不及馬車氣派，可鄧嬤嬤太過講究了。軟墊、披風、紗帽無一不缺，而且樣樣精緻大方，因此就算坐在牛車上，陳寧寧的模樣也十分氣派。

待到三人離開，二虎兄弟才忍不住問：「這陳莊主到底是個什麼來路？比起別家千金小姐，實在有些不同凡響。」

劉掌櫃垂著頭說道：「總歸是你我都惹不起的人，以後務必要好好配合陳莊主，莫要惹她氣惱。」

話已至此，二虎兄弟自然應下了。

另一邊，熙春樓最大的包廂裡，一個面相慈眉善目的嬤嬤正看著窗外，一邊對旁邊的人說道：「看見小小姐沒有？倒是頗有幾分主子當年的風姿。」

「無論是說話辦事，小小姐都通身氣派，的確像極了咱們主子。」

唯獨霍芸娘沒有說話，只是定睛看向坐在紗簾內的女人。

女人此時仍是瘦得厲害，眼角眉梢滿是皺紋，那雙英氣的劍眉，因為終日念佛，已然沒有了凶性，此時正微微皺起。就連一向堅毅果斷的雙眸，此刻也變得如同死水一般平靜。

女人身著舊衣，一手握著佛珠，一手攥緊拳，眼神卻落在蓋碗上。

霍芸娘突然開口說道：「聽聞小小姐的豬肉燒得極其美味。主子可要嚐嚐？」

大長公主淡淡說道：「我已然茹素多年，豈能因為小小一碗肉破戒？」

霍芸娘頓時無言。

劉嬤嬤卻連忙說道：「當日，明珠郡主也喜歡親手做些湯水給您吃。想不到，小小姐如今也喜歡做這些。主子不妨嚐嚐看，小小姐的手藝可比得上明珠郡主的？連他們這熙春樓裡的大師傅，都想跟著小小姐學習烹製方法呢。」

說著，她便打開一只白色蓋碗。只見裡面清湯寡水，漂著一片綠葉，唯獨那肉丸做得竟像獅子頭一般，看著軟軟散散，卻沒有碎掉，乍看又像水中映照的月亮影子。

大長公主突然想起那年中秋，她有幸留在京中過團圓節。

女兒知道她厭煩魏家，便特意帶了小外孫女，陪她過節。

「嚶嚶，月餅要給誰吃呀？」女兒在小女孩耳邊溫聲問道。

她本因為孩子父親做下那些下賤勾當，對這孩子也有些不喜。偏偏這小女孩格外乖巧可愛，用小胖手抓起一塊月餅，放到她手中，又奶聲奶氣地說道：「外婆吃！」

女兒聽了這話，笑得越發開心，在小女孩臉上親了一口，又說道：「嚶嚶就是娘的小棉襖，最是乖巧了。以後咱們要孝順外婆，知道嗎？外婆這些年可辛苦了，妳娘又做下了錯事。但願咱們嚶嚶長大了，聽外婆的話，好不好？」

「好！」孩子也不知道聽懂沒聽懂，又乖巧地點頭應下了。

那孩子果然很聽她娘親的話，不管她的臉有多冷，也不管她身上是不是帶著殺氣和血腥，總往她身邊湊。在她留在京城那段時日，小孩卻喜歡她喜歡得緊，總是外婆外婆的叫著，軟乎乎的樣子十分可愛，到底融化了她那顆冷硬的心。

這哪是烏七八糟的魏門血脈？分明是他們霍家的孩兒！

想到往事，大長公主眼圈一紅，終於拿起勺子，盛了一口肉丸，放在口中。

她早已失去了胃口，多年來吃與不吃，於她並沒有多大區別。

只是這肉丸，實在又軟又糯，吃進嘴裡，滿口鮮香，爽滑得不可思議。就如同第一次見到孩子那般，初時她自以為並不喜歡。後來才慢慢發現，原來早就愛她愛到了骨子裡。

在那孩子失蹤之後，不只她女兒受不了，就連她的心魂也跟著走了。

就在眾人的詫異中，大長公主突然開口說道：「安排下去吧。」
霍芸娘一臉欣喜地說道：「主子且放心，鄧姊姊早就安排好了，定要讓您見小小姐一面。」
大長公主卻搖頭說道：「不必打攪她，也不必說破身分，只看她一眼便好。」
「這……主子難得來一次潞城，難道還不願與小小姐相認嗎？」
她微微揚起嘴角，道：「她還打算把豬肉做成貢品呢，我倒想看看她會如何一步步，走來京中見我。」
況且，一旦她露出蛛絲馬跡，皇上定然能查出些許端倪。
多年前，皇上生怕明珠與別的藩王結親，又礙於霍家軍在北疆的勢力。於是，便放任底下人攛掇明珠，讓她與魏曦私相授受，最終結成孽緣。她的掌上明珠，最終居然配給了一個廢物。
如今若是被皇上發現，她的嚶嚶還活在世上，指不定又使出什麼下作的手段呢？從前那段姑姪情分，不過是別人嘴裡說說，順便為皇上歌功頌德罷了。
實際上，這些年他可沒少下手害她。就像厲琰那隻小狗說的那般，與其讓這種狂妄自大、剛愎自用、小肚雞腸的昏君繼續留在王座之上，還不如早些給明君讓路。
大長公主手中佛珠，不知怎的，突然散落了一地。屋內的人連忙蹲下身，想要把珠子撿起。

大長公主卻突然說道：「不必了，早該斷了。既然斷了，便棄了吧。」

眾人只得作罷，倒是霍芸娘連忙下去給鄧嬤嬤傳信。

陳寧寧談成了這樁大買賣，心情自然好到了極點。

若是有喜兒在身邊的話，此時定會說一些讓人受用的誇讚之詞。無奈，如今陳寧寧身邊只有冷著一張娃娃臉，卻不善言辭的月兒，和滿臉嚴厲，只會講故事、教訓人的鄧嬤嬤。

這個團隊組合，陳寧寧就算想要拉她們去慶祝一番，也完全下不了手。畢竟在鄧嬤嬤那訓導主任般的注視下，她就連請假去看望男朋友的勇氣都沒了，只好這樣呆若木雞地坐在牛車上，思考著關於人生哲學的大事。

這時，鄧嬤嬤開口說道：「姑娘，我想順路去買些布料帶回莊上，不知可行？」

陳寧寧難得出門，也想在城裡轉轉，連忙說道：「這有什麼不行的？月兒，駕車去綢緞莊轉轉，正好也給我娘挑幾疋新鮮料子。過完年，還沒做新衣服呢。」

就這樣，牛車一轉，又向著更熱鬧的街市駛去。陳寧寧很少往這種地方來，特別是自從被那當鋪掌櫃坑了，摔傷手之後，她娘就不喜歡她進城了。

此時坐在牛車上，近距離看著四周的門面鋪子，陳寧寧便越發好奇。尤其是街市中那些吃食種類，竟然出奇的多。

鄧嬤嬤見她這般好奇，便說道：「姑娘，倒不如讓月兒找地方把牛車停下來，咱們沿著這條巷子轉轉可好？姑娘不是也做了一些小吃食，還打算開個肉鋪作坊嗎？如今不如親自體會一番。」

陳寧寧瞬間便體會到鄧嬤嬤溫柔體貼、通情達理的那一面，於是連忙點頭說道：「就這麼辦吧！月兒先放我和嬤嬤下去，妳停好車再來接我和嬤嬤。」

月兒看了看街上往來行人那麼多，四處亂糟糟的，到底有些遲疑。

陳寧寧便又說道：「不妨礙的，我裹得這般嚴實，都變成粽子了。又是光天化日下，還能出什麼事？再說，不是還有鄧嬤嬤嗎？」

月兒聽了這話，終於同意了。於是便在一個鬧市街口停下牛車，把她們一同放下來。

陳寧寧兩腳一沾地，整個人便放鬆下來。

這時，鄧嬤嬤又對她說道：「好了，姑娘咱們進去吧。妳可要緊緊拉住老婆子的手，莫要貪玩偷跑出去。」

陳寧寧自然點頭答應了，又笑著說：「嬤嬤，妳就放心吧。我哪會那麼沒眼色，非要在鬧市裡瞎折騰。」

說罷，兩人便走進人群裡，如同游魚一般。

陳寧寧走過一家一家店面，細細看著裡面的鋪面佈置。偶爾還會掏出銅板，買些小吃，整個人既放鬆又自在。

只是鄧嬤嬤一直死死拉住她，半刻都不肯放鬆。對此陳寧寧也沒反抗，就隨她去了。

走著走著，陳寧寧一抬頭，突然在前面的人群裡，發現了一張熟悉的臉孔。她忍不住瞪圓了眼睛看過去。

只見那人一身灰色粗布衣裳，腳上踩著一雙草鞋，頭上梳著簡單髮髻，戴著一根烏木釵子，手裡還拿著一串佛珠。

明明就是古代婦人裝扮，或者說更像古代的修行者。可在兩人四目相對的那一刻，陳寧寧的心卻劇烈地跳動起來。一時間，四周的繁華凌亂，都從她的世界裡消失了。她再也顧不得其他，用力地甩開鄧嬤嬤的手。推開人群，便向著那人，拚命地跑了過去。

鄧嬤嬤連聲喊她。「姑娘，姑娘，妳要去哪兒？」

陳寧寧卻充耳不聞，只想一直跑一直跑，直到追上那個婦人，緊緊握住她的手。只可惜她們間隔了人山人海，陳寧寧生得瘦瘦小小，力氣也不大，周遭的人便全都成了障礙。

陳寧寧拚命地跑，卻還是沒有追到。等她停下腳步，早已淚流滿面，哭得像個小傻子。

突然，背後有一隻大手抓住她的手臂，陳寧寧被嚇了一跳，連忙轉身一看，卻是厲琰。

「怎麼是你呀？」她滿臉是淚，樣子很委屈。

厲琰卻反問道：「我還想問，妳在人群裡瞎跑什麼？也不怕被人衝撞了。」

陳寧寧已經顧不得其他了，連忙抓住厲琰的大手，說道：「你幫我找找好不好？我看見了一個人，我可能不認識她，可我卻又認識她。我知道她是誰，我真的知道的！」

那分明是她外婆，從小一手撫養她長大的外婆呀！

上輩子，外婆去世後，就再也沒有人心疼陳寧寧了。她十四歲就去外面打工，進過黑作坊，被黑心老闆騙過工錢。沒錢、沒親人，也沒有學歷。

一路跌跌撞撞，咬牙堅持下來。她總是對自己說，一個人也無所畏懼，她能過得很好。

可事實上，她並不是無所謂，她很想很想外婆，很想再見她一面。

陳寧寧此時完全控制不住自己的情緒，眼淚早已決堤。

厲琰從未見過她這般模樣，一時也慌了手腳，一邊說道：「我幫妳找她，我幫妳找她就是。好了，寧寧，不要再哭了。」一邊又忙伸出袖子，給她擦眼淚。

可偏偏陳寧寧此時就是控制不住，眼淚如斷線的珠子一般，不斷滴落下來。她一向自信，一向堅強。幫著陳家走出困境也好，帶著一莊人種田也好，養豬也好，她總能把一切事情都處理得井井有條。

厲琰與她相識這麼久，從未見她這樣脆弱。只是看著她這般落淚，他的心也開始抽痛。

以往兄長的病痛，他總是恨不得以身相替。現在寧寧哭的時候，他覺得什麼都好，恨不得把一切都捧到她面前，只要讓這小羊羔似的姑娘別再哭了。她再這樣哭下去，好像他的心都要跟著一起碎了。

厲琰心慌意亂，只得繼續慌手慌腳地安慰著眼前人。

遠處駕車的老嬤嬤，看著那個哭得不能自已的女孩，一時也忍不住唏噓。誰也沒想到，單單是在人群中見了一面，小小姐便認出了主子，並且還不顧一切追趕過來。

被抱走時，她還太小，尚不明白自己的身分，也不記得自己的家庭，卻獨獨記住了外婆的臉。哪怕許多年未見，她還是直接認了出來。或許就連她也不知道，那人到底是誰。可她卻本能地知道，那是她的親人。

看著小小姐那般跑來追，她的心一時也要碎了。

趕車的嬤嬤忍不住小心翼翼地問道：「主子，小小姐如今認出來了，是不是再安排下去見她一面？」

大長公主顯然也沒想到事情會變成這般模樣。

只是她一向決絕，且心硬如鐵，一旦做出判斷，便不會輕易改變。

她沈吟片刻，便喝令道：「走，回京。」

「可是，主子……」趕車嬤嬤還想勸幾句。

大長公主卻咬牙說道：「我說馬上離開潞城，不要停留！」

趕車嬤嬤只能趕忙駕著馬車離開了。

離開前，她不忘抬眼看去，只見那姑娘哭得正心碎，而九王正慌手慌腳地安慰她。

大長公主雖然嘴上冷硬，可簾子放下後，卻又仍忍不住再次挑開往外看。

記憶中，她那孩子是不愛哭的，就算摔倒了，也不會哭鬧，只是抱著她的腿，一直衝著她笑。

直到那日，女兒帶著嚶嚶給她送行。那孩子不知怎麼的，那麼喜歡她，想要留下她，便一直邁著小短腿，想要追著她，嘴裡還不斷地喊著「外婆」。直到後來被她女兒抱了回去，嚶嚶仍是哭了許久，就像如今在九王身邊這般。

她不過是想見上一面，確認是不是她家孩子，卻沒想到那孩子直接認出她了。

可認出又能如何？皇上不在意厲琰，就算知道他在潞城喜愛一個鄉下女子，也不過一笑置之。笑話老九到底辜負了太子的教誨，最終還是倒在女人的石榴裙下，將來不過是讓這女子做個側妃，或者良妾，還能拿來牽制厲琰。

可若是知道這女子是她的親外孫，那可就是另一番光景了。

當今皇上最是多疑。坐在皇位上這麼多年，早就沒了父子之情。他眼裡只有皇權，不然他也不會對太子袖手旁觀，由著他被人害成那樣。

不過是嘴上說著，他最愛太子。實際上，卻把太子當擋箭牌。還不是因為畏懼太子性格仁義寬厚，敏而好學，自幼便有幾分明君的品格。

而那老六實在可笑，這些年趁著太子生病，就學起太子的做派來。只可惜他非嫡非長，母親眼皮子也淺薄。初時他裝模作樣，倒是得到了那些士大夫的支持。可惜，畫虎不成反類犬。自從他動了歪心思，想找到她外孫女，便被大長公主乘機一棒子打死。

如今的六王，更是成了朝堂上下的笑柄，名聲也大受折損。

現在上京波濤洶湧，暗藏殺機，與其帶嚶嚶回去，把她置於危險之中，不如暫時交給九王，護她平安。

其實來潞城前，大長公主根本沒把九王那隻小狗放在眼中。

她看不上九王那種衝動暴戾的性格，行事也不講章法的做派，更加不喜歡他凡事都圍著太子轉的模樣。若不能只把嚶嚶一人放在心底，拚盡一切只護她一人，這種會在關鍵時刻，調轉馬頭，捨命救太子的孫女婿，不要也罷。

不管怎麼說，九王都不是讓她滿意的孫女婿人選。

大長公主甚至曾經想過，傳令鄧嬤嬤，使用一些非常手段棒打鴛鴦。以鄧嬤嬤的手段，定能把此事做得無聲無息，事後也不會留下一點痕跡。

只可惜，九王雖有種種不好，卻有個體貼周到、事事肯為他謀劃的好兄長。

太子想盡辦法，幾次三番，拖著病體同她會面，又是找人來說情，並不是為了與霍家軍結成同盟，請大長公主助他上位，而是為了給厲琰說情。懇請她不要聽信那些謠言，便誤把九王認作無情無義、魯莽又膽大包天之人。

事實上，九王每次鬧出是非，都是受他牽連，為他出頭。

太子甚至低下頭來求她，只求她暫時不要對九王出手。就算一時看不上九王，也請給他一段時日，看看他到底對陳姑娘如何？是不是真心相待？

太子不斷保證，九王絕對不會對陳姑娘無禮。

太子一直是個真正的正人君子，對此她才再三糾結，到底沒有做出最後決定。

直到方才，她看見性格暴戾的九王，像個小傻子似的，滿臉無措又憐惜地站在自家哭包面前，甚至扯掉裡衣袖子，給她擦眼淚，卻不曾有過半點逾越的舉動。

若不是真心喜愛，定然不會做到如此。

看著那對青年男女的相處，大長公主不禁想起年少時，與霍少將軍相處的情景。

唯有發自真心，才會這般情真意切。

當初明珠戀慕魏曦，大長公主一眼就看出魏曦三心二意，更加看重的是權勢，並不是託付終身的人。這才硬下心腸，棒打鴛鴦，阻止兩人會面。只可惜為時已晚，明珠早已情根深種，無法斬斷孽緣。

如今，一早便發現九王厲琰和嚶嚶之間的情事。大長公主卻不準備棒打鴛鴦，造成兩人之間的誤會。相反，她決定乾脆把嚶嚶託付給厲琰，也算是給他的考驗。

若是那隻小狗都沒能守住嚶嚶，反而被皇上或是其他皇子得了消息。那便說明，他不配跟嚶嚶在一起。

到時，她的人會先一步把嚶嚶帶走，送到北疆藏起來。

或許，她會很久都沒法見到嚶嚶，但只要嚶嚶能好好的，那便足夠了。

就這樣，大長公主面無表情地離開了潞城，一路隱匿行蹤，去五臺山誠心禮佛。

第三十九章

另一邊，厲琰安慰了許久，陳寧寧才算慢慢緩過來。

她如今再怎麼說，也算是一莊之主。馬上就要變成潞城裡的買賣人了。這般身分，又是這般年紀，實在不該像個孩子似的當街大哭。陳寧寧冷靜下來後，開始覺得不好意思了。

好在從方才，厲琰的人便早已擋住了行人的視線，路人自然也不知道這邊到底發生了什麼。就連鄧嬤嬤和月兒也都被攔在外面，並沒有放進來。

厲琰見陳寧寧終於止住了眼淚，便帶著她，走進一旁的客棧裡。又進了提前訂好的上房，裡面早有人備好熱水，還有個丫鬟在一旁，等著伺候陳寧寧梳洗。

厲琰走到另一間房裡，很快便有夥計，端來了桂花杏仁茶，以及四盤精緻小點。

厲琰看了兩眼，便望向窗外，臉上的表情略微顯得有些凝重。他實在沒想到，大長公主竟是這般狠心，說不見就當真不見自己外孫女。

更沒料到，寧寧居然還能記得她外婆。

可惜，如今朝中形勢緊張。皇上年事已高，底下那些皇子如今各個不肯安分，都想爭權奪利，搶下那張王座，攪得整個上京如同一潭渾水。

皇上自然不甘心放下權柄。如今他恨不得各方勢力，盡在他掌控之中。獨獨他是唯一的執棋人，其他人都是他手中的棋子。

可惜，他的精力早已大不如前了。單單是收拾那些蠢蠢欲動的皇子們，都已經明顯有些力不從心，也只能緊緊抓住大長公主，方才安心。只要大長公主還在，霍家軍便永遠是最忠心的保皇黨，朝中根基便不會倒。

可以想見，若寧寧的身分一旦被人拆穿，她將被置於何種險境中。

厲琰倒是能理解大長公主的考量，卻又忍不住怨她心狠，害寧寧這般難過。

既知道此時不便相認，倒不如乾脆先不要見。等上兩、三年，形勢好轉，祖孫再來相認便罷，非要急忙忙過來，看寧寧一眼，卻害得她兩眼都哭腫了。

就在這時，陳寧寧剛好梳洗完了，又略帶尷尬地走了進來。

看著厲琰，她一時也不知道該說些什麼好。好在厲琰體貼，臉上並無半點嘲諷奚落，反而先一步幫她拉好凳子，安頓她坐下來，又親手盛了碗杏仁茶，端給她喝。

陳寧寧接過杏仁茶喝了。溫度剛剛好，幾口熱茶下肚，她徹底平靜下來。

她垂著頭說道：「方才是我失態了。厲琰，你莫要見怪。」

厲琰連忙說道：「妳這是哪裡話？我心疼都來不及。」說完才覺得自己失禮了，連忙又補充道：「我並無半點輕薄之意。」

陳寧寧也忙點頭道：「我是知道你的。」說完，又捧起瓷碗，沒有再作聲。最後還是厲琰問道：「妳倒是跟我說說，方才到底怎麼回事？」

大概是因為他的語氣實在太過溫柔，像一根小羽毛輕輕掃進了陳寧寧的心底，她一時沒忍住，便隱晦地同他說起藏了許多年的心事。

「說來也怪，我總覺得有位親人，她會出現在我夢中。每次我悲傷難過，過不下去，甚至感到絕望的時候，總覺得她在冥冥之中守護著我。就在方才，我突然在街上看見她了。不知道為什麼，我一眼就認出她了。我記得那張臉。我想過去，看看她，好好跟她說句話。可我方才追了許久，都沒追上她。這些話說來，你可能無法理解，也可能覺得我瘋了，做了一件很奇怪的事。也可能我是認錯了，眼睛花了，或者腦子有病，那個人根本不存在。可我真的很想見她，哪怕一面也好。」

說到這裡，陳寧寧再次忍不住落下眼淚來。

看著她這般，厲琰忍不住嘆了口氣，又握住她的手，輕嘆道：「妳也未必看錯人，或許那就是妳的親人。妳不是小時候就跟親生父母走散了？或許妳忘記許多，可獨獨最重要那人，妳是不會忘的。她就印在妳的腦子裡、烙在妳的心上。寧寧妳放心，我會安排人手去打聽，定然會幫妳尋到親人。這次，她或許不是故意避開妳，也可能是有難言之隱。等到她那邊事情解決了，她定會回頭再來尋妳的。」

陳寧寧抬起那雙淚眼看著他，又問道：「你是說，我和她還會再次相見？」

「那是自然。只是，那位親人一定不願意讓妳這般難過。若是知道妳把眼睛哭壞了，她也是會心疼的。」

厲琰又是好一番安慰，陳寧寧這才再次打起精神來。

厲琰連忙岔開話題，問道：「妳一向不愛來這潞城的，這次又是為了什麼下山的？」他心裡知道，十有八九是大長公主讓人引她來的。

陳寧寧聽到這話題，面色稍微好些，這才說道：「這次我其實是來賣豬肉的。市面上的豬肉價格實在太低，我便想了好幾個方案。再加上，鄧嬤嬤那邊有些人脈，便直接帶我們去了熙春樓。我和月兒做了東坡肉和清燉獅子頭，劉掌櫃和兩位灶臺大師傅吃了都覺得不錯。最後，他們到底被說動了，打算嘗試著跟咱們合作。我本來想回頭再找人跟你報喜信的，沒想到正好碰著了。」

厲琰聽了這話，挑眉問道：「這麼說來，莊上的豬肉還真是被妳賣出去了？對了，記得妳還給這豬取了個名字，叫什麼來著？」

陳寧寧便瞇眼笑道：「芳香豬。如今只能說，我們有了熙春樓這個管道。至於這個管道到底能不能做起來，還要看如何推廣了。我跟劉掌櫃說了，若兩個月內做不起來，那我們的豬肉分文不收，合作就此作罷。」

此時陳寧寧仍是雙眼通紅，面上看過去還有些楚楚可憐。偏偏一說起正事，平常那種與生俱來的自信氣場，便又回來了。

厲琰就喜歡看著她這副自信滿滿，又活力無限的樣子，於是，一邊幫她倒杏仁茶，一邊又順著問：「那妳打算如何做這推廣？」

陳寧寧吃了幾口杏仁茶，甜了甜嘴，這才興致勃勃地繼續說道：「這方法可就多了，雖說如今識字的人不多，畫總能看明白吧？總能聽故事吧？我便想著透過口耳相傳的辦法。一方面就是找個畫家，把芳香豬畫成圖畫故事。然後，在人多的地方發放。再者，寫出一些關於芳香豬主題的話本，找說書先生把這些故事在茶樓、酒肆講出去。」

厲琰也沒想到，她居然能想到這麼多。

陳寧寧又適時壓低聲音，說道：「其實我還有個立竿見影的辦法。平常人總覺得吃豬肉不好，豬肉比較低級，若吃了它便有失身分。若我們能在潞城裡，找到一位有名望之人，最好是有錢、有勢、有品味那種，或者是那種很有名的老饕也行。再安排人放話出去，這人最喜歡吃芳香豬入菜了。等到話題風行，熙春樓便在開始售賣豬肉菜那一日請他親自到樓裡來試菜。等他現身說法，證明芳香豬肉菜很好吃，必然能引起轟動。」

厲琰聽了這話，冷靜的表情都快堅持不住了。最後只能瞪著眼睛看向她，像是看見了什麼稀罕物。他忍不住有些懷疑，這小山貓一天到晚都在想什麼？莫非是猜到他的真正身分了？

當今潞城最有錢、有名、有勢力的人，不就是他嗎？若九王親自來熙春樓，點了芳香豬，還現身說法，這豬肉實在好吃。想必潞城那些富裕人家，也是會給他面子的。若是不肯吃豬肉，他也有的是辦法讓他們愛吃。

可惜厲琰只猜對了一半。

這時，陳寧寧又一臉神秘地問道：「咱們砸重金，請那知名歌姬宋香君來熙春樓連唱幾日，再請她宣傳芳香豬，如何？」

聽了這話，厲琰一個沒忍住，便推了她手臂一下，又說道：「妳這一天到晚都在想什麼？妳又是從哪裡打聽來的宋香君？」

這不是潞城最出名的青樓歌姬嗎？那些文人墨客向來喜歡捧宋香君的場，還會為她寫幾句酸詩。那些富豪也願意為了宋香君一擲千金。就連殷向文也曾經偷偷跑去青樓，聽宋香君唱曲，結果差點沒被殷國公用馬鞭抽死。

後來，宋香君還特意使人尋過殷向文。偏偏殷向文受了重傷，在床上一躺便是大半個月，自然錯過與佳人相會的日期。而那宋香君又與一位才華橫溢的官家子弟來往密切，自然也就把殷國公的「遠房親戚」拋在腦後了。

事後，殷向文還向厲琰抱怨過。果然對青樓女子動不得真情，變心太快了。

陳寧寧沒注意他的情緒，只隨口解釋道：「這不是過年前，我打聽有沒有人能去我們莊上唱堂會嗎？我們莊上實在太落魄，但凡有點名氣的人，都不願意去。我便想著廣撒網，能撈到一條魚是一條。便有底下人跟我說過，這潞城最受歡迎的歌姬，便是萬花樓的宋香君了。而且宋美人極有名望、品味，若她喜歡上我們的豬肉菜，定然能引起一陣風潮。」

厲琰又說道：「她若不喜歡呢？妳應該也知道，那些女子都刁鑽得很，對吃穿用都十分考究。就算找潞城手藝最好的大師傅來做菜，她們也未必愛吃。」

陳寧寧搖頭笑道：「這有什麼？我們砸重金讓她愛吃，讓她幫忙推廣不就是了？」

這便是請明星來做代言了。反正很多時候，明星未必喜歡那個產品，可這並不妨礙明星向粉絲強烈推薦呀！這就是割韭菜。啊不對……她莊子上的豬肉可好吃了！

厲琰看她笑咪咪的、滿臉得意的模樣，實在可愛極了。讓他差點忍不住想要伸手去戳戳她的蘋果臉。

她又笑著問：「你倒是說說看，這些推廣辦法到底可不可行？」

厲琰這才正色看向她，說道：「那不如畫師、說書人，都由我這邊來安排吧？明日，我就找個會寫書的，讓他上山去見妳。妳把那些點子都告訴他，咱們就等著他把話本寫好。至於宋香君那邊還需三思。我從前聽向文提起過，那女人性格浮躁，實在有些靠不住。怕到時候錢咱們出了，她卻幹活不賣力，宣傳效果沒達到，咱們豈不是要虧本了？」

陳寧寧聽了這才明白過來，古代歌姬並不受各種契約束縛。很可能要大牌，敷衍了事，不講職業道德。

她又皺眉問道：「這麼說來，請人推廣之事只能暫時放下了？就沒有那種德藝雙馨、受歡迎、人也可靠的老藝術家？」

厲琰搖頭說道：「不，妳這個辦法倒也不錯，只不過需要換個方向。與其找妳說的什麼老藝術家，不如找老饕吧？不用花錢，卻需要些手段。半個月後，潞城便會舉辦一次美食會，所有老饕和有名望之人，都會聚在一處。到那時候，會邀請各酒樓的大師傅前去比賽。若熙春樓的大師傅當日以芳香豬肉入菜，能打動那些老饕，贏得金湯勺。到時再公布食材是芳香豬，這樣效果豈不是更好？」

陳寧寧聽了這話，喜得連忙握住他的手說道：「這辦法實在是好！到時候，若能配合著推出圖畫，或者請先生說故事，效果必然會翻倍。」

等到鄧嬤嬤和月兒趕來的時候，陳寧寧已經調整好情緒，如今正信心滿滿地想著美食會的事情。一見她二人過來，連忙問道：「鄧嬤嬤、月兒，妳們覺得讓二虎師傅他們參加美食會，以芳香豬入菜，這個辦法如何？」

鄧嬤嬤方才親眼看見她哭得那般傷心，本來還在暗惱自己這事情辦得實在不夠漂亮，連安慰姑娘都沒做到。誰承想，這麼一會兒工夫，九王便把她家姑娘給哄好了。

如今再見到陳寧寧這般活力十足、信心滿滿的樣子。鄧嬤嬤哪裡還顧得上其他，連忙說道：「這個辦法自然是不錯的。二虎兩兄弟如今正巴不得和姑娘多學兩道菜呢！再加上跟熙春樓的契約都簽好了，那劉掌櫃必然要全力配合咱們。倒不如，我馬上過去知會他們一聲，讓他們先做好準備。」

鄧嬤嬤說這話時，眼底三分誠懇，七分憐惜，甚至還有一絲自責。

陳寧寧看出了她的心思，於是拍了拍旁邊的椅子，說道：「不急，嬤嬤，您先過來坐坐。」又對月兒說：「月兒，妳也來坐。」

對面還坐著個地位尊貴的九王爺，就算她們有天大的膽子，也不敢這般無禮。

鄧嬤嬤連忙說道：「不敢不敢，老婆子還是站著回姑娘的話更合適。」

陳寧寧卻又垂下頭，輕笑道：「我實在不喜歡被教養嬤嬤看著管著的。從小我便被爹娘捧在掌心養大，打小雖然也讀書認字、學些做人的道理，可卻被父母兄弟嬌慣得不行。原本若是順利嫁人，被惡婆婆一磨，我這輩子怕是也會老實本分做人。偏生那時我家裡出了事，我爹病了、我哥傻了，剩我娘一個婦道人家，勉強挑起管家重擔。可她性格使然，根本不適合做這些事，沒少被那些親戚蒙騙。我看在眼裡，自是不服氣，於是便站出來想替我娘出頭。」

她抬起頭。「從前我想都不敢想，可一旦跨出那一步，我就發現天不只我家小院那麼大。只要我敢埋頭往前走，我就能看見更大的一片天，得到更多的東西。我這人性子野得不行，哪裡會放任別人在我頭上作威作福？不妨直說，本來不管鄧嬤嬤妳是好是壞，我這裡都容不下妳。之前，也總想著把妳打發走。直到今日我才想明白，不管是誰讓妳來到我身邊，只要嬤嬤妳對我沒有惡意，我也願意給妳一個容身之所。只是我不要教養嬤嬤，我需要幫手、合作夥伴。一旦我的莊子做起來，大家都有分紅。嬤嬤，妳如今又是如何打算的？」

在場眾人聽了這話，皆是一驚。這教養嬤嬤的身分要是定下，說白了也就不過是個下人，可陳寧寧卻要抬舉她做個幫手？

這般事情，厲琰從未見過。

另一邊，鄧嬤嬤一早就能感覺到小主子不太待見她。卻萬萬沒想到，她今日竟把所有話都給說開來，甚至還要提拔她，這已經算是給了她極大的尊重和體面了。

事到如今，鄧嬤嬤也顧不上其他，連忙對陳寧寧說道：「這，只要姑娘願意容我，老婆子日後必定好好給姑娘效力。」

陳寧寧又說道：「既然願意當合夥人，那便坐過來吧。」

鄧嬤嬤自是不敢，一時便站在那裡沒動，直到厲琰說：「妳家姑娘叫妳坐，妳便坐吧。」

說著，他便站起身來，又對陳寧寧說道：「剛好我還有一些事情要處理，便先走一步了。這裡還算清靜，妳把想到的事情，好好和她們說道說道吧。」

陳寧寧連忙起身說：「倒是我耽誤了你的正事，你快去忙吧！有空再來莊上找我。」

厲琰並沒有立刻離開，而是抬眼看向她，一臉嚴肅說道：「與妳有關的事，又怎麼能算是耽誤？」

他這樣較真，固執得有些可愛。

陳寧寧聽了這話，便忍不住彎起了嘴角，又笑咪咪地說道：「倒是我說錯話了，以後還請厲軍爺繼續關照我。」

這話其實聽起來有些輕浮，但厲琰很受用，輕點一下頭，便起身離開了。

難得的是，這次鄧嬤嬤居然沒有沈下臉色，用教導主任般的眼神盯著陳寧寧看。

一時間，陳寧寧心情大好，又說道：「好了，厲軍爺都走了，這裡也沒有外人。嬤嬤，月兒妳們快些坐過來。我還有要緊事情要說呢。」

說罷，她就起身去拉鄧嬤嬤。鄧嬤嬤半推半就，總算坐下了。另一邊，月兒早已自己坐好，她已經習慣她家姑娘的性格，自然也更省事些。

就這樣，三人坐在桌位，陳寧寧才說道：「接下來，就好好聊聊咱們未來兩個月的豬肉推廣工作。」

接著，便又把方才和厲琰說的那些辦法，又從頭到尾說了一遍。

說到原本想請歌姬助陣的時候，鄧嬤嬤皺著眉頭，連連搖頭，直說不妥不妥。「這宋香君徒有個潞城第一歌姬的名號，實際上最是貪財，還有個綽號叫『錢簍子』。若是請她來，說不定把咱們莊上的錢都給掏空，還不給咱們好好辦事呢！哪裡就用上她了？不如美食會更好。」

這話倒是與厲琰方才的評價對上了。

陳寧寧便笑著說道：「厲軍爺也說不妥，這才給我推薦了美食會。」

鄧嬤嬤便垂著眼說道：「厲軍爺這是說了句實在話。」

陳寧寧有些想笑，這鄧嬤嬤果然不是普通人。不只人脈了得，消息也靈通，況且她的眼界和想法也非比尋常。如今，鄧嬤嬤也有心在她面前，展現自己實力，越發侃侃而談，又說了不少見解。

陳寧寧聽了之後，不禁感嘆，薑還是老的辣，還是老嬤嬤閱歷廣，想得更周到。方才她和厲琰忽略掉的那些小細節，竟然全都被鄧嬤嬤給補上了。

「如今看來，我要與嬤嬤學的還多著呢。從前是我眼光淺薄，嬤嬤身上那些大智慧，就足夠我這小娃子跟著您學得了。」陳寧寧這話，也算是化干戈為玉帛，把方才那番話給圓了過來。她從來不覺得認錯是件難堪的事。

鄧嬤嬤聽了這話，心中也是十分暢快，又連忙說道：「姑娘實在太客套了。能來到姑娘身邊，便是老婆子的榮幸了。」

這話倒也不虛，大長公主身邊藏龍臥虎，能人異士多了去。大長公主也是看準了鄧嬤嬤穩妥、有耐心、善辭令，這才選中了她。

說話間，小二端了碗盤上來，又說道：「方才那位爺離開前交代過了，讓小的們把好菜好飯端上來，讓幾位嘗嘗鮮，也好品鑒品鑒。咱們明霞莊的大師傅，並不比熙春樓的二虎師傅差，去年還贏了一把金廚刀呢。」

陳寧寧一聽這話，可就來了興趣。她也和厲琰說過，想要弄支團隊的事。這一轉頭，厲琰就幫她們安排上了。而且還能打探敵情，一舉兩得，這也未免太周到了。

陳寧寧連忙說道：「那就快些端上來。正好我也與嬤嬤、月兒慶賀一番。」

小二連聲應道：「好嘞，咱們這就給您上菜！」

說罷，便有跑堂的陸續把飯菜擺上桌面。

陳寧寧又問道：「方才我聽說，那美食會的獎品是金湯勺。怎麼到你家師傅這邊，贏的卻是金菜刀呢？」

那小二便笑咪咪地答道：「姑娘有所不知，咱們潞城這邊的美食會實在有趣。每年都是由不同人家舉辦的，給的獎品也各有不同。今年，的確是金湯勺；去年，也的確是金菜刀。

此外，先前還有金鍋、金碗、金盆、金叉子。但也不全是黃金打造，也有用白銀、黃銅打造的，就只應個名。今年正好輪到田大財主家裡舉辦，他家資巨富，不但坐擁良田千畝，又在潞城開了最大的糧號。而且……」

第四十章

見陳寧寧聽得津津有味，小二賣了個關子，頓了一下，才繼續道：「田大財主平生最愛美食，只要能吃到讓他滿意的美食，他不只會送上金湯勺，還會連續一個月光顧那家酒樓，給大師傅捧場。高興時，他還會請眾人吃飯。潞城的居民都以跟田大財主吃同一道菜為榮。他家打造的湯勺是真正黃金所製，因而那些大師傅都願意去田家參加美食會。聽說，如今不只潞城，就連其他遠近幾座城的名廚師也都準備來參加美食會，今年可以說是這幾年內最熱鬧的一屆了。」

陳寧寧聽了這話，不禁杏眼圓瞪。這也算是餓了有人給她遞饅頭，睏了有人給她送枕頭。只可惜，機遇與風險並存。

田大財主的吃貨名頭這般響亮，又這麼願意捧場。不只是他們盯著這個機會，別的廚師也想藉著這機會揚名立萬。

若是豬肉菜能成功贏得田大財主的心。到時候，話本、宣傳廣告跟著一起走起來。芳香豬這個名字，想不火都難。只可惜，這競爭者也是前幾年的幾倍。比賽難度也加大了。

想到這裡，陳寧寧暗自舔了舔牙床，又笑著對小二表示了感謝，把他打發了出去。

關好門，這才對鄧嬤嬤和月兒說道：「這還真是個千載難逢的好機會，無論如何咱們也得抓住它。咱們家豬肉能不能賣個好價錢，成敗在此一舉！」

她鼓著腮幫子，杏眼圓瞪，自信又張揚的樣子，實在可愛得緊。

一時間，鄧嬤嬤甚至忍不住有些想笑，強忍了下來，才一臉嚴肅地說道：「姑娘放心，老婆子發現了一個能人，還沒對姑娘說呢。咱們莊上其實還有個大廚的好人選，不如叫了她來，必定事半功倍。」

陳寧寧連忙問道：「誰？咱們莊上哪還有什麼大廚的好人選？」

鄧嬤嬤便說道：「您家裡那吳媽，她剛好跟我也是老相識了。她不只在宮裡的御膳房做過。當初，有位口味刁鑽的貴主子，誰的菜都吃不慣，唯有吳媽做的菜，入得了他的眼。有人私底下曾說過，那貴主子擁有一條千載難逢的帝王舌，比尋常人靈敏許多。」只可惜，那位後來便被當今砍了舌頭。

「竟是她嗎？」陳寧寧一時都愣了。她也知道吳媽做菜很好吃，這才放心讓她去家裡，幫娘搭把手，做點菜。不然以娘的那個做菜方式，爹和弟弟遲早會餓成皮包骨的。

這些時日，陳寧寧多次跟吳媽打交道，只覺得這人倒也還算本分，而且早已被生活磨平稜角，一點伙房師傅的傲氣都沒有。叫她看門灑掃，她也可以做；叫她擼起袖子種地，她也能完成。

平日裡，陳母吩咐吳媽做什麼，她都做，完全就是家裡的粗使婆子。只除了在廚房裡十分講究，不僅把屋子打掃得乾乾淨淨，做菜也十分乾淨。對生活，並沒有其他要求。這樣一個不顯山不露水的粗使婆子，年輕時居然還是皇宮御膳房裡的名廚？這反差未免實在太大了些。

鄧嬤嬤又連忙說道：「的確就是她。我跟夫人打聽過了，這些年，吳媽從未放棄過做菜，刀工也好，味覺奇佳。有她助陣，就算不用二虎兄弟，咱們也能贏下金湯勺。」

陳寧寧忍不住又問道：「吳媽既然曾入了那位貴人的眼，本該前途無量才是，怎麼竟落到潞城了？」

鄧嬤嬤便垂下眼睛說道：「她主子落了馬，沒有了帝王舌，其他人對吃也沒有那麼講究，吳媽自然也就沒了用武之地。有件事，我還需得跟姑娘知會一聲。那婆子也是命苦的，年輕時曾被人打斷手過。如今雖然治好了，做菜已然無礙，卻也沒人願意用她了。」

陳寧寧聽了這話，半晌無語，又說道：「既是這般，她的確不該留在我家裡，大材小用。倒不如請嬤嬤找她商量商量，問她可願意去參加美食會。若是能取得名次，我必定重用她。」

鄧嬤嬤連忙點頭應下了。不得不說，這也是她下的一個賭注。她實在看不下去，當年的吳二娘繼續這般蹉跎。昔日，吳二娘也曾經名震京城，如今卻淪為粗使婆子，實在讓人於心不忍。

鄧嬤嬤這才冒險跟姑娘說了這事。好在姑娘正如她所想的那般，心善，會體諒人，也願意給人留個活命的機會。

如今，只看那吳二娘願意不願意自己抓住這個翻身的機會了。若能成功在姑娘面前露個臉，將來留在姑娘身邊做個廚師，大長公主定然不會虧待她。

不費吹灰之力，又找到了合適的廚師。陳寧寧心情越發快活，連忙招呼鄧嬤嬤和月兒吃喝起來。她本來就是個應酬的好手，再加上有鄧嬤嬤在一旁推波助瀾，飯桌上的氣氛，也十分融洽，就連月兒好像也沒那麼冷漠了。

特別是幾杯小酒下肚，月兒滿臉脹得通紅，嘴裡直說道：「還是跟在姑娘身邊好，日子過得特別有趣。」

鄧嬤嬤便勸道：「月兒，妳怕是醉了，少喝一些吧！」

月兒卻少見地擺了擺手，說道：「我怎麼就醉了？這才幾斤幾兩？嬤嬤我沒事的。」說著，便側過身去，握住了陳寧寧的手，說道：「我們姑娘這般好，真正的親人絕不會棄妳於不顧的。他日，她必會來接妳。」

她一向少言寡語，心裡卻如明鏡一般。雖然如今分散了注意力，可姑娘心裡肯定還是很難過。月兒年少時，也曾被親人拋棄過。

陳寧寧聽了心有所感，點頭說道：「我知道的，她那般疼愛我，將來定然還會同我見面，不管以何種方式。我會等她的。」

這時，鄧嬤嬤連忙又出來圓場道：「月兒這丫頭，還真是喝多了，姑娘也差不多了。不如，咱們今日就吃到這裡，早些回去吧？到了莊上，還有喜兒、香兒，大家聚在一起，定然更加快活。」

陳寧寧也覺得此話有理，便點頭說道：「好，趕緊回莊上去，把好消息告訴大家。我娘和我爹若是知道了，定然也會為我開心。可是只一點，妳們千萬莫要在他們面前，說那些有的沒的。」

外婆很重要，如今的爹娘也很重要，都是她的親人。

鄧嬤嬤連忙說道：「姑娘放心，老婆子可不是那嘮叨之人，月兒這丫頭更是個悶葫蘆。今日之事，我們誰也不會說的。」

陳寧寧這才點了點頭。

等到喚來了小二，才知道厲琰早就把錢付了，還安排了手下準備馬車送她們，那牛車也有人幫著趕回去。陳寧寧一時只覺得，這男朋友實在太體貼了。她的心情也變得舒緩起來，甚至還有些發甜。

另一邊，上京，六王府。六王厲瑫正坐在書房裡，對著手下丟了一個茶杯，破口大罵道：「什麼，大長公主在去五臺山修佛的路上，突然不見了蹤影？你們這些人到底是怎麼盯梢的？行進隊伍裡的探子也沒打聽出任何消息？廢物，簡直都是廢物！」

此時的六王哪裡還有朝堂之上，被士大夫推崇備至的賢王的影子。倒像是被困在籠中，拚命掙扎的野獸。因為始終無法掙開牢籠，他變得越發凶暴，幾乎要把身邊之人，挨個吞掉似的。

手下軍師連忙說道：「大長公主身邊都是霍家軍的鐵衛，就連皇上那邊的暗衛都無法插手，何況是咱們的手下？若王爺願意，倒不如多走走內宅。想辦法從別院打聽一二，或許能有些收穫。」

六王聽了這話，眸光一轉，看向一旁的心腹太監，又說道：「你去告訴王妃，她不是最喜歡上山做孝女嗎？如今公主不在家，更是她表誠心，贖罪的好時候。」

那太監連忙領命下去，不一會兒，便又折回來，回覆道：「王爺，王妃病了，接連幾日高熱不下，根本就起不了身，求您過去看看她。」

六王卻罵道：「又是這些狐媚魘道的手段，她就只會打這些歪心思。正經事一點都幫不上忙，專會扯後腿，做一些下三濫的勾當，不愧是個賤妾生的下賤胚子。」

他忍不住把魏婉柔大罵一頓，那些手下垂著手在一旁聽著，並沒有任何人上前幫王妃說一句好話。其實底下這些人也都看不上魏婉柔，覺得王爺落得這般下風，都是魏婉柔所害。

偏偏，魏婉柔在內宅頗有幾分手段，又是個心狠的，就連六王也拿她沒辦法。

於是，當天晚上，他只得去看魏婉柔，又在她百般討好，殷勤小意之下，留在魏婉柔房裡安歇。那魏婉柔最會察言觀色，順勢而行，她自然也知道六王那些隱私的打算。

事到如今，六王唯有抓住大長公主，才有機會登上那個位置。為了能在王府好過些，也為了有朝一日登上后位，魏婉柔一狠心，竟含淚說道：「王爺且放心，妾身定會為王爺分憂。王爺既然想要妾身的親妹妹。待到大長公主把妹妹接回京中，妾身定會想辦法說服她。」

最後幾個字，她咬得極重。她既然有辦法嫁給六王，自然也有辦法讓姊妹同侍一夫。

六王聽了這話滿意極了，臉上甚至還出現一絲笑意，欺上前抓住魏婉柔尖尖的小下巴，說道：「果然還是柔兒最合我心意，這次可千萬莫要讓本王失望才好。」

這話間，他雙目冒光。說完，推門狂笑離去。

留在房裡的魏婉柔，緩緩在床上坐起，緊緊地握住了拳頭。直到指甲摳進肉裡，鮮血淋漓，臉上卻一點表情也沒有。

如今，不只外人看不起她，在背後對她指指點點，說三道四。就連曾經與她情意綿綿的男人，也不再真心待她。而王府上下，那些奴才，更是不把她放在眼裡，都覺得她不該勝任妃位，扯了王爺後腿。現下還要她自己委曲求全，把那早就丟了不知道多少年的嫡女，請過來、騙過來，送給她丈夫。

只有這樣，魏婉柔才能保住自己最後的一點體面。

魏婉柔越想越不甘心。她並不知道，自己到底做錯了什麼？難道不是魏家把她抱回來，充當嫡女的嗎？難道不是大長公主看她年幼可憐，收斂了滿腔殺意，放過魏家一馬嗎？然後，魏家上下就拿她來當擋箭牌，把她給供起來了。

好笑的是，她風光時，所有人都寵著她、喜愛她。一朝大長公主不再搭理她，她就變成了任人唾罵、眾人嫌棄的可憐蟲。

憑什麼，她魏婉柔的人生要過得這麼慘？她分明已經比尋常人加倍努力了。那些人又憑什麼蔑視她、嘲諷她、看不起她？

有朝一日，她登上了后位，生下了太子，定要把所有人都踩在腳下。大長公主不是滿心只有魏氏嫡女嗎？六王爺不是也一心想要魏氏嫡女嗎？她魏婉柔發誓，一定要那嫡女死得比她娘還慘！

有了鄧嬤嬤去遊說下，昔日名震一時的京城名廚吳二娘、今日陳家的吳媽，自然樂意為莊主效力。

再加上這些日子，陳寧寧研究出什麼好吃的豬肉菜，都帶回家孝敬母親，就連做法也都沒有隱瞞吳二娘，因而吳二娘對豬肉這食材早有心得。又跟陳寧寧一起研究了數日菜式，果然在田大財主家的美食會上，力壓群廚，大放異彩。

陳寧寧也如願打響芳香豬的名聲，還幸運地與田大財主的獨生女兒田惠芳，結為好友。

後來又有厲琰那邊派來的寫書先生，編寫了許多和芳香豬有關的話本子，還找了說書先生到處說。這樣一來，芳香豬的名號自然也就在潞城傳開了。

待到良辰吉日，熙春樓放起鞭炮，宛如重新開業般正式推出了芳香豬席面。

好笑的是，熙春樓以往裝飾得十分雅致，還請了一些文士作了梅蘭竹菊之類的字畫，這次卻在四周牆上，貼滿了豬題材的書畫。每幅畫中的小豬都靈動有趣，書寫的小段文字也十分考究。寫的內容都是芳香豬的與眾不同之處，只有潞城才有，乃是他們本城的特色食材。也有一些小圖，畫的是芳香豬所做的菜餚。其中就有東坡肉、東坡肘子、獅子頭，不然就是蹄花湯那種燉得口味極佳，滋陰補陽的湯品，女子長期食用，還有美容養顏之效。

眾人從未見過這些豬肉菜式，一時竟有些看花了眼。有那識字不多的客人，還可以喊來小二為他們解釋。

店小二也都是經過特訓的，把芳香豬的種種妙處記得一清二楚，背得滾瓜爛熟。不只會報菜名，就連菜的特點也都說得清楚明白，力求讓所有客人賓至如歸。

另一邊，陳寧寧早早就給田大財主下了帖子。這一日，他自然也過來捧場了，還特意跟陳寧寧訂下芳香豬宴席。也有其他當日在美食會嚐過芳香豬的老饕，實在喜愛芳香豬肉質鮮美，也特意跟陳寧寧訂了不少菜餚。

一時間，熙春樓熱鬧非凡，等到了正式開席，吳大廚又烤了一隻黃金芳香豬。這豬一送上席面，頓時滿室焦香。

再看那頭豬，個頭的確不大，卻被烤得通體金紅。吳大廚親自用尖刀拋開酥脆的豬皮，頓時一股鮮香撲鼻而來，所有食客都忍不住直流口水。

這時，劉掌櫃上前抱拳說道：「半山莊的陳莊主說了，今日咱們第一次做芳香豬席面，一定要做這道他們莊上必做的年菜，與眾位分享。這道烤豬肉是不要錢的，每桌送上一盤。」

一聽這話，那些客人都樂瘋了。就這樣，小二果然給每桌送了一盤。

原本還有些人暗自嫌棄豬肉低賤，就算老饕們如此喜愛，他們也不信這芳香豬肉能比羊肉、牛肉還要好吃。可等到吃了這道熱騰騰的烤豬肉，所有人都改變了想法。有些人就算初時沒有點芳香豬肉的菜，這時也忍不住連忙招來了店小二，再給他們加上幾盤芳香豬的招牌菜。

接連幾天，潞城民眾都知道了他們本地才有的芳香豬，只是這豬肉產量稀少，目前只有熙春樓才能吃到相關菜餚。

因此熙春樓幾乎日日客滿，座無虛席。不出一個月，已然賺得盆滿缽滿。

這一日，陳嬌突然來半山莊找陳寧寧。與她說起了一件趣事，原來當日在美食會上輸給吳大廚的三合莊，今日鬧出了一樁官司。

那三合莊主人如今要把莊子低價遞給陳嬌，而陳嬌也是生意人，自然知道陳寧寧的買賣肯是要做大的。再加上，她是厲琰手下的人，自然知道陳寧寧和自家主子的關係不一般。

如今主子早把家財都交到了陳寧寧手中，隨她去錢莊支錢，陳嬌便大膽把陳寧寧視作未來的主母，自然處處為她盤算。

她說道：「那三合莊在潞城，地段也是極好的。若拿它來做其他買賣，還是很有益處。不知，妳對這莊子有沒有興趣？若是妳想要，我便把這莊子按照成本價轉給妳。」

「這……不妥吧？妳費了這麼多心力。」陳寧寧聽了這話，雙眼一亮。

她的確打算繼續做買賣，除了芳香豬，將來她的辣椒佐料、罐頭，總要往外賣的，如今卻還沒有適合的鋪子呢。

陳嬌卻擺手說道：「不妨礙的。我本來也沒打算開別的鋪子，自家那攤子買賣已經忙不過來了。我拿下那三合莊不過是為了賺些銀子，如今轉給陳姑娘也一樣。自從妳救活了番薯，我爹好生感激。一直吩咐我找機會謝妳，如今這機會不是來了？更何況，我一心把陳姑娘視為朋友。只是，也不知道陳姑娘看得上看不上陳嬌了？」

陳寧寧連忙說道：「哪裡就看不上妳了？我自然也早把妳當作朋友了。就因為是朋友，總不能讓妳白忙一場。」

陳嬌點頭笑道：「既然妳這樣說了，不如這樣，我買這莊子花了一千五百兩，如今妳給我一千五百五十兩，多給我五十兩，讓我小賺一筆，妳看如何？」

陳寧寧點頭說道：「那就多謝了。」

說著，她便連忙叫喜兒，到帳房支了銀票過來，交給陳嬌。

擇日不如撞日，陳嬌又特意帶著陳寧寧去三合莊上走了一遭。

陳寧寧到了那裡才發現，這一千五百五十兩的確賣低了。

那裡其實也不只是飯莊，而是個客棧。前面飯莊占地就不小，樓上樓下，也是精工打造，裝飾得極其富貴。後面，客棧也有不少客房，都是按時打理的，收拾得乾淨又俐落。最妙的是，後面還帶著一個獨立的三進院子，另朝著大街開了門。

這原本是三合莊原主人沈家的居住之所，所有裝飾家具，都十分精緻華美。如今沈家出了事，急著搬回鄉下祖宅，很多大件的家具便留置下來。除此之外，這套房子和三合莊，算是在全潞城最中心的地段。離商業街也近，往來行人密集，做買賣再合適不過了。

此外還有個意外驚喜，這裡離青山書苑也很近，不用馬車，徒步就能走到。

陳寧寧十分相信陳嬌的為人，才直接拿出一千五百五十兩銀子給她。這下到了地方仔細一看，這豈止是賺了？還是大大的賺了！

「這麼好的房子和鋪子，妳當真願意就這麼讓給我了？」

陳嬌挑眉說道：「方才妳還同我說，把我當朋友看待。怎麼，如今又看不上我陳嬌的為人了？難不成我還跟妳要回來不成？」

陳寧寧連忙搖頭。「不敢不敢，只是擁有這樣的房子鋪子，實在讓我有些受寵若驚。」

陳嬌又輕笑道：「這有何難？妳早日把鋪子開起來，在城裡多住住，往後咱們常見面，常一起遊玩就是。我這人打小野慣了，實在受不了閨閣小姐那一套，同齡的，也就跟妳和田大小姐比較談得來。等將來妳搬到潞城，咱們也可以一起開茶會。妳說這樣好不好？」

她心中暗道：若是能把陳姑娘留在這城裡，九王爺那邊定然會記她一大功勞。不過不管怎麼說，她這次是賺大了。

陳寧寧連忙答應。「自然是好的。」

就這樣，兩人去了官府，辦好了相關手續。

陳寧寧看了這三進的房子實在喜歡，家具一應事物，也無須再添加，便想讓父母儘快搬過來。到時候，父親去書苑教書，弟弟去上學，就都方便多了。中午甚至還可以回家吃飯了。

只是，她又擔心沈家那邊官司沒處理好，還會鬧出些是非來。便把這樁心事說出來，陳嬌聽了嬌笑道：「妳這未免想太多了。妳同九爺一道做買賣，此次又幫九爺賺了大錢。九爺要是看妳受委屈，還能坐視不理？」

說著，又用兩眼瞟她，直看得陳寧寧面紅耳赤，說不出話來。

好在陳嬌也算有分寸，又推著陳寧寧的肩膀說道：「好了，不同妳開玩笑了。這事我回頭幫妳跟九爺說一聲，我倒要看看哪個不長眼的敢來妳這裡瞎折騰？妳放心好了，儘快搬過來，咱們也好在一處玩。妳這麼會做買賣，我還想跟著妳一道賺銀子呢！」

——未完，待續，請看文創風1007《寧富天下》3（完）

2021年10月出版

三寶娘親正走運

文創風 1000～1002

在上蒼所示的預言書中，她和兒子們不只沒有主角光環，
還淪為陪襯「正主」好命的淒慘配角——不是早死，就是身殘，
好在為母則強，要扭轉這一切，就由她努力改命活下來，
勢必要把孩子們的人生，從敗部復活翻轉為勝利組！

親娘要改命，養兒大轉運／慕秋

因為一場夢，喬宜貞意外窺見預言未來的金色大書，
才知道自己這個世子夫人竟然只是跑龍套的配角！
她短命也就罷了，沒想到丈夫還拋家棄子跑去當和尚，
放任三個兒子人生崩盤，一死一殘一重傷，都沒有好下場，
嚇得她從鬼門關前直奔回來，決定花重本養好自己的身子，
畢竟當娘的人有責任管好孩子，先求不長歪，再來講究成材。
孰不知，她挺過這場死劫之後，福運就連綿不斷接著來，
先是陰錯陽差地尋回失散的公主，後又將流落在外的皇后送回宮，
惹得皇帝龍心大悅，一道分家聖旨下來，直接讓丈夫襲了爵，
她一夕之間晉升為侯夫人，往後人生徹底遠離了惡婆婆，
閒散的丈夫也脫胎換骨，對內待她忠貞不二，在外為官頗有清名，
她有信心，夫妻倆攜手養兒的人生，將會活成令人豔羨的神仙眷侶！

望今朝碎碎唸唸之人，亦相伴歲歲年年／寒山乍暖

2021年10月出版

萬能小媳婦

人家對她好一分，她必是要還回十分才覺心安，
偏偏他這人啊，嘴上從不會說些甜言蜜語，
不過她曉得，他是將她放在心尖尖上珍藏著的，
於是乎，她欲走不能，莫名丟了心；
於是乎，她甘願和他結髮一生、相伴一世……

文創風 996 1

因為長得漂亮，命格又與沈羲和相合，所以顧小被沈母買回家當他的童養媳，
可被壞心奶奶賣掉的她一心只想回顧家找娘親，於是她大著膽子去尋賣身契，
不料陰差陽錯之下被眼裡揉不得沙子的沈母抓了個現行，認定她在偷錢，
沈家是容不下偷雞摸狗之人，更何況「偷」的還是沈羲和的趕考銀子！
毫無懸念的，她被趕走，結果在回顧家的路上摔下崖，結束坎坷的一生，
然後……顧筱就發現自己一睜開眼竟穿書過來，成了顧小那個小可憐了！
最要命的是，她就在案發現場、手裡正抓著那只該死的錢袋！
估計沈母現正站在門口準備進來抓她呢，這是天要亡她吧？

文創風 997 2

按原書設定，自小聰慧的男主沈羲和年紀輕輕就考中秀才，且一路考一路中，
三元及第、加官進爵後還娶了善良的女主，顧筱當初看書看得是無比開心，
然而，當她成了男主功成名就前那個短命的童養媳，故事可就不那麼美妙了，
因為沈羲和從未喜歡過那個性子怯懦、舉止粗鄙又大字不識一個的童養媳啊！
若她硬留在沈家就是擺明了招他嫌的，可她就算有心想走也走不了呀，
畢竟她初來乍到，還人生地不熟，空有美貌卻沒錢沒勢地在外走跳鐵定完蛋，
更何況，她的賣身契還捏在沈母手中呢，沒拿回來前她也沒那個臉偷跑，
所以她決定了，得先想法子賺錢攢夠銀子，把賣身契贖回來再揮揮衣袖走人！

文創風 998 3

由於家裡出了個很會讀書的沈羲和，一家子傾全力供他讀書科考，
所以沈家十幾口人，平時日子過得緊巴巴的，那是真窮，
家中大權握在沈母手中，就連柴米油鹽能用多少都是她說了算，
因此身為女子的顧筱要在家裡頭吃口肉實在是奢想，
不過她算是漸漸抓到了跟沈母相處的訣竅——順著毛摸！
凡事只要打著「為了相公好」的名義，沈母就沒有不點頭的，
憑藉這點，她私下做手工藝攢錢的事沈母都沒多說什麼，
因為在沈母心中，她就是個為了相公掏心掏肺的傻丫頭呀！

文創風 999 4 完

羊毛氈、貝殼風鈴等，顧筱努力做出各種精緻的手工藝品來吸引顧客，
名聲出來後，越是獨一無二、出自她手的作品，就越是有人搶破頭要收購，
不過她也沒忘了帶領沈家人開食肆、買土地，過上滋潤的日子，
她出得廳堂、入得廚房，賺得盆滿缽盈，讚她一句萬能小媳婦她都不害臊，
雖然沈羲和早把賣身契還她，可奇怪的是，重獲自由身的她竟捨不得離開了，
再加上她那名義上的相公早已滿心滿眼都是她，對她呵護備至、疼寵有加，
所以她認真想了想，要不……就留下來嫁給他，不走了吧？
賺錢養家這種小事交給她，他便負責光宗耀祖，這筆買賣似乎還挺划算的啊！

文創風 1006

寧富天下 2

國家圖書館出版品預行編目資料

寧富天下 / 鶴鳴著. --
初版. -- 臺北市 : 狗屋出版社有限公司, 2021.11
冊 ; 公分. --（文創風 ; 1005-1007）
ISBN 978-986-509-264-1（第2冊 : 平裝）. --

857.7　　　　110016637

著作者	鶴鳴
編輯	林俐君
校對	吳帛奕
發行所	狗屋出版社有限公司
地址	台北市104中山區龍江路71巷15號1樓
電話	02-2776-5889～0
發行字號	局版台業字845號
法律顧問	蕭雄淋律師
總經銷	知遠文化事業有限公司
電話	02-2664-8800
初版	2021年11月
國際書碼	ISBN-13　978-986-509-264-1

本著作物由北京晉江原創網絡科技有限公司授權出版

定價260元
狗屋劃撥帳號：19001626
網址：love.doghouse.com.tw　E-mail：love@doghouse.com.tw